U0143269

国家古籍整理出版专项经费资助项目
国家社科基金重大项目『中国近代日记文献叙录、整理与研究』
（项目编号：18ZDA259）阶段性研究成果

晚清珍稀稿本日记

洪钧日记

（清）洪钧 著
朱春阳 整理

主编——徐雁平 马忠文

凤凰出版社

图书在版编目（CIP）数据

洪钧日记 / (清) 洪钧著 ; 朱春阳整理. -- 南京 : 凤凰出版社, 2023.7
（晚清珍稀稿本日记）
ISBN 978-7-5506-3448-0

Ⅰ. ①洪… Ⅱ. ①洪… ②朱… Ⅲ. ①日记－作品集－中国－清代 Ⅳ. ①I264.9

中国国家版本馆CIP数据核字(2023)第090773号

书名	洪钧日记
著者	(清)洪 钧 著 朱春阳 整理
责任编辑	陈晓清
装帧设计	姜 嵩
责任监制	程明娇
出版发行	凤凰出版社(原江苏古籍出版社) 发行部电话025-83223462
出版社地址	江苏省南京市中央路165号,邮编:210009
照排	南京凯建文化发展有限公司
印刷	江苏凤凰通达印刷有限公司 江苏省南京市六合区冶山镇,邮编:211523
开本	880毫米×1230毫米 1/32
印张	9.125
字数	237千字
版次	2023年7月第1版
印次	2023年7月第1次印刷
标准书号	ISBN 978-7-5506-3448-0
定价	98.00元

(本书凡印装错误可向承印厂调换,电话:025-57572508)

位于苏州平江路悬桥巷29号的洪钧故居

十一日[illegible]来晤林[illegible]黄以慎方[illegible]先[illegible]来晤雪[illegible]

少白来晤[illegible]秋[illegible]来[illegible]寿[illegible]行阅文[illegible]初二日自扬州行

十二日周[illegible]观察来晤[illegible]人[illegible]来晤[illegible]府[illegible]畅达来晤阅文

十三日阅文[illegible]自扬州来行[illegible]属夫人行

十四日杨[illegible]来晤[illegible]有美[illegible]来晤阅文

十五日[illegible]武庙归[illegible]阅文[illegible]陵行[illegible]初七[illegible]陵

十六日[illegible]司马来晤[illegible]来晤[illegible]自[illegible]来行[illegible]张[illegible]

自[illegible]州来[illegible]洞庭行

十七日胡月樵观察[illegible]来晤[illegible]军[illegible]山[illegible]来晤

十八日[illegible]来晤[illegible]自[illegible]来晤[illegible]马[illegible]

[illegible]四[illegible]草[illegible]鹿[illegible]行[illegible]

[illegible]行[illegible]行胡[illegible]行[illegible]行[illegible]月

[illegible]

十九日马[illegible]吴[illegible]刺史[illegible]司马[illegible]作[illegible]行[illegible]

二十日晨[illegible]午后[illegible]祠[illegible]归[illegible]来[illegible]

廿一日[illegible]午后[illegible]祠二[illegible]后归[illegible]行[illegible]

廿二日作[illegible]行[illegible]山[illegible]来晤[illegible]张[illegible]同年[illegible]同年钟[illegible]

堂[illegible]来晤

廿三日何[illegible]观察来[illegible]来晤堂[illegible]来[illegible]

午后[illegible]江干迎接入署[illegible]来[illegible]

洪钧日记手稿一（苏州博物馆藏）

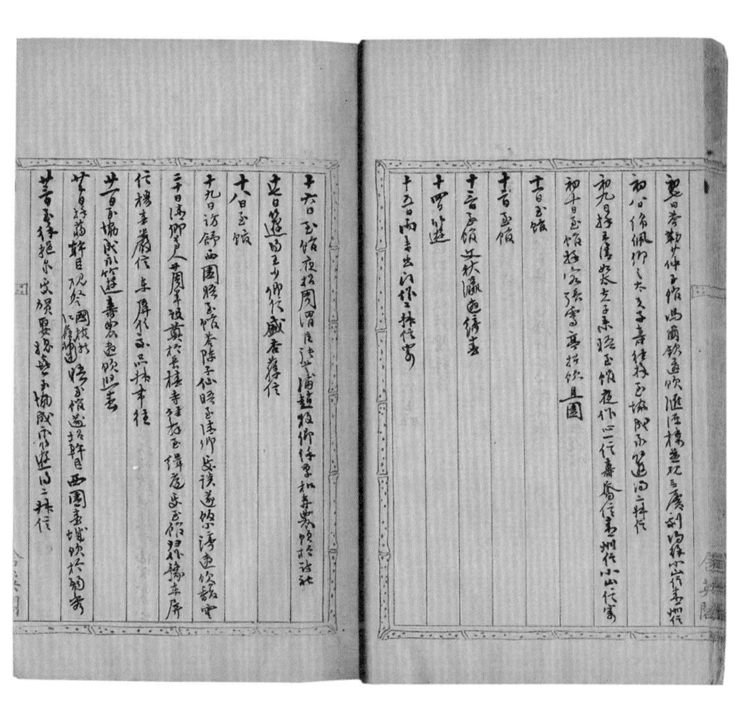

洪钧日记手稿二（苏州博物馆藏）

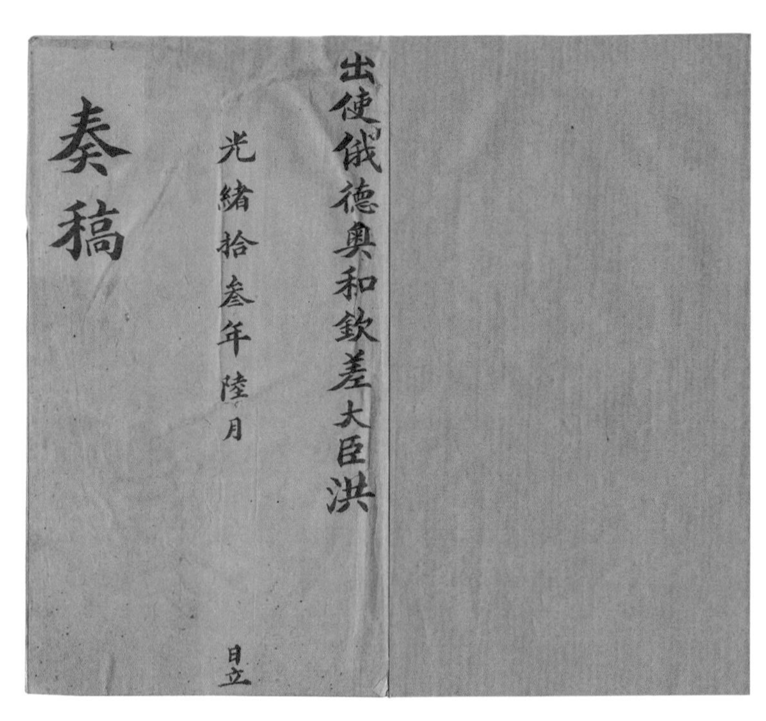
出使俄德奧和欽差大臣洪
光緒拾叁年陸月　日立
奏稿

洪钧使欧奏稿（苏州博物馆藏）

序

明清时期，写日记已是蔚然成风。不少文人、官员和学者，出于各种目的，基本都有记日记的习惯，只是本人刊行的日记比较少。究其原因，可能在时人观念中，日记还算不上“著述”，不值得去刊刻传世；当然，更主要的原因或许在于，日记的私密性太强，不便拿给外人看。所以，大部分日记还是以稿本或钞本的形式被保留在子孙、门生手里，一代代传承下来。自古迄今，经历种种劫难，存世的稿钞本日记已经不多了。据统计，有日记留存于世的近代人物只有1100人左右。因此，今天保存于公、私收藏机构或个人手里的稿本日记，无不享受着善本的待遇，备受世人的关注和珍爱。

如人们所知，日记属于一种比较特殊的文献，具有全面记载生活各个侧面的综合性特点。日记永远都能以第一现场的感觉，将阅读者带入特定场景，沿着作者的心路，去体会当年的生活、境遇与情感，熟悉已经远去的风俗习惯和历史细节；哪怕从其中的任何一天读起，也可以读得下去，因而被视为一种很容易与读者产生共鸣的“有温度”的文献。人们喜爱日记正是源于其自身所具有的独特魅力。当然，注重个性化材料和社会日常生活的研究取向，也推动了学界对日记的重视和利用，以日记为核心材料从事研究的学术成果也越来越多。

目前，日记的出版主要通过原稿影印和整理标点两种形式。原稿影印日记始于20世纪石印、珂罗版技术被大量采用的时代。20世纪20年代，商务印书馆陆续影印出版有李慈铭《越缦堂日记》和翁同龢《翁文恭公日记》。同为晚清著名日记，比起同时代排印的《湘绮楼日记》,李、翁的日记都是根据稿本影印的,因而使人们能够更为真切地感受日记的原始样貌,甚至作者的书法风格、涂改痕迹,都得以原原本本地保留下来。时至今日,先进的数字扫描和印制技术,进一步促动了新一轮稿本日记的大批量出版,使"久藏深闺"的珍稀稿本日记,得以更多地呈现在研究者面前。可是,对学术研究而言,影印本虽然保存了日记原貌,出版周期也相对较短,但卷帙庞大,且日记多为行草书书写,字迹不易辨识,阅读和利用并不及整理标点本方便。所以,根据原稿本或影印本将日记内容加以点校,一直是文献整理者的重要任务。近些年影印出版的近代人物日记,如钱玄同、绍英、皮锡瑞、朱峙三、徐乃昌、江瀚、张棡、王伯祥等人的日记,也陆续经学者整理后出版了点校本,大大方便了学者利用和研究。由凤凰出版社推出的"中国近现代稀见史料丛刊",自 2014 年以来,已经出版 9 辑 100 余种,其中日记占到三分之一以上,诸如孙毓汶、有泰、张佩纶、邓华熙、袁昶、耆龄等人日记都是据稿本或稿钞本影印版整理出来的,上述日记一经刊行就受到学界的广泛欢迎。整理本还有一个优势,便是对日记中的讹误做出校订,加补公元纪年,方便读者查核。不惟如此,整理本日记除学者外,也受到不同兴趣读者的欢迎。这几年,出版界、读书界兴起的"日记热",都与整理本日记的大量印行密切相关。可见,持续推进稿本日记的整理出版工作,对普及中国传统日记知识,增进读者对传统文化的亲切感,具有积极的作用。

在全国古籍整理出版规划领导小组和凤凰出版社的积极支持下,"晚清珍稀稿本日记"得以立项,精选十二种有重要价值的晚清珍稀稿本日记邀请专家进行整理。这批日记分藏于中国社会科学院近代史研究所、清华大学图书馆、上海图书馆、浙江图书馆、苏州博物馆、常熟市图书馆等机构,一部分尚未影印出版。这次整理,在做好字迹辨识、释文、标点的前提下,更提倡以研究为基础,撰写有学术深度的导言,搜集传记资料作为附录,并尽可能编制人名索引,来为读者和研究者提供更多的学术支持和便利条件。这十二位日记作者,既有位列封疆的李星沅，状元洪钧，探花潘祖荫、吴荫培，传胪华金寿，翰林秦绶章，也有满洲官员、驻藏大臣斌良，兵部侍郎文治，还有像楼汝同、黄金台、柳兆薰、萧穆这样的地方官员、学者和士绅贤达。这批日记的内容十分丰富，举凡晚清重大历史事件、典章制度、教育考试、金石学术、社会风俗、人物交往、文艺创作、生活琐事等，靡所不包，合而观之，不失为观察晚清社会的一面镜子。另外，此次所选日记多为首次整理。也有例外者，如《李星沅日记》，此前已有据上海图书馆藏钞本整理的刊本，这次整理所用底本则是中国社会科学院近代史研究所珍藏的稿本，较前整理本篇幅大为增加，更加完善。

总之，这批稀见稿本日记具有极高的学术价值，是研究文学史、政治史、经济史、社会史、军事史、教育史、文化史、生活史、气象史、思想史的珍贵史料，参加整理者都是长期从事文史研究和文博事业的专家学者，具有扎实的文献学功底和整理经验。相信这套书的出版，将对传播优秀传统文化、推进中国近现代历史和文化研究发挥重要作用。当然，由于在文字识别等方面实际存在的困难，难免会存在一些问题。在此，我们诚恳希望读者不吝批评指正，以便今后的工作精益求精，不断提高。

目　录

前　言

洪钧(1839—1893),清末外交家。字陶士,号文卿,江苏吴县(今苏州)人。同治七年(1868)状元,任翰林院修撰。后出任湖北学政,主持陕西、山东乡试,并视学江西。光绪七年(1881)任内阁学士。光绪十三年至光绪十六年(1887—1890)任清廷驻俄、德、奥、荷四国外交大臣。回国后,晋升兵部左侍郎、总理各国事务衙门行走。此日记即据苏州博物馆藏六册洪钧日记手稿及使欧奏稿整理出版。

现存各册起讫时间、事略如下:

第一册:同治八年九月十六日至同治十年九月廿九日,回乡祭祖至外放湖北学政。

第二册:光绪二年十一月初四日至光绪四年九月廿二日,在京任职。

第三册:光绪六年元旦至光绪九年正月廿九日,视学江西。(据《清史稿》卷四四六及《洪钧史迹述略》,其于光绪七年转侍读学士。光绪八年奏定《经训书院章程》;十月江西学政任满,乞假省墓,得旨赏假三月。)

第四册:光绪十年七月十五日至光绪十三年九月十二日,在乡丁忧。

第五册:光绪十八年四月初一日至光绪十九年七月初三日,任兵部左侍郎,在总理各国事务衙门任事至病逝。

第六册:光绪十三年五月初四日至光绪十五年三月十五日,洪钧充任出使俄、德、奥和(荷兰)四国钦差大臣奏稿。

除第五册阙漏较多,第四册部分有日无记,其余各册大抵逐日而记。多为日常应酬、账目之类，记录繁杂，涂抹潦草，更类似于备忘录性质，鲜少个人议论感想，与时人风气不类。足见其身为重臣之城府深厚、行藏谨慎。间有伤世忧时之言：如光绪八年二月廿五日游庐山寺院后，在日记中写下鲜有的长篇感慨：“……竭民膏血，建一切浮屠殿阁以为功德，有为之法如梦幻泡影。斯语其谓，谓之何？欲抑如是，不能使人起敬起信耶。当佛法兴时，摩西十诫已布西陲，摧陷廓清，佛力宏壮，未几而天方教兴，尽灭释氏。今世则耶稣教遍于西土。穆哈之教寖衰，如来之徒仅不绝如线，各藏喇嘛亦无有智慧圆通如古达摩辈者。印度遍种莺粟毒害天下人，使魏法显、唐玄奘生于今世，复往西土，其所论又当何如也……”足见其襟怀思虑。当日又云“夜与南村谈西陲事甚悉”，想是有感而发。三、四册中“帕米尔事”数见，则其留心边事久矣！至于后世坊间广传其侍妾赛金花事迹，仅在光绪十二年十月廿六日以“赵妾入门”一笔带过。日记大略所记最多如某日见某人、接某信，譬如一索解历史之密码本，史家可于只言片语中稽考钩沉。日记还保留了部分洪钧所作酬赠、题跋、祭祀诗文，对解读其人尚有一定价值。又第一册所记湖北学政任上事，述主持科考事颇详，并录各地岁考、童试原题等，不失为了解清代科举制度之重要原始材料。惜第四册所记止于出国登舟时，现存第五册所记之始已为回到国内，洪钧任驻外公使期间经历见闻不能得见，实为憾事。

洪钧作为晚清外交家、著名学者，在晚清中外交涉、西北史地学和蒙元史研究方面均有所建树。学界以往对洪钧的研究，相对集中在《元史译文证补》的学术史意义上，对洪钧本人的经历和主要史迹探研不多、所知较浅，有关的史传资料也存在某些误失。[1] 百年以来，其人止以风流韵事传，以稗官野史传。今日日记面世，可以补碑传之不足，明他人之未见。

---

① 马明达、李峻杰：《洪钧史迹述略》，《暨南史学》2013 年第 1 期。

本书依丛刊体例，悉用简体横排标点。部分人名、地名等专用名中生僻字、异体字保留原貌。难以辨认处一律以“□”标出。称人物名、字或号等并举时，字号等则以括弧注于名后。行间夹注以小字排。正文年、月、日后皆加注公历日期。文中所涉大量人、地专名，虽经一一查证，仍有未能确知者。凡前后不一致处皆从原文。

整理者学识浅薄，不能免于错讹。恳请读者方家不吝赐教。

洪钧日记

同治八年己巳(1869)

九　月

十六日(10月20日)　午刻,出凤山门,朱性之、李甚卿及本家汝庚、冯挹滋均候饯行。饮至二鼓而散,与刘萼生同舟,夜潮甚大,有万马奔腾之势。惜已寝,不及起观矣。张静芗招饯,未赴。

十七日(10月21日)　趁早潮行,顺风行一百数十里,泊札溪。夜,至周紫生处饮。

十八日(10月22日)　风未顺,微雨。入七里泷,行至半而泊。偕罗少村持螯,夜招紫生、少村共饮。

十九日(10月23日)　午刻,抵岩州府,换坐微湖船,行不及二里而止。

二十日(10月24日)　早,开行六十余里,泊罗桐埠。舟中题程杏楼《湖山巢鸟图》:"早年身手擅词场,浪迹西泠客梦凉。薄宦几人容啸傲,胜游多半慨沧桑。闲抛簪笏寻吟骑,老借湖山作酒乡。自笑骑驴来两度,输君佳句满奚囊。"又题印山樵客八吟诗册:"男儿抵死为封侯,不取玺印誓不休。一生役役印累累,焉知富贵皆浮沤。""磊落程子诗中豪,服宦湖上真仙曹。一朝捧檄入东浙,心轻薄宦如鸿毛。""苍溪故多好山水,中有印山尤奇美。峰峦四方类削成,垂虹一道泻石髓。裹粮襆被寻烟云,谢公之屐登登闻。衙斋有印似瘤赘,不如兹山绝尘氛。连天烽火接瓯越,避地苍黄卜巢窟。重来山下伴山灵,山进凄凉对山月。偶然云阁逢樵薪,烂柯归去哀风尘。却令手版朝参客,亦羡岩栖谷汲人。故乡沦陷音问隔,时事艰危身世窄。长才未得假斧柯，满目荆榛刈无策。不如樵老居山隈，长镵利斧林中来。代斫不虞伤我手，斩除樗栎非良材。壮怀慷慨郁不吐，寓意诗篇托樵父。杜甫秋来旅兴悲，灵均泽畔行吟苦。我今读之三叹息，劝君怀奇勿戚戚。近年寰宇重升年，草泽有材皆奋翼。我闻别驾虽闲宦，得展骥足良非难。况君屡弃鸣琴绩，操刀试割才槃槃。频年更在杭州住，镜里楼台得新句。吏隐只须簿领闲，游踪合为湖山驻。从今当路无知音，印山之麓幽且深。得此绊足薄轩冕，何必肘下悬黄金。”

廿一日(10 月 25 日)　作便面数件，读《壮悔堂文》。舟行五十里，泊关王庙。

廿二日(10 月 26 日)　作字，读《壮悔堂文》及《汪钝翁文集》。舟行五十里，泊淳安。

廿三日(10 月 27 日)　行四十余里，宿青山关。作良士信、项书巢信、二叔信，阅《尧峰文钞》。

廿四日(10 月 28 日)　行四十里，宿黄家屯。作宋庆康信，为潘树坡夫人书墓志铭。

廿五日(10 月 29 日)　行四十里，宿吉武头。作青州信、清卿昆仲信。读《尧峰文钞》，读《近思录》。

廿六日(10 月 30 日)　作吴少莲信。午后至深渡，吴树仁来。舟船行后，方寿乔来，同宿舟中，泊棉潭。

廿七日(10 月 31 日)　未刻，抵南辕口，乘轿入城。至筹工局，晤鲍紫和、程尔勋。偕寿乔同至城东福堂山僧寺宿焉，抵寺已更余，腹馁甚，望伊蒲馔以果腹。既而樽俎纷陈，蔬菜之外，兼有肉饵。僧设杯箸于末座相陪，予心窃讶且疑。僧乃引壶劝客，并注满自饮，徐取炙肉数片啖之。予心益骇且笑，继而思之，殆愈。夫蔬笋饷客，而禅房密室血肉纷拿，假茹素之名以欺世者也。彼及之罪人，或即吾党之所谓不欺者与，抑饮酒茹荤，固无害其生久欤，书之不禁捧腹。僧名月印，能绘事，出所画松竹相示。并观大涤子画册。

廿八日(11月1日) 剃发。至桂林村,借榻于族叔祖昭财明经处。

廿九日(11月2日) 晨,至村前,望山川形势,后倚高阜,前临大河,竹林茂密,山水环绕,吾始祖卜居于此,殆弥合于相其阴阳,观其流泉之意。薄暮,方寿乔来,行李均到。

三十日(11月3日) 晨,寿乔行,托寄少莲信,又吴门信、扬州信附内。出门拜族人,至家祠展拜。

十 月

初一日(11月4日) 早,入城拜梅太尊,晤;余均未晤;至杨召棠处,晤。至局午饮,主人为王佩五,杨、程、鲍三人,又吴介眉、朱寄洲。饭后回村,应明族叔招饮。

初二日(11月5日) 晨,王尊园来。得二叔信。

初三日(11月6日) 至桂林始祖纲公墓,在驿鱼塘;又至文演公墓,在长脚山;又至寄安公墓,在桑元丘;又至二世祖振公墓,在本村。

初四日(11月7日) 杨召棠、江月如来答拜,晤。至就田筠溪公墓,又至问政山垂堂公墓。山径尽为草掩,扪萝攀葛,荆棘钩刺人衣履,颇艰苦。得二叔自扬州来信。

初五日(11月8日) 晨,至芠草岭淮庆公墓,山象虎形,又湾背地仲诚公墓。

初六日(11月9日) 至片柴村祖耀公墓,又至高塘岭盘闵公墓、风诏公墓、珪公墓。

初七日(11月10日) 晨,至潜坑易门公墓;又至光田坞筠溪公夫人墓所;又溪头水步坞梦旸公墓,归。作二叔信、程敬之信、青州信、吴少莲信,均托方寿乔寄少莲处。

初八日(11月11日) 晨,赴祠堂。至莲瑞里飏庄公墓所;遂至北岸,已燃烛寸许;至吴宜庭宅内夜饭。宿书斋内,吴韫山来,谈至四鼓。

初九日(11月12日) 晨,行七十里,至叶村,宿本家章甫宅。

初十日(11月13日) 晨,赴祠堂展拜。又至叶村始祖政公墓所、太宠公墓所、此地非。太宠公葬中村,地名荷花形。与大贵公同地。中村亦洪姓。先是叶村与中村有隙,斗杀成讼。又不许其至政公墓祭扫。中村亦不许其至大贵公展拜。适大贵公夫人葬于叶村,遂各分疆界,各祭其村中之墓。祖宗夫妇析而为二,噫!可哀已。叶村自分墓后遂不以中村为一家洪。愚惑吾桂林村而谬指太宠公为葬于叶村。余至里后,中村人来迓,叶村阻之。后中村人来述始末,乃知太宠公葬处。桂林六世叔祖礼庆公墓所。山像凤形,地理家啧啧称赏。回至叶村午饭。老竹铺人来,强邀至伊村中,亦系叶村分支者,至巳更余,小坐而回。

十一日(11月14日) 晨,回至北岸,甫暮,适希玉、君陶由苏州来,相与叙谈。夜间,为拉至祠堂前观剧。

十二日(11月15日) 晨,至吴氏宗祠贺。进主,出拜本村吴氏族人,遂至大阜潘子格镕斋表兄处饭。并至外祖父母厝所展拜。暮仍回北岸,与希玉昆仲谈至四鼓。睡。

十三日(11月16日) 晨,回桂林,申刻始到,剃发。

十四日(11月17日) 写祠堂匾字,作联对十余件。

十五日(11月18日) 晨,复方寿乔函。入城晤杨召棠、王佩五诸人。归,作祭文。

十六日(11月19日) 受风寒,患咳嗽,服药。作扇十余件,作楹帖数件。

十七日(11月20日) 作字。

十八日(11月21日) 作字。

十九日(11月22日) 作字。书先代栗主。剃发。

二十日(11月23日) 进祖佑昆公暨祖妣巴安人,又考近薇公栗主于祠,伯叔亦附入焉。作字。

廿一日(11月24日) 作字。张守曾来,夜演祭礼。

廿二日(11月25日) 晨,拜社神及文昌神。祠中上绰楔,建旗竿。午后西溪汪泽芬、巨川、印虚三人来晤,叙列为表亲。薄暮,又演习祭礼。

廿三日(11月26日)　黎明起。入祠行三献礼,祭文曰:"维大清同治八年,岁次己巳,孟冬月,己亥朔越祭日,辛酉之辰,裔孙某等谨以刚鬣柔毛、瓣香束帛、清酌庶馐之仪,致祭于始祖观察公暨众祖考妣之前,而言曰:翳我先胄,肇始敦煌。继迁宣歙,奕叶流芳。有宋南渡,来居世乡。乃建宗庙,乃修蒸尝。享祀弗忒,支庶繁昌。延至于某,材轻德凉。幼年孤露,奉母金阊。砚田岁恶,画粥为粮。遭时多故,贼陷梓桑。橐笔求试,通籍吴庠。贤考院贡,对策明光。帝曰汝钧,敷陈其臧。鸿胪初唱,稽首拜扬。木之滥厕,禁苑回翔。自审驽下,曷先腾骧。实由先泽,积累孔长。幽光潜德,久郁必彰,子孙多报,如券斯偿。虞酬幽漠,宜荐馨香。秋霜春露,恻焉神伤。假归故里,时维小阳。修礼合乐,涓吉焚黄。陈牲于庭,酌醴于房。蘋蘩筐筥,俎豆冠裳。虽曰不腆,祇敬以将,仰维先代,缨芾相望。世贻清白,何以奉扬。世有文献,何以恢张。知小谋大,竦惧彷徨。所祈灵爽,牖启瞀狂。云车风马,陟降兹堂。声音笑貌,在上在旁。抒祠侑爵,笔鉴衷藏。尚飨。"终日在祠酬宴宾客。

廿四日(11月27日)　作字。

廿五日(11月28日)　赴休宁、黄石祭墓。行五十余,至沙源,借宿于族人起涛家。沙源乃黄石之支派,黄石无人,而沙源支裔最近,故推为奉祠之长。近因兵燹,死亡殆尽。惟近涛父子两人守故土,不忍去,亦可哀也已。夜出所著诗见示,贾而能好笔墨,是可钦也。

廿六日(11月29日)　晨,赴始祖妣观察公夫人金夫人墓祠展拜,又至茔所展拜。茔旁完好而祠则倾圮,时方议修之,而费无从出。按观察公葬婺源,金夫人葬黄石之油麻林。凡歙、休、绩溪均祀金夫人墓。观察公墓以路远弗及也。归至西溪汪泽芬家内,又至汪逊旃姑丈处,并晤迪旃同年。路回,面泽芬诸人,迟留不得行,乃宿焉。

廿七日(11月30日) 晨,在逊旃处面。回里,方寿乔来。

廿八日(12月1日) 作字。许秀臣来。六祖姑母嫁于许村,秀臣,其所出也。祖姑丈字星恒。

廿九日(12月2日) 作字。竟日作募修桂林桥启。

十一月

初一日(12月3日) 作字。汪泽芬昆季来。夜明叔招宴。雨,得汤少莲信、卫泉信。

初二日(12月4日) 理料行李。雨。

初三日(12月5日) 雨。饭后乘舆至北岸宿焉,晤希玉昆仲。

初四日(12月6日) 饭后至深渡,宿吴树仁处。雨。

初五日(12月7日) 雨。待船竟日,吴蕴山来,潘蓉卿来。夜,饭后上船。

初六日(12月8日) 开舟行八十余里,泊源头,船中作字。

初七日(12月9日) 作扇面,泊茶园。

初八日(12月10日) 作箑,复作心一兄信,泊严州。

初九日(12月11日) 泊载溪,作昭则信,作折扇。夜,舟复行,读《国朝文录》。

初十日(12月12日) 作折扇,作致方寿乔信、青州徐信,读《国朝文录》,夜抵江干。

十一日(12月13日) 晨,至本家芷庭,巨成行日,托其发运行李。遂至吴少莲公馆,雨。作致王清如太夫子札、王芾南世丈札。刘莩笙来。专差赴萧山所前心一兄处,寄青州信、方寿乔信、昭则叔祖信。夜登舟。

十二日(12月14日) 开行,阅《国朝文》,作折子半开。

十三日(12月15日) 阅书,作白折。

十四日(12月16日) 同上。

十五日(12月17日) 戌刻,抵胥门,上岸。至清卿处,谈至夜分而睡。

十六日(12月18日)　剃发。至彭芍丈处晤,并晤菊樽丈及岱霖诸人。潘伟如来邀数四,复至伟如处,晤至佺、顺之二丈,订明后日饮。夜仍至芍丈处手谈并假宿焉。

十七日(12月19日)　晨,至伟如处,遂偕至羖闲处饭,归已暮矣。

十八日(12月20日)　潘达泉来;洪藕圃来;彭芍亭来。至本家竹舫馆内;至顺之处午饮;至牙厘局,晤何子永,剧谈,遂夜饭焉。招明日饮,辞。

十九日(12月21日)　俟各物买齐已午后。本家竹舫来;潘卫泉来;翟次维来。暮偕培卿诸人至玄妙观茗饮。夜饭后登舟,至郑海骀前辈舟中谈。

二十日(12月22日)　开行,作杨艺芳信。戌刻抵锡山西门,登岸。至杨宅,晤舲侍、藕舫,遂订明日惠山之游。托寄艺芳信。

廿一日(12月23日)　晨,作青州家信。至金匮大令吴春舫同年处晤。至藕芳[1]处,春舫来答拜。登舟至慧山[2],经游昭忠祠,为慧山寺旧址毁于兵燹而改建者。同席徐兰畦、许楼先、邵海峤、侯介堂、贾花锄饮于江氏祠舍。徐、许诸君申明日约,不获辞。吴春舫招明日饮,辞。

廿二日(12月24日)　许楼先来。登岸至藕舫处为诸人作楹帖十余件,剃发,复至慧山偕诸人饮,夜与藕舫、花锄作长夜谈。

廿三日(12月25日)　晨,登舟开行,夜作慧山纪游诗。

廿四日(12月26日)　改夜作,读《义山集》,阅《慧山志》。

廿五日(12月27日)　作杨藕舫信,读《义山集》。

廿六日(12月28日)　作琴西信,又金陵岳家信附内。午后抵

---

① “藕芳”,日记中另有多处写作“藕舫”,当为一人。

② 即惠山,底本皆作“慧山”。

京口,寄锡山信,读《义山集》,渡江泊七壕口。

廿七日(12月29日)　作白折一开,作方寿乔信。申刻,抵扬州钞关,上岸。至宋庆康处,晤二叔及鲍利之、方润甫。夜庆康招饮,遂宿焉。

廿八日(12月30日)　晨,赴程敬之处,未晤。晤巴松溪、鲍肖坡、宋端甫、本家良士。及赴厉吉人宅,吊其尊甫丧。归,作顾锦民信。夜,辛灿华招饮。巴松溪来,良士、项书巢来,庆康子来执贽。

廿九日(12月31日)　晨,剃发。松溪令郎来执贽。宋端甫来。作吴少莲信、本家心一信、莲粤信,均寄,并南京、都中信,亦寄。鲍肖坡来。夜庆康招饮,三鼓登舟。

三十日(1870年1月1日)　晨,开行,作白折一开,读《义山集》,泊高邮。

十二月

初一日(1月2日)　晨,开行,作白折开,读《义山集》,泊宝应。

初二日(1月3日)　未刻,抵清江,即赴王营,宿鲍彩轩店内。

初三日(1月4日)　作家信,托陈老春带青州。收拾行李。

初四日(1月5日)　过清江,至本家上庄豫大茶叶店内。至西场,晤黄善长、杨敬之。

初五日(1月6日)　待车未行,善长从德基来。

初六日(1月7日)　行卅里,尖鱼沟,宿众兴四十里。

初七日(1月8日)　行五十里,尖仰化集;五十里,宿顺河集西站店,饭贵极。

初八日(1月9日)　过运河,尖皂河。四十里,宿旧邳州。

初九日(1月10日)　行一。

初十日(1月11日)　行卅五里,尖。五十里,宿周家营。

十一日(1月12日)　午刻,尖临城驿。酉刻,抵滕县,寓三叔公馆内。

十二日(1月13日) 剃发。饭后入署,晤南翁诸人。夜,三叔招饮。

十三日(1月14日) 晨,理物件。夜南翁招饮。

十四日(1月15日) 晨,遣仆周升先押行李回青,自乘车抵北沙尖住。

十五日(1月16日) 一路店房破坏不堪,食物甚少。

十六日(1月17日) 申刻,抵郓城县署,以民房为之。晤小山诸人。

十七日(1月18日) 谈竟日,夜小山招饮。

十八日(1月19日) 起身,离东平廿余里而止。

十九日(1月20日) 离平阴卅余里而止。一路地名生僻,随询随忘。

二十日(1月21日) 宿长清境。

廿一日(1月22日) 尖翟家庄。未刻,抵省,住呈祥。至伟度处。剃发。钱安念侄来。

廿二日(1月23日) 晨,赴董子勤处,伟度来。午刻出城,住葛店五十里。

同治九年庚午(1870)

九　月

廿八日(10月22日)　持节赴鄂。午后，始出都门，行七十里，宿良乡，已二鼓。

廿九日(10月23日)　行七十里，涿州宿。州牧郝近垣赠家刻《尔雅》《山海经笺注》，答以楹帖。

十　月

初一日(10月24日)　行四十五里，高白店尖，新城界。复行廿五里至定兴县宿，县令汪瀛。按县志：定兴，古范阳地，金大定八年创建。城东南有燕昭王黄金台故址。李善引《上谷郡图经》曰黄金台在易水东南十八里，志盖本此。拒马河自县城西经城南而东行，刘琨拒石勒于此，因得名。邑境河四支：拒马、易水、百涧、白沟。又有马村河则常涸。白沟河，宋与辽分界处。邑东南有杨忠愍墓，忠愍尝于江村永传寺读书，后藁葬于邑境，明儒有鹿伯顺善继□□□。元张宏范、张世杰皆邑人。

初二日(10月25日)　行四十里，固城尖。后行三十里，宿安肃北关。按邑志：肃安，古武遂城地，唐置遂城县，元立安肃为州，明复改为县。西四五十里有釜山，昔黄帝会诸侯合符于釜山即其地。山有凤凰、龙、象、羊及班姬、围道诸名。水则瀑河带其北，漕河带其南。邑境有刘伶墓。志称伯伦访张茂先于此，后没，遂葬焉，茂先即是处人。战国时田光亦邑人，有田光里、荆轲里。

初三日(10月26日)　雨中行五十里，至保定西关。饭后出拜陈作梅前辈、费纫庭署臬、恩云峰太守、李向泉太令,均未晤。晤钱调甫方伯。得见《江南题名录》,知刘雅萃、丁咏之皆捷。归后调翁来,赵伯衡来,谈至二鼓后始去。

初四日(10月27日) 冒雨行四十里,至泾阳驲,时已将暮,因宿焉。

初五日(10月28日) 行四十五里,至望都宿。晴。

初六日(10月29日) 早行六十里,至定州尖;复行五十里,宿新乐。

初七日(10月30日) 行四十五里,至伏城驲尖;复行四十五里,至正定府宿。午后雨至昏夜,崇文山自河南典试回,相距里许,雨阻不克往。考县志:正定,古常山地,又称恒阳。滹沱河在城之南,又有龙兴寺建于隋唐间,以雨阻不克往观。寺有观音铜像,极巨,周世宗曾镕其半以铸钱,宋复完之。夜大风。

初八日(10月31日) 巳刻,雨稍小,行六十里,宿栾城县,到已二鼓后。张春舫大令来晤,车陷泥水中,夜久待不至,闷甚。

初九日(11月1日) 晨,剃发。出拜张春舫,晤。午时,车至不及行,天霁。为春舫书条幅。

初十日(11月2日) 晨,行四十里,赵州尖;复行六十里,宿柏乡县。

十一日(11月3日) 雨行六十里,宿内丘县。罗少村自楚北解京饷北上,遇于此。夜谈至二鼓。

十二日(11月4日) 大雪,不能行。少村复来,谈竟日。

十三日(11月5日) 雪止,行六十里,宿顺德府。邢台县李良甫甲子,河南人同年来,晤。夜,出拜任筱沅太守。良甫同年、任捷之同年来,晤。

十四日(11月6日) 行七十里,宿永年县。

十五日(11月7日) 五鼓,行四十五里,至邯郸县尖。复行七十里,宿磁州。州城北二十里泥泞不堪,二鼓始到。车则不能至,均在泥淖中。

十六日(11月8日) 剃发。雇车往运行李。二鼓,车始毕至。

十七日(11月9日) 行三十五里,至丰乐镇尖。属河南安阳界,渡漳河始至镇。饭后行三十五里,宿归德府。漳水有清浊二支,发源于山西平定州为清漳,于潞安府长子县为浊漳。分流至河南林县合漳村,遂并为一。安阳境内,又有洹水,在县北四里。安阳之名建于秦,古相州地。盘庚自奄迁于北冢曰殷墟,在县北即此地。韩魏公画锦坊在城内,墓在城西,魏武铜雀台离城四十里,旧址湮没。

十八日(11月10日) 行四十里,至汤阴县城汤阴,魏荡阴邑。汉置荡阴县。内岳庙尖。谒岳忠武像,观其家藏忠武墨迹,殆法虞世南,而加以雄直之致者。又二十里,宿宜沟。

十九日(11月11日) 行六十里,宿淇县。陈子俊大令来,晤,答拜亦晤。路经淇河,泉源水在淇县南。亦名阳河,即古肥泉也。入淇水。水清澈可爱。

二十日(11月12日) 行五十里,宿汲县。汲为殷牧野地。周为鄘卫国。战国卫汲邑。杨大令名九龄来,晤。卫河绕城,舟楫荟集。得过少华信。

廿一日(11月13日) 行五十里,至新乡尖,孔云樵大令来,晤;饭后复行六十里,宿元村驲。是日,在新乡遇曹灵屏、蔡砚农两主试自楚北回。

廿二日(11月14日) 五鼓起,行四十余里,渡黄河。渡本在荥泽口,昨日始移至灌园口。车舆均迷道,多行三十里。渡河后至荥泽县已更余。章蔼堂大令来,晤。荥泽汉广武,今荥泽。成皋,今荥阳也。在郑境,楚汉相距即此地。邑有纪信祠。广武山离城数十里。鸿沟界亦在城外。《左传》“晋师在敖、高之间”,二山皆在邑境。《小雅》“搏兽于敖”亦此山。旧有河阴县,今归并入邑。是日渡河风恬浪静,咸称难得。

廿三日(11月15日) 行四十里,尖郑州。复行五十里,宿郭店驲。

廿四日(11 月 16 日) 行四十里,尖新郑县。李次亭大令来,晤。复行六十里,宿石固驲长葛境。新郑,即郑国地。城河即溱缯,土人呼双洎河。洧水自登封县流入县北入许州,缯洧至此合流而东,今洧流独盛,缯流渐微,今涸。

廿五日(11 月 17 日) 待换行李车,勾留竟日。剃发。

廿六日(11 月 18 日) 行四十里,颍桥驿尖。复行五十里,至襄城宿。襄城,郑汜邑战国,魏襄城邑。汝水自汝州郏县流入县南,又东南经郾城为大溵水又名大溵河,入陈州府界。

廿七日(11 月 19 日) 行六十里,至叶县即春秋叶邑宿。故城在县南卅里。渡滍水,《左传·僖公三十三年》,楚人与晋人夹滍水而军。方城山在县南四十里,楚国方城以为城,即指此。张大令镔,壬戌、乙丑来见晤。

廿八日(11 月 20 日) 行六十里,至保安驿尖。又行六十里,宿裕州。张春霆刺史来见晤。裕州,楚方城地,金泰和八年置裕州。州西南有赭水,本名堵水,汉为堵阳县。故城在州东六里。

廿九日(11 月 21 日) 三鼓起,行六十里,宿博望驿尖;复行六十里,宿宛城驲。

三十日(11 月 22 日) 辰刻起,行六十里,尖林水驲;复六十里,宿新野县。新野,古邓地。邑境水道极多,淯水源出嵩县。《水经》"淯水出弘农卢氏县攻离山",即嵩县地。往南阳新野,合唐河而入于汉。唐河即沘水,亦名泌水,出泌阳县。经唐县西北称唐河。

闰十月

初一日(11 月 23 日) 行六十里宿。

初二日(11 月 24 日) 三鼓,行六十里尖驲;复六十里,至樊城。向鹿苹大令同年来接,襄阳营守及司铎等官均来。至行馆,恩星五太守、汤彦泽司马、祥馥亭别驾、向鹿芩大令同年来见;丁芝圃军门来晤;钟峙堂贰尹、周仪卿来见;襄阳府县学来见。

初三日(11月25日) 欧阳崇如观察来,晤;向鹿芩来见。饭后出拜丁芝圃,晤;拜汤、祥二公未晤;又过河,至襄阳城拜滕昇年军门及道府,均晤;拜县令及营守、参游来,晤。崇如招饮,辞。滕昇年招,亦辞。

初四日(11月26日) 滕昇年来,晤;曹大令名福增、汤彦泽来,均见;府县学来,均见。作楹帖十余件。襄樊对峙,汉水中流,犄角之势。樊城固则襄城坚,襄城安则上流保。《图经》云:"襄阳居楚蜀上游,其险足固,其土足良。东瞰吴越,西控川陕,南跨汉沔,北接京洛;水陆辐辏,转输无滞,与江陵势同唇齿。"洵哉!又《方舆纪要》云:"湖广之形势,以东南言之则重在武昌,以湖广言之则重在荆州,以天下言之则重在襄阳。"元以重兵攻襄樊两城,竭五年之力,樊城陷甫逾月,而襄城降,而宋室遂灭,罪在援襄之不力也。下午雨。

初五日(11月27日) 早,发行李,饭后出辞行,并答曹大令。登舟后,襄阳府县及学官先后来,祥馥亭来,均晤;丁芝圃来,亦晤。

初六日(11月28日) 晨,开行,舟中望鹿门山,为庞德公栖隐处,孟浩然、皮日休亦先后隐此。襄阳城西三十里为隆中,山有武侯祠,惜未得往。樊城西有白马洞,隔卅里。明献贼陷襄阳,从白马洞渡樊城去。后陷樊城,又渡白马洞,逼襄阳,遂又陷。是洞实两城要津,故附载之。当时有扼白马洞、守文石津之议,时目为迂而未用焉。行一百三十里,泊中马头。宜城令陆彦琦来见,阳湖人,遂同饭焉。正副县学来见。

初七日(11月29日) 行九十里,泊小河口,仍宜城境。宜城,夏为己国,楚己邑,又即周之罗、鄀、鄢地。楚昭王迁郢始都之郢,为今江陵。于鄀,曰鄢都。秦白起决鄢水灌楚都拔之,以为鄢县。汉惠帝改为宜城。鄢水即蛮水,于县南南倒口入汉。汉南阳太守秦颉墓在县南,旧有二碑,见《水经注》及《隶释》。舟中作致彭芍亭书。

初八日(11月30日) 风逆而狂,泊舟竟日。作《襄樊论》,悼壮缪也;又作《舟发汉江》七绝一首。

初九日(12月1日) 行九十里,泊皇庄庙,离钟祥县城八里。安陆府艾朴庵来见,晤;刘纪仁大令来见,晤;府县学及县尉来见,晤。剃发。钟祥,楚为鄢郢地,非即楚始都之郢也。汉竟陵县地,吴为石城,置牙门戍以御晋。宋置长寿县,唐置郢州。肘腋荆襄,襟喉江沔。晋羊祜进据其地,而吴日以蹙。萧梁之季,西魏取石城而荆州危。宋孟珙复郢州荆门而得规复襄樊。元伯颜自襄樊袭取二郢,而汉东皆溃。亦形胜奥区也。作襄阳怀古诗。一高阳池,一沈潭碑。

初十日(12月2日) 晨,行六十里。风逆,泊土牛滩。作鹤巢、缉庭信,作寄怀诗。

十一日(12月3日) 行一百里,泊沙洋。荆门州境,署沙洋。同知谭大令来见。作洪琴西信。

十二日(12月4日) 行卅里,至多宝湾,京山县境;复行六十里,泊聂家滩,作何子永信。

十三日(12月5日) 行四十里,至潜江泽口境,史春圃大令来见,县学来见;复行七十里,泊岳家口,天门境。

十四日(12月6日) 行卅里,至仙桃镇,泊沔阳州境。州判方雨樵来见,作过少华信。

十五日(12月7日) 风阻不得行,州判方雨樵来见,晤。作颜三芝师信。以上数邑未得志书。

十六日(12月8日) 行一百十里,泊城隍港,汉川县境,作《过宋玉宅怀古》。按宋玉宅有二:一在归州,从屈原游学时所居;一在江陵,则服官郢都时居之,庾子山《哀江南赋》有云"诛茅宋玉之宅"。盖信避侯景乱,后归江陵居玉故宅,故云宜城之宋玉宅在墓侧,盖其里居。玉为宜产,自宜有宅。《水经注》云"宅在县南三里"。理或不诬。

十七日(12月9日) 五鼓,行五十里,巳初抵汉川。暨子骏大令来见;厘局委员查厚卿经县人、大令洪九黄来见;县学秦、县尉沈来见;南漳县王桂珊同年来见;暨大令又来见。剃发。饭后复行九十里泊。

十八日(12月10日) 晨,行九十里至汉阳。严桐生昉太守、施丞侯协戎、吕芝泉宪瑞大令、玉古泉别驾来见,均晤;府县学来见;周贰尹、徐少尉来见。出拜府晤。又渡河至汉口镇拜李玉阶明墀观察、程尚斋丈,均晤。回舟,李玉阶来晤,汪巨川来,程尚斋来,均晤;张晴川司马来见,晤;本家兴仁业圣叔、子聪镐、简臣镛来,未晤;又小汀族叔祖来晤;黔捐委员黄来见,汉口镇巡检刘来见,未晤。

十九日(12月11日) 晨,开过江,巳刻登岸,李筱全、郭远堂两年世丈、张香涛前辈及司道府厅等官均候于皇华馆。茶毕,至行馆。张樵野荫桓、何白英国琛、崔芬堂、唐薇阶前辈四观察来晤;武昌司马李菱舫佑宸、江夏大令徐毓才兆英、候补府胡练澄承泽、候补同知费伯勋裕昆均来晤;府县两学来晤;叶韵笙大令来晤;王仲松来晤;又新选蕲州学朱来晤。

二十日(12月12日) 张溎山方伯、刘甲三廉访、丁心斋粮储、陈心泉前辈、何芷舠、张鹿仙前辈、胡月樵三观察均来晤;黄虎卿观察来晤。出拜督抚潘、粮道丁、盐道陈及张樵野、崔芬堂,晤;拜臬使及候补观察、府县诸君,未晤。归,署吏悠庆常、叶熙侯仲庸、狄汉卿云章三司马,谢侣松榛、易希梁学灏两别驾、潘秋如大令来晤;程西杰大令自江宁来晤。接岳家信及子青叔岳信。得青州信、徐信、蕲泽普信,陕西高陵大令本家敬夫信、朱性之信、梅卓安信、丁筱农信、本家画云信。

廿一日(12月13日) 出拜张香涛前辈,谈良久,归。雷鹤皋侍郎、洪军门名宝麟来,晤;武昌府聂陶斋、候补府丁燮甫柔克、候补刺史吴季良以圭来,晤;姜仃夫光裕大令来,晤;宋秋崖自云南催饷来,晤。询云南军务甚悉。最奇者打仗须开花脸,盔甲插雉尾数十支,殆与演剧无异。香涛来。赴文昌宫,同城公宴,归二鼓。

廿二日(12月14日) 巳刻接印,出送香涛于舟中,谈良久,归。武昌、汉阳两府县费伯勋司马、谢侣松、庄文波字叔泉别驾、杨春生宗时大令来贺,晤。尾闾骨上起一无名肿毒,已数日矣。是日痛剧,应谢客而卧,得陶桂门信。

廿三日(12月15日) 痛尤甚。作本家琴西信及金陵岳家信,邀叶韵笙来。服药二剂。

廿四日(12月16日) 溃脓甚多。程尚斋丈来,谈良久。托寄金陵信。

廿五日(12月17日) 晨,谒圣庙,下学讲书,事毕归。府教授刘、县教谕余来见,仍谢客。殷子禾自苏来,即请入行馆。得吴培卿、潘卫泉、达泉、少吾各信。余毒尚多,仍作痛。是日放告,收呈词一纸。由阜康寄鹤巢信、芍亭信。

廿六日(12月18日) 痛益甚,邀韵星来诊,偃卧竟日。

廿七日(12月19日) 痛稍可,下午移署武昌府县,杭名宗杰秀升、吴文厚大令来见,晤。

廿八日(12月20日) 痛甚,仍谢客。许振祥启山、张士煐鼎臣两同年一赴南、一赴北,来拜,未晤。

廿九日(12月21日) 痛渐止,脓已出多许,得林少紫先生信。

十一月

初一日(12月22日) 五鼓起,赴万寿宫拜牌,复赴文庙,归。拜张、许两同年,尚未起。夜宴幕中诸君,并邀秋崖来饮。收呈词四纸,发到任题本。

初二日(12月23日) 发到任折。交督辕折差带原发吴超伯信、小汀师七旬寿信。许启山同年来。

初三日(12月24日) 叶韵笙、汪光璧号玉峰、胡易铭号又新、潘秋谷席韦前辈四大令来见,晤。出拜客,晤雷鹤皋侍郎、彭雨帆前辈、郭远堂年丈、张鹿仙前辈、胡月樵观察及粮道、盐道,余未晤。晚招许、张两同年饮。

初四日(12月25日) 蒯平叔名正昌、宗子城名景潘、金寿朋名嘉臻来见。出拜客,晤制军方伯,武昌聂太守,张樵野、王筱坪两观察,洪玉书名宝麟提督及崔芬堂观察,余未晤。

初五日(12月26日) 张月卿制军、曹颖生前辈、欧阳用甫前辈、丁省斋粮储、张樵野观察来，晤；查丽生名子庚、杨少云荫桓、戴晴初开基大令、林修梅国学来见。出拜经心书院山长薛介眉、刘甲之廉访，晤，余未晤。作潘达泉信，托子禾寄南。

初六日(12月27日) 考江汉书院。辰正点名，至巳后毕。四百人。题为“若臧武仲之知至亦可以为成人矣”。诗题“旧学商量加邃密”得“量”字。张洊山方伯来，郭远堂抚军来，晤。

初七日(12月28日) 陈心泉前辈来，江苏道观察来，晤；胡又新大令、谢侣松别驾来，晤。得程明甫、谢友梅信。得靳泽普自济宁来信，知堂上于初四日抵济宁，板舆安吉，欣抃之至。得吕山叔信。得高寿农信。

初八日(12月29日) 刘廉访来，晤；陈远仲耦、吴燕贻盥吉、丁燮甫太守来见，晤；方功渠寿崗直刺、沈云骏字仲骧刺史、伍次荪名继勋直刺、费伯勋司马、易希梁别驾来见，晤；出拜王梦嵩观察、刘仲孚太守，晤；余未晤。得靳泽普自清江来信。堂上于廿二日抵清江。

初九(12月30日) 彭雨帆前辈来，晤；同乡程卓云名端本大令来，晤；出拜客，均未晤。

初十日(12月31日) 何芷舠观察、刘仲孚太守来，晤；年嗣龙皓升、富隆武英舫两太守来，晤；吴念椿子慕、伍学熙教之大令来，晤；杨景薇贰尹来，晤；洪、李两提年来，晤；秋崖来。作高寿农信。

十一日(1871年1月1日) 李筱荃丈来，晤；林煊煦斋、黄以慎蜀安、方作愃朴卿、吴茂先华溪同年大令来，晤；云南孝廉李少白来，晤。夜，秋崖来，即邀饭焉。托寄寿农信。阅文。得宋庆康信。知堂已初二日自扬州行。

十二日(1月2日) 周成民观察来，晤；戚人杰来，晤；代理武昌府徐畅达晓泉来，晤。阅文。

十三日(1月3日) 阅文。剃发。得二叔自扬州来信。得厉夫人信。

十四日(1月4日) 杨宗时春生大令来,晤;姚有美南陔部郎来,晤。阅文。

十五日(1月5日) 五鼓,出拜武庙。归,拜客。阅文。得二叔金陵信,知堂上于初七日到金陵。

十六日(1月6日) 蒋薇卿名垣司马来,晤,汪巨川表弟来,晤。得吴琬卿自陕来信,得张冶楼自青州来信。作彭芍庭信。

十七日(1月7日) 胡月樵观察、程午坡、汪步韩来,晤;出拜制军、经心书院山长,晤,余未晤。

十八日(1月8日) 管贻葵向廷、潘秋如大令来,晤;李伯玙部郎自南来,晤,留晚饭焉。交抚署折差带去朱、文、董、继四座师,瑞、全、单、潘、魁、庞、倭、万各夫子信。又作曹恬波信、顾皞民信、鹤巢信、胡云楣信、赵晋卿信,均带往。是日,发书院月课榜。

十九日(1月9日) 马铭芝生大令、吴以圭刺史、费伯勋司马来见,晤。作吕山叔信、南陔信递去。

二十日(1月10日) 晨,剃发。午后赴淮军昭忠祠宴剧,二鼓后归。王加敏观察来,晤。

廿一日(1月11日) 司道尊官公请。午后赴昭忠祠,二鼓后归。得二叔信、过少华信。

廿二日(1月12日) 作过少华信。曹钟山观察来,晤。得张鼎臣同年信。同年钟玉堂大令来,晤。

廿三日(1月13日) 何芷舠观察来,松茂亭太守来,晤。堂上挈眷属等来到。午后亲赴江干迎接入署。凤书叔及靳泽普兄皆来。得青州徐信、江小渠表伯信、金陵信、滕县信、吴培卿信。

廿四日(1月14日) 抚台来,伍次荪直刺、费伯勋、史樾常、狄汉卿司马来,晤;制台来,陈心泉前辈来,刘仲孚、胡练澄太守、何芷舠观察来,晤。

廿五日(1月15日) 作青州信。午后出谢客,晤抚台、制台。寄洪琴西信、丁雨生信、二叔信。

廿六日(1月16日) 作青州信,驿递;又递寄陕西高陵县本家敬夫信;又作培卿信寄去。夜宴泽普及凤书叔。出拜客。

廿七日(1月17日) 吴幹臣太守、朱士荣别驾、胡又新前辈来,晤;薛山长来,晤。

廿八日(1月18日) 晨,作扇。刘静斋别驾、四川候补别驾李瀛州、顾莲君茂才来,晤。

廿九日(1月19日) 晨,赴首府聂陶斋处吊奠。荆门州同张瑞鸿来见。李翰臣明墀大令来见。出拜客。

三十日(1月20日) 作金陵信、二叔信,托程卓生寄。薛介伯山长来。

十二月

朔日(1月21日) 黎明,赴文庙。归,至文昌宫拈香。午后,又出拜客,晤薛介伯。

初二日(1月22日) 李孙蕃小峰别驾来、谢侣松来,均见。

初三日(1月23日) 堂上诞辰,祝寿,客来均谢。得宋庆康信、二叔信。作颜三芝夫子信,递去。又作庆康信寄去。夜宴幕中诸人。

初四日(1月24日) 宜城县学官来、经心书院监院学官来,郭子美军门来,均见;安陆庠生陈作彦来。

初五日(1月25日) 剃发。午后谢寿。晤陈心荃、唐薇阶两观察,郭子美军门。

初六日(1月26日) 程尚斋来,得二叔信,作程敬之信交二叔。

初七日(1月27日) 考经心书院,一论题,二诗题:《春秋晋楚形势强弱论》;《大别山谒禹庙》五排二十韵,《岁除即事》乐府四首,腊鼓鸣、藏钩戏、醉司命、迎新年,一二四均见《荆楚岁时记》。蕲州庠生陈辉先控堂弟陈召、陈春甲掘冢毁碑一章未收。

初八日(1月28日) 作李荃师信,清卿信递去。是日,客来均未见。

初九日(1月29日)　作王清如太夫子信,本家画云叔信、性之信,均递去;又递杨石泉中丞信;得兹山叔信、心一兄信。郭子美来,晤;洪海如来,晤。

初十日(1月30日)　洪宝麟来。午后出门谢寿,晤制台。黄虎卿观察、程彦春来,晤;得郭素薇信。朱子山来,未晤;朱馥卿来,未晤;带来汤仲山信。

十一日(1月31日)　忌辰,朱馥卿来,晤。作林少紫先生信,递去。递直隶藩台钱补甫信。

十二日(2月1日)　忌辰,阅卷。程彦春来,晤。

十三日(2月2日)　黄虎卿来、胡又新来、林煦斋来、朱子山来,均晤。阅卷竟日。作复李少牧信、郭素薇信、徐心耕信。得董也和信,得周牧村同年信。

十四日(2月3日)　袁秋屏名福瀚大令来见,候补吴汉九来见,程彦春来,均晤。作吴培卿信、陶桂门世丈信,均寄。作潘顺之年丈信。温味秋前辈自楚南来。

十五日(2月4日)　晨,谒武庙。归,拜味秋,值大雨,未晤。作滕县两信及屠槐生信,均递;又作丁筱农信、萧质斋信,均递。

十六日(2月5日)　作陈西林同年信;又作董也和、郑子侨信,发递;又作江龤文信。恩华甫直刺来,姚南陔来,均晤。邀洪海如来署晚饭。得方寿乔信、吴树仁信。

十七日(2月6日)　作江小渠信。何白英来,钟玉堂来,张葆中寿民来,均晤;林修梅来,晤。得二叔信。出,送温味秋前辈行,晤。至制军署晚饭。

十八日(2月7日)　递平锦生夫子信。张樵野来。作杨雪温信、彭芍亭丈信。折差回,得小汀夫子信,吴超伯信。出拜朱子山,未晤。晤胡月樵。归后雷鹤皋山长来,晤。作超伯信,交督辕折差带京。得本家心一信。

十九日(2月8日)　作冯伯深同年信附□吴值年信,黄董腴信,附戊辰回值年信；又封芍亭信内附苏府同乡信；又作超伯信，内附徽州同乡信；又毛旭初师信、贺重黼师信，又杨雪渔、陈西林信，均托抚院折差带京。得昭则叔公信、映月妹信，又族中公信。

二十日（2月9日） 作张绍京同年信。朱荣实和园、宗子城大令来，又朱希照少峰大令来，狄汉卿司马来，均晤。作岳家信、子青叔岳信，均封寄。得本家良士信。戴晴初来。

廿一日（2月10日） 午时，封印。得韫斋师信。作青州信及江氏乔梓信，均递。

廿二日（2月11日） 作汪蘅舫信，并陈玳林两同年信，发递。赴藩署吊其夫人之丧。归，雨，程尚斋丈来；熊凤仪九成同年自粤西来。

廿三日（2月12日） 作折扇两件。谢侣松来，杨少芸来，陈仲耦来。作厉吉人信，信局寄。得陈玳林、汪蘅舫两同年信。程西杰来。

廿四日（2月13日） 宗子城来。午后出拜雷鹤皋山长、彭雨帆前辈、陈仲耦，晤。得周镜芙信。作方寿乔信，寄歙县。

廿五日（2月14日） 忌辰，作杨仲山信，李念仔信，均递。汪巨川来，费伯勋来，潘秋如来，均晤。作屏联各数件。得听之夫子信、宋庆康信。

廿六日（2月15日） 作听之夫子信未竟，林修梅来，制军来，张问月自苏来，彭雨帆前辈来。

廿七日（2月16日） 作萧仲山信。午后出拜制军，晤；拜抚台，未晤。聂陶斋来，晤。

廿八日（2月17日） 张樵野来，晤。得本家族长星南公自汉口来信。

廿九日（2月18日） 料理年事，剃发。夜与幕中诸君拇战酣饮。

同治十年辛未(1871)

正　月

初一日(2月19日)　五鼓起,拜喜神祠灶。出赴万寿宫拜牌,又至冬庙、武庙。归,至文昌宫拈香。大雪。夜饮。

初二日(2月20日)　雪止,午后出拜年,均未晤。

初三日(2月21日)　忌辰,作听之夫子信、吴广庵信、三芝夫子信,交狄汉卿寄。

初四日(2月22日)　作曹修庭信,交子禾寄。抚军来,王加敏观察来,谢侣松来,潘秋如来。饭后与子禾、仲松、莲君手谈。得三叔信、过少华信、陕西武功县汤铭新信、张诚斋信。制军来,宜城训导易学清来,晤。

初五日(2月23日)　何芷舠、张樵野来,晤;管向廷、汪少芳大令来;冯裕藩观察来。午后出拜客,晤制军、臬台、雷鹤皋山长。得三叔信。

初六日(2月25日)　忌辰,作汪柳门信、吴琬卿信,发递。得二叔信。本家坚臣来,晤。饭后偕莲君、子禾、仲松手谈。颈上生疖疠,甚累。

初七日(2月24日)　臬台来,粮道朱子山、徐海年前辈来,胡又新来,未晤;徐毓才、杨少芸、叶韵笙、何白英来,晤。作心一信,由信局寄。

初八日(2月26日)　盐道陈来,周成民、曹南英、张鹿仙来,晤;曹煊、林佑、戴开基、蒯正昌、暨之骐来,戚人杰来,均晤;滕昇平军门来,晤。

初九日(2月27日) 剃发。藩台来，欧阳崇如来，胡月樵、黄虎卿、张月卿来，唐基甲来，晤。得芍亭信、鹤巢信、汪芾村信，曹恬波、严小舫信，本家字直卿敬夫信。陈伯屏同年来。

初十日(2月28日) 晨，拜客，晤抚军、盐道、陈伯屏、滕昇平。归，张瑞鸿州司来，晤。饭后又拜客，晤胡月樵、丁省斋，至晚而回。作洪琴西信寄。

十一日(3月1日) 忌辰，作潘伟如、程朋甫信，由阜康寄。作黄醒原信，递去。

十二日(3月2日) 荆州府陈湘甫来，罗城县唐敬亭基申来，署兴国州吴瑞生大训来，云梦县丁子瑜琛来，候补县罗缃云五来，通判黄辰星阁来，程尚斋来，均晤；午后出，拜王梦崧观察、朱子山观察，晤。至抚署饭，同席欧阳崇如、蒯德标、朱子山、王观察。

十三日(3月3日) 李玉阶来，徐晓泉、伍次荪来，黄州通判陈其裕开轩来署，崇阳县傅崇祐受之来，陈汝蕃仲衡太守来，京山县张会澜茗泉来，查佩恩厚卿来，雷鹤皋山长来。

十四日(3月4日) 忌辰，作折扇，作楹帖，陈伯屏来。

十五日(3月5日) 黎明，赴武庙行香，拜客归后。恒琛献之、胡又新来，晤；钟玉堂来，晤；夜宴幕中诸君，微醉。得刘迈皋年丈信，顾缉亭信。

十六日(3月6日) 吉太守尔哈春来，林佑子鹤、桓献之、濮文昶春馀来，晤；刘雨峰同年自楚南来，晤。作楹帖。得厉吉人信。

十七日(3月7日) 通城县夏献谟子嘉来，晤；饭后出拜藩臬，晤。归，幕中诸友为张仲禧饯行，同饮。得项书巢信、颜三芝夫子信、朱筱泉信。

十八日(3月8日) 作陈西林信、叶小韩信、顾缉庭信交折差带寄，都门各谢十四封信，又托刘雨峰带去戊辰同年谢信十四封，作张诚斋信、鲍问梅信，发递。得平夫子信、吴培卿信。

十九日(3月9日) 钱芝门来，欧阳崇如来，制军来。作扇屏。

二十日(3月10日)　汪巨川来。作良士信并奠分,托刘雨峰同年寄。又作莐臣信,寄伍祐场。雨。

廿一日(3月11日)　忌辰,雨,开印,武昌府县学见,陈镛棣笙太守见,刘雨峰来。

廿二日(3月12日)　晨,黄安县学来见,抚台来见。饭后出,拜抚军,晤。得宋庆康信。

廿三日(3月13日)　忌辰,发张春舫信、吴良甫同年信、张春霆信。

廿四日(3月14日)　戴晴初来,蒯柘农来,制军来,钟玉堂来,王锡康太守用侯来。

廿五日(3月15日)　吴晓汉至署。得培卿信。潘棶坡来,欧阳崇如来,制军来,辞行。

廿六日(3月16日)　作吴超伯信,附芍亭信;榕楼夫子信,张香涛信,交制台带出城。送制台行。

廿七日(3月17日)　来凤县尹文辐鹤田来,晤;易希梁来,晤;罗少村来,沈云骏仲骧来,丁丹园翥同年来。

廿八日(3月18日)　潘棶坡来,作三叔信,递去。得吴硕卿信。

廿九日(3月19日)　曹煊来见。作楹帖等件。

三十日(3月20日)　臬台来,叶韵笙来。得吴超伯信。陈棣笙来见。出拜客。

二　月

初一日(3月21日)　晨,赴文庙拈香。候补同知李云钊来见。作陈伯敏信,内附王芾棠信、李芷卿信、徐益斋信、郭寿三信、于映波信、吴则之信。

初二日(3月22日)　罗少村来,晤;潘棶坡来,晤;叶韵笙来,晤。作金陵信,寄去。得刘树君夫子信。

初三日(3月23日)　五鼓起,赴文昌阁祭文昌。归,拜张樵野,晤;范鹤生前辈来,汪步韩巨川来,洪子重来,程尚斋来,朱子山来,胡又新来,均晤。得倪听松师信。

初四日(3月24日)　抚台甄别书院,邀同点名,巳时毕。潘秋如来。得项书巢信,程敬之信。

初五日(3月25日)　作楹帖等竟日。胡又新来。递树君夫子信。

初六日(3月26日)　辞行竟日,晤抚台、臬台、粮道、盐道首府朱子山、黄虎卿。

初七日(3月27日)　四鼓起赴文庙,先至崇圣祠,主祭。祭毕,俟抚台来陪祭大成殿。回署稍卧,检点行李。得三叔信、金陵信、青州信。徐晓泉来,徐毓才来,何白英来,张樵野来。

初八日(3月28日)　晨,何芷樵来,曹暄来。请俞仲寅来□馆。送森儿上学。巳刻出城,汉阳府县在江干送,与严相生谈。少顷,登舟行四十五里,泊沙口。

初九日(3月29日)　晨,行四十五里,至游湖口。黄陂县刘昌绪来,晤。又行十五里,泊汉道贯泉。

初十日(3月30日)　作三叔信。行八十余里,泊石家铺。

十一日(3月31日)　作严相生信,阅观风卷。行四十里,泊东山,孝感县界。

十二日(4月1日)　作项书巢信、程敬之信。行七十里左右,泊刘家口,已约三鼓矣。各信均交汉川递去,暨子骏来见。

十三日(4月2日)　行六十里,抵长江埠。应山县唐敬亭来见;德安府委文武巡捕来见;云梦县丁子瑜来见。作薛友樵信,发龚泰尌信,又作彭讷生信,均递杭州府。

十四日(4月3日)　巳初行四十里,抵云梦,丁子瑜、林煦斋均来见。得李荃师信。

十五日(4月4日)　巳刻起行六十里,至府城,入考院。振仁斋、富参戎来见,林煦斋来见,各府县学来见。

十六日(4月5日) 行香,讲书,放告,府县来见。

十七日(4月6日) 考生童经古:"枢机"解,"宅南交"解,"翟茀以朝"解,"君氏"解,"大祝、大士"解,王融《策秀才文》赋,以"永明九年策秀才文"为韵。"远闻佳士辄心许"闻。《孝悌之至通于神明论》,《"民生于三,事之如一"论》。《谒江汉先生祠》,《春晴》,默经"牖间南向"至"立于侧阶"。《楚茨》一章,《仲春之月》一节。

十八日(4月7日) 补岁考:《春省耕而补不足》,《二吾犹不足》,《石泉槐火一时新》。

十九日(4月8日) 生正场,三鼓起,点名。"如其仁"葛,"岁月日时无易"至"俊民用"章,"平地丹梯甲乙高"高。阅经古卷,傍暮出案。

二十日(4月9日) 覆经古案:"熟精《文选》理"赋,以"腹有诗书气自华"为韵,"已过清明尚浅寒"明。得青州信、唐子良信。

廿一日(4月10日) 随州正场,四鼓点名,阅生正场文,傍暮出案所以行之者九经节,乐取于人以为善。

廿二日(4月11日) 廪生试:"附于诸侯曰附庸","名下无虚士"虚。得潘顺之丈信、洪良士信。

廿三日(4月12日) 应山正场,"旧令尹之政"至"忠矣"善推其所为而已矣,"学校如林"林,出随州调覆牌。

廿四日(4月13日) 调覆随州,出随州案,"及其成功"讲,"来百二世"中比。

廿五日(4月14日) 云梦、应城正场,出应山调覆牌:"宰我问者仁"考,"与民由之孝甥田"科。得程彦春信、顾缉亭信、潘寅师信。

廿六日(4月15日) 忌辰,覆应山"义之实"至"弗去是也"一篇。五更,出应山案。

廿七日(4月16日) 考教官廿四日考,□书于此:"温故而知新,可以为师矣","崇儒引席珍"儒。出云、应调覆牌安陆正场:"孔子曰:求,无乃尔是过与"至"皆不如也","夫以百亩之不易,为己忧者"。

“樵家路入树烟微”家。

廿八日(4月17日)　调覆云、应，“则其少者”一篇，出安陆调覆牌。

廿九日(4月18日)　覆安陆。出云、应案，出安陆案，“夫如是”讲、中比。

三十日(4月19日)　补阅生一等文竟日，出生员卷箱。

三　月

初一日(4月20日)　覆新进童生试：“王子垫问曰：士何事？孟子曰：尚志”，诗题“惟善为宝考”。作署中信，雨，作楹帖十数件。

初二日(4月21日)　雨，改马箭考，期先考步箭。

初三日(4月22日)　步箭。

初四日(4月23日)　步箭半日，得署信、陈西林信。

初五日(4月24日)　技勇。

初六日(4月25日)　技勇。

初七日(4月26日)　技勇，接考、补考武生，考武童内场。得陈玳梁同年信。

初八日(4月27日)　晨，考马箭，将毕而雨。未刻回署。考武生内场，定武童案至四鼓。

初九日(4月28日)　出案，出武生卷箱。作署信。

初十日(4月29日)　作楹帖扇。午刻，覆新进武童步箭内场。出武童卷箱。发落一等生优生。新进文武童生。出拜参戎、振仁斋太守，晤；林煦斋未晤。

十一日(4月30日)　作青州信。未刻，赴宴凯阁饭。

十二日(5月1日)　巳刻，起马。申刻，抵云梦城，丁子瑜来，晤。

十三日(5月2日)　辰刻，行，午后抵应城长江埠，登舟。唐敬亭来，晤。方寿乔来，晤。得吴树仁信。

十四日(5月3日)　作何铁生学使信。辰刻，开行，午后抵汉川刘家口,暨子骏来,晤。行二十余里而泊少村前,不知何名。

十五日(5月4日) 行八九十里泊溳口,作青州信、吴培卿信,阅观风卷。

十六日(5月5日) 雨甚大,行百余里泊五神庙。作钱芝门信,作署信。

十七日(5月6日) 晨,抵汉阳东门,严相生太守汉阳县来见,沈仲骧来见。登岸,考棚颇宽展,旧为熊次侯先生宅,见各学、教官及各佐贰。

十八日(5月7日) 作陈玳林同年信,各信均发递。巳刻,下学,讲书,剃发。

十九日(5月8日) 考生童经古生撰潘安仁《藉田赋》;童著作庭赋,以"承明金马,著作之庭"为韵,赋得"但使闾阎还揖让"阎,"驳马"解。

二十日(5月9日) 补岁考,得心一信。

廿一日(5月10日) 生正场:"逸民伯夷叔齐虞仲"皎皎白驹一节,赋得"潭定静悬丝影直"悬。出经古案。

廿二日(5月11日) 覆经古。生:《白虎观议五经同异赋》,以"启发篇章,校理秘文"为韵。童:《多文为富赋》,以"腹有诗书气自华"为韵。

廿三日(5月12日) 沔阳正场。"曰:百工之事,固不可耕且为也。然则治天下独可耕且为与","惟舜为然",赋得"向浦回舟萍已绿"舟。出生案。得董也和信、小山信。

廿四日(5月13日) 覆生试:"贫且贱焉,耻也","省过夜焚香"香。

廿五日(5月14日) 孝感正场:"适市,君子居之","清露卷帘时"清。出沔阳调覆牌。

廿六日(5月15日) 覆沔阳:"前日愿见而不可得,得侍同朝甚喜,今又弃寡人而归。"出沔阳案。

廿七日(5月16日) 黄陂正场:"则无怨民之归仁也","山钟夜动渡空江水"山。得郑子侨信。出孝感调覆牌。得项书巢信。

廿八日(5月17日) 覆孝感:《而作》《君子矜》各半篇,出孝感案。

廿九日(5月18日) 汉阳、汉川正场:"孟子将朝王,王使人来曰:为天下得仁者谓之仁","渔子宿潭烟"潭。出黄陂调覆牌。

四 月

初一日(5月19日) 覆黄陂:"夫子圣者与,何其多能也。可以观可以群",破承、起讲入手。出黄陂案。

初二日(5月20日) 考教官:"君子之所以教者五","先生有道出羲皇"皇,出两县调覆牌。得吴培卿信、倪听松师信。

初三日(5月21日) 覆两县:"直在其中矣,又当论古之人同上",出两县案。得洪琴西信,得孙平皆同年信。

初四日(5月22日) 作纨扇。总覆至申刻后始点名:"宗族称孝焉"两句,"山色有无中"。

初五日(5月23日) 外场,未刻毕。作小山信,递去。

初六日(5月24日) 步箭。得姚少湖自崖州来信。严湘生来见。

初七日(5月25日) 步箭。

初八日(5月26日) 步箭。

初九日(5月27日) 技勇。

初十日(5月28日) 技勇。

十一日(5月29日) 技勇。

十二日(5月30日) 府县来见。出五县武童案,考武生内场。数日内甚热,有盛暑象。

十三日(5月31日) 作楹帖二三十件,作致冯价庵信。

十四日(6月1日) 暑甚,程尚斋来,黄观察来,李玉阶来,均晤。未刻,覆武童试。

十五日(6月2日) 巳刻,发落,午刻毕。饭后出门,晤许海年前辈、湘生太守。渡河至汉口,拜黄,晤;拜李玉阶,晤。至会馆谒朱子位。入席,肴数行而罢。拜程尚斋,晤。订胡管城明经襄校武黄试事。

十六日(6月3日) 晨,书会馆朱子牌位。午刻登舟,府县及学官来,晤。开行,风甚大,行卅里而泊一洲旁。五鼓,风更大,舟欹侧屡矣。大雨而止。

十七日(6月4日) 风逆未行。行六十余里泊江岸洲旁,作李荃师、刘韫师信。

十八日(6月5日) 行六十余里而泊江干,作署信、金陵信、程尚斋信。

十九日(6月6日) 巳刻到,午后入考院。英续村前辈来,恒献之来,各学来。

二十日(6月7日) 下学,讲书,归,作倭艮师、刘榕师信,得吴培卿信、彭芍亭信、冯申之信。

廿一日(6月8日) 考经古。生:《平原君相士赋》,以"锥处囊中脱颖而出"为韵;"殿前作赋声摩空"前。童:《吴猛羽扇画水赋》,以"江涛甚急,猛不假舟"为韵;"楼台晚映青山郭"青。作复钟玉堂信,复叶韵笙信。

廿二日(6月9日) 补考。寄家信,递荃师、韫师等信,作顾缉庭信。

廿三日(6月10日) 生正场。四鼓起点名:"千乘之国至且知方也","官先事士先志","留心经史修远业"心。出生童经古案。大雨竟日。

廿四日(6月11日) 覆经古。生:《火轮船赋》,以"为机变之巧者"为韵。童:《薰风赋》,"以瑶琴一曲来薰风"为韵。

廿五日(6月12日) 广梅正场:"先圣孔子不拘,王如用予则岂徒齐民安","解箨呈新绿"新。

廿六日(6月13日) 考教官出生员案。

廿七日(6月14日) 覆生员试:“古之欲明明德于天下者”。

廿八日(6月15日) 麻安正场:“麻如斯而已乎第一句,安如斯而已乎第二句,小民亲于下”,“高枕远江声”。出广梅调覆牌。

廿九日(6月16日) 忌辰。覆广梅:“管仲曾西至所不为也”。出广梅案。

三十日(6月17日) 蕲州正场:“爵禄可辞也”三句,“古之君子,过则改之”,“竹簟水风眠昼永”眠。出麻安调覆牌。

五　月

初一日(6月18日) 覆麻安:“教人以善谓之忠,为天下得人者谓之仁”,“仲尼之传”。出麻安案。

初二日(6月19日) 永罗正场:“仲尼亟称于水曰,水哉水哉,水君子不入也”。罗:“则吾未闻欲见贤而召之也”,“人语中含乐岁声”声。出蕲州牌。

初三日(6月20日) 覆蕲州:“教人善谓之忠二句”。出蕲州案。

初四日(6月21日) 黄冈正场:《柳下惠逸民论》,“前日于齐至则今日之受非也”,“兰芷升庭”庭。出水罗牌。得昭泽叔祖信。

初五日(6月22日) 覆水罗:“虽有天下易生之物也”水;“故术不可不慎也”罗。出水罗案。夜饮幕中诸人。

初六日(6月23日) 补考。出黄冈调覆牌。

初七日(6月24日) 覆黄冈:“而自宋之滕,伊尹以割烹要汤,有诸”。出黄冈案。

初八日(6月25日) 韩鬴庭自兴国来。作致玉堂同年信,交带。严湘生、徐晓泉自省来见,新江夏县郑砚香、汉阳县张煦棠来见,均晤。作金陵信,寄。

初九日(6月26日) 总覆,“进吾往也,志不可满”,“经明行修”修。

初十日(6月27日) 马箭。得高寿农自荆州来信。

十一日(6月28日) 马箭。

十二日(6月29日) 步箭。

十三日(6月30日) 步箭。

十四日(7月1日) 步箭。

十五日(7月2日) 步箭。

十六日(7月3日) 技勇。

十七日(7月4日) 技勇。

十八日(7月5日) 技勇。作吴超伯信,附寄咨文三分寄省。明年元旦在的。

十九日(7月6日) 技勇。午后武生补考。

二十日(7月7日) 定武试案,申刻出案。

廿一日(7月8日) 作洪琴西信、程尚斋信。

廿二日(7月9日) 晨,出门拜穆协戎、英续村前辈。归,穆、英二公来,作复宗子城大令信。

廿三日(7月10日) 忌辰。

廿四日(7月11日) 晨,发落,赴赤壁,宴于二赋堂。酉刻,登舟。

廿五日(7月12日) 顺风行百里,泊水口。作宋伟度信、刘峻卿信。夜,大雷雨。

廿六日(7月13日) 阻风雨,行十余里,泊沙口。

廿七日(7月14日) 辰刻入署,徐晓泉、郑砚香来,中丞来,罗少村、杨艺芳各学教官先后来。得颜三芝师信。

廿八日(7月15日) 出拜中丞、盐道、罗少村,晤,余未晤。胡练洪、程西杰来,韩亦珍司马来。拜艺芳、子山,均晤;薛介伯来,晤。得周鉴湖信。

廿九日(7月16日) 下学,讲书,罗少村来,递伟度信。吴汝丹自苏州来,圻弟自扬州来。得三叔信、南翁信、培卿信;得吴广盦信。

卅日(7月17日)

六 月

初一日(7月18日) 生童经古。《真珠兰赋》,以“清风如到蕊珠宫”为韵;“水槛风凉不待秋”秋。童:《丈人留子饭宿赋》,以“杀鸡为黍而食之”为韵;“绿阴生画静”生;“师贞丈人书”解,“在治忽”解,“其会如林”解,“书禄”解,“燕寝”解,“师卦毒字”解,“雷于沙”解,“幽人”解,“帝乙归妹”解,“樽酒簋贰”解。作刘萼生复信,朱性之复信,江西即用刘峻卿同年复信,均递。

初二日(7月19日) 补考。得二叔信、金陵信;作滕县信,递去。圻儿入学。

初三日(7月20日) 五学生正场:“狂者又不可得至是獧也”,“明堂也者,明诸侯之尊卑也”。“诸君何以答升平”平。出经古案。作青州信,递去。得青州信。

初四日(7月21日) 经古复试:《陈世祖投签阶石赋》,以“投签阶石,警徽宫庭”为韵;“童深山何处钟赋”以“出”为韵;“介于石”解,“盘庚优贤扬历”解,“有纪有堂”解,“徒人宴徒子”解,“母拜之”解。得柳门信。

初五日(7月22日) 六学生正场:“力行近乎仁”,“努力爱春华”华,“城诸及防”。出五学生案。

初六日(7月23日) 覆五学生试:“如有博施于民,而能济众”,“修竹压檐桑四围”。

初七日(7月24日) 兴国正场:“遇宋人能充无穿窬之心”,“凿壁偷光”光。出六学生案。作芍亭信、陈培之信、清卿信,均交折差带。

初八日(7月25日) 覆午试:“先事后得”,“重与细论文”。

初九日(7月26日) 崇通正场:“夫子时然后言”六句,“君子所以异于人者”,“瓦甑炊香稻”。出兴国调覆牌。得吴硕卿信、胡云楣信。

初十日(7月27日) 覆兴国:“而取熊掌者也”,“不容于尧舜之世”。

十一日(7月28日) 咸、大正场。咸:“惟心之谓与”;大:“故等得其卷。仲子不义与之齐国而弗受,人皆信之”,“萤傍水轩飞”轩。嘉蒲圻正场:“人与楚人战至楚人胜”,“自弃者不可与有为也”,“池添竹气清”。出二县调覆牌。得青州信。

十二日(7月29日) 调覆二县:“行有不得者。吾约见楚王,至说而罢之”。

十三日(7月30日) 咸、大正。咸:“惟心之谓与”。大:“故苟得其养,仲子不义与之齐国而弗受,人皆信之”,“萤傍水轩飞”轩。出嘉蒲牌。

十四日(7月31日) 覆嘉蒲:“是以君子有絜矩之道也,以不忍人之心”。

十五日(8月1日) 武昌正场:“用其中于民,其斯以为舜乎。鲁欲使乐正子为政”,“薪湿鼎吟迟”薪。出咸、大牌。大:“人虽欲自绝。友其德也不可以有挟也”。咸:“而况可召与?犹□也”。

十六日(8月2日) 覆咸、大。得金陵信,兹山叔信。

十七日(8月3日) 江夏正场:“苟不固聪明圣知达天德者。学者亦必以规矩”,“万卷藏书宜子弟”书。出武昌牌。得吴培卿信。

十八日(8月4日) 覆武昌:“至大至刚”,“以直养而无害,天下之道义也”。

十九日(8月5日) 考教官:“其子弟从之,则孝弟忠信”,“花里寻师到杏坛”。出江夏牌。得汪蘅舫信、荃师信、云楣信、魁华峰师信、胡菱甫信。

二十日(8月6日) 覆江夏:“则枉寻直尺”。得洪海如信,何铁生信。

廿一日(8月7日) 阅一等生卷。

廿二日(8月8日) 总覆:“士志于道”,“修学务早”修。

廿三日(8月9日)　马箭。

廿四日(8月10日)　马箭，作南陔信。

廿五日(8月11日)　步箭，得清卿信、鹤巢信、杨雪渔信、缉庭信。

廿六日(8月12日)　步箭，作滕县信，附复王心安军门信。

廿七日(8月13日)　步箭，交滕县家人带各信去。

廿八日(8月14日)　步箭，作吴培卿信，寄。

廿九日(8月15日)　步箭，得过少华信。

七　月

初一日(8月16日)　步箭，接看技勇。

初二日(8月17日)　技勇。

初三日(8月18日)　技勇。

初四日(8月19日)　技勇。

初五日(8月20日)　技勇。武生补考。

初六日(8月21日)　武生内场，出案。

初七日(8月22日)　候补道丁晓浪中和来。申刻，大雨，作洪直卿信，递去。

初八日(8月23日)　作鲍子年信，附寄彭其柏复信，递去。武童复试。

初九日(8月24日)　程尚斋来，吴华溪同年来。作楹帖。得吴子宾信、吴琬卿信。知柳门丁内艰。得程彦春信。

初十日(8月25日)　作新安会馆朱子位前横绰“星云山岳”，见江慎修先生《婺源县志》《朱子年谱序》。楹联：“承道统于濂洛诸子而还圣学于城二千载，传薪克绍；章乡祠于江汉合流之地明禋徂定十七年，劫火重新。”又作楹帖等件。作南京信，寄；作吴宜庭信，寄；作程彦春信，寄。

十一日(8月26日)　晨，发落各生。午后，制军来。

十二日(8月27日)　抚军来,朱子山来,袁莲峰来。

十三日(8月28日)　藩台、粮道、蒯柘农、张樵野来,何白英来。午后,出拜制台等客,均晤。得罗少村信。

十四日(8月29日)　胡月樵来。

十五日(8月30日)　丙子生辰,杜门谢客,作折扇等件。

十六日(8月31日)

十七日(9月1日)　忌辰。

十八日(9月2日)　臬台来。午后,出拜抚台、粮道、藩台,均晤。

十九日(9月3日)　终日见客。得毛旭初师信;作吴培卿信。

二十日(9月4日)　方菊人太守来,薛介伯来。出拜臬台等客,晤。

廿一日(9月5日)　徐晓泉来。渡江至会馆祭朱子,竟日而返。

廿二日(9月6日)　客来甚多。得青州信。

廿三日(9月7日)　作扇。蒯柘农来。得彭芍亭信。尚斋来。

廿四日(9月8日)　云南主试王亦湖前辈来。出拜客。

廿五日(9月9日)　忌辰,作楹帖等件。何芷舠来。

廿六日(9月10日)　阅四府一等卷。备调取诸生,课经心书院。《小雅》“泾阳大原”、《大雅》“梁山”“韩城”解,“六朝经术源流论”,“拟庾子山《谢赵王赉干鱼启》”,“拟崔子玉《座右铭》”,《越南贡象》七律一首。作二叔信。

廿七日(9月11日)　晨,赴制台处拜寿,未入。拜王逸湖,晤;拜盐道,晤。作青州信,递去。

廿八日(9月12日)　作听之夫子信,并《经典释文》,托彭雨帆前辈带赴溧阳;又作胡荄甫信,并桂氏《说文》,托逸湖带京。又胡云楣信,并烟筒亦带京。得彭芍亭信,得倭文端师相讣。

廿九日(9月13日)　作嗐福世兄信。作彭芍亭信、吴硕卿信、胡云楣信、陈西林信,又作金陵信并二叔信,交尚翁寄。

三十日(9月14日)　剃发。作折扇。陈仲耦来。

八　月

初一日(9月15日)　拜庙。寄京信,交乾裕寄。周绩卿来。得鉴湖信、榕楼夫子信。作楹帖。作平镜生夫子信,递去。

初二日(9月16日)　作楹帖。作瑞师相信、毛旭初师信、全小汀师信、榕楼师信、鉴湖信。作寿合肥师相寿联:"西平将略西涯相业,南岳云气南极寿星。"又钟玉堂同年事甫寿联:"弧彩耀庚垣撰杖扶鸠晚节有香吟菊圃,棠阴栽家舍跻堂酌兕舆歌载道祝椿年。"

初三日(9月17日)　作清卿信,并京信十四封,寄去,交折差。阅书院卷。

初四日(9月18日)　五鼓起,赴文昌庙。归,午后出门辞行,晤制军、张樵野等。

初五日(9月19日)　制军来。午后赴抚台等处辞行。拜曹颖生前辈,晤。

初六日(9月20日)　客来送行竟日。检点行李。作金陵信。

初七日(9月21日)　薛介伯来,黄虎卿来,罗少村来。因风未行。

初八日(9月22日)　午后登舟,方菊人、郑砚香来,晤。因风大未开。

初九日(9月23日)　行六十里,泊蔡店。

初十日(9月24日)　风大未开。

十一日(9月25日)　行数里而泊。

十二日(9月26日)　因过数漫口,邪许竟日,仅数里。

十三日(9月27日)　行十里,泊蔡家沟。

十四日(9月28日)　行十里,到汉川县。查原卿来见;两学官员来见;李仲衡大令来见;周大令在盐卡来见;前任天门典史路子英来见。得鲍子年信、青州信。

十五日(9月29日)　行六十里,泊庙头。作陈心泉信。书《万孝子割股议》以赠王生树藩。

十六日(9月30日) 行九十里,泊万家口。作沈均初信。

十七日(10月1日) 行五十里,泊拖□河。是日,过天门界。

十八日(10月2日) 行九十里,泊岳家口。沔阳州界。

十九日(10月3日) 行九十里,三更到泽口。潜江县史春圃来见,学官来见。

二十日(10月4日) 起早,待久焉。午刻方行,五十里宿高家厂,潜江界。

廿一日(10月5日) 四十里,鸦角庙尖,观音堂宿,江陵界。谢荪圃大令来见。

廿二日(10月6日) 午刻抵城,入署,陈湘浦太守来见,恭振夔观察来,札参戎来见,县及各学来见。

廿三日(10月7日) 忌辰。恩华甫刺史来见,盛名禄□别驾来见。

廿四日(10月8日) 下学,讲书。

廿五日(10月9日) 生经古:"庾信《小园赋》赋",以"暮年词赋动江关"为韵。童:《马融绛帐台赋》,以"教授生徒,常有千数"为韵,"荆州佳景不须山"宋郑獬诗佳,《南郡江防论》《义利之辨论》,《秋蝉》《秋蛩》《秋萤》《秋鹰》律四首。

廿六日(10月10日) 补岁考:"天何言哉四句,君子见善则迁,有过则改","异书浑似借荆州"书。

廿七日(10月11日) 生正场:"孙叔敖举于海,庶民惟星三句","土铛争饷茱萸羹"录放翁《荆州歌》。

廿八日(10月12日) 覆经古。生:《张太岳进帝鉴图说赋》,以"绘图以俗语解之"为韵;童:《再熟稻赋》,以"碧畦黄泷稻如京"为韵。阅《张太岳集》。

廿九日(10月13日) 满洲童试:"非礼勿言"两句,"尊贤使能"两句,"汀树青红初著霜"。

九 月

初一日(10月14日) 覆一等生:“法语之言”六句,“风林落脱叶山容瘦”。雨。

初二日(10月15日) 松、枝、宜正场。松:“其未得之也患得之”;枝:“而作”;宜:“文武之政,民事不可缓也”,“甑炊霜饱湖菱紫”。雨。阅《张江陵集》。

初三日(10月16日) 覆满童试:“皆所以明人伦也”,“天晴众山出”。作戚□容信,方寿乔信,递去。

初四日(10月17日) 公、石、监正场。公:“子闻之太庙章”;石首:“子闻之公梦子章”;监:“子闻之太宰章”,“吾岂若使是君为尧舜之君哉二句”。“落叶声乾古渡秋”放翁。

初五日(10月18日) 调覆松、枝、宜。松:“鲁人猎较”两句;枝:“自取之也”;宜:“虽穷居不损焉”。得署信。

初六日(10月19日) 江陵正场。“寇退。则曰:为其事而无其功者”两句,“畦蔬胜肉羹”放翁。复署信。作颜三芝夫子信。

初七日(10月20日) 调覆公、监。公:“我欲中国”至“皆有所矜式”;监:“引而置之庄岳之间数年”两句。得署信、吴培卿信、兹山叔信、程彦春信、汪慕杜夫人信、心一信。

初八日(10月21日) 调覆石首:“好善乐,足乎?”

初九日(10月22日) 调覆江陵:“龟玉考”,“教官善教,民爱之”,“三鳣堂”鳣。

初十日(10月23日) 总覆:“友其士之仁者”,“生登青云梯”梯。

十一日(10月24日) 覆阅一等卷:作“张问月子妇楼节妇行”解题。

十二日(10月25日) 雨,改阅步箭竟日。阅王子寿比部诗集。

十三日(10月26日) 雨,阅步箭。作培卿信、潘秋谷信、程尚斋信、兹山叔信、沈均和信,附培竹信内。

十四日(10月27日) 阅技勇。作署信;得蒯蔗农信、青州信、柳门信。

十五日(10月28日) 技勇。殷子禾回苏,托带各信去,又颜三芝师信。

十六日(10月29日) 技勇。

十七日(10月30日) 马箭。得署信、黄董腴信、刘榕楼师信、汪柳门信。

十八日(10月31日) 武生内场。出案。作王子寿信,作署信。

十九日(11月1日) 希赞臣都护来,杨艺芳来,恭振夔来,巴将军来,伍次荪来,高寿农自楚南来,长谈。复武童试。

二十日(11月2日) 陈仲衡太守自沙市来,谢履安、新安同乡人来,陈湘浦来。簪花毕。拜客,晤将军、希都统,杨艺芳处又晤。程希禹自宜昌来。晤寿农。

廿一日(11月3日) 清晨,出送恭振夔,跪安。归,料理行装。而夫子以齐不能行。晚邀寿农来谈。得署信。

廿二日(11月4日) 登舟,杨艺芳来,府县及学教官来,午刻开舟。

廿三日(11月5日) 行竟日,作清卿、芍亭信。

廿四日(11月6日) 巳刻抵董市,离江陵可数十里。松滋县李勖来见。作云楣信。

廿五日(11月7日) 晨,开行。作超伯信,附去咨文印花五分备明年用也。作缉庭、雪渔等信。遇枝江陈大令善寅来见。

廿六日(11月8日) 午刻抵宜都。张大令景星来见。封寄各京信,并署信,发递。得署信、清卿、缉庭诸信。申刻又行。得榕楼师信。

廿七日(11月9日) 作各师门信四座师、一房师、四殿试师、四朝覆师。又作清卿信、西林信、周鉴湖信。东湖县劳来见。过虎牙滩,山景奇兀可观。江左为虎牙。江右为荆门,即古江关,楚西塞也。与虎牙相对,犹如门户。或曰:山上有门,上合下开,以是得名。得汝舟侄信;作阜康信,并封各信。

廿八日(11月10日) 雨,文巡捕来见,宜昌府王熙震来见,劳来见,马芸生来见,陈委员云波来见,高聚卿大令来见。四川大令陆镕雨节解饷过此。得刘庸夫信。叶韵笙来见。夜,理料入山行装。

廿九日(11月11日) 府县来见。作青州信,托乾裕寄;作署信,托韵笙带省;作朱子山信。韵笙来见。留泽普、松杉二人于书院阅县志。

光绪二年丙子(1876)

十一月自陕西回京。

十一月

初四日(12月19日) 黎明,自长新良乡起身,长新店尖。午后,入城到京,至柳门处剃发,搬京慈溪馆。

初五日(12月20日) 丑初起,入内,候枢府陆续至,召对于养心殿东暖阁。出城。柳门来。至伯寅师处。读周铁珊信、杨振甫前辈信、兹山叔信、忻弟信。

初六日(12月21日) 至各师门,均未晤。培之送陈春山、子实信来。

初七日(12月22日) 入城,谒师门。拜张霁亭,晤,饭焉。见万藕舲师。

初八日(12月23日) 晤榕楼师、吴慎生、徐从圃、寿农、李绩庭、李海帆。至诗社饭。

初九日(12月24日) 晤董、毛、宝三师。至馆。谒魁华峰师,晤。

初十日(12月25日) 郭小琴、黄小鲁来,方菊人来,晤。拜客,晤张安圃诸人。夜,伯年来。

十一(日)(12月26日) 至慎生处;至陈西林处,吊其妻丧;至天福堂,而主人钟稚泉尚未至;至馆。回京。知小渟招饮馥云,饭毕而往。

十二日(12月27日) 拜客。托毕东屏寄带陆绶生信,欧阳崇如信。

十三日(12月28日) 拜客,至馆,铸庵招饮宝善。

十四日(12月29日) 人甚倦。至鹤琴处谭,至协成永偕其昌,至诗社饭。

十五日(12月30日) 至馆。寿农招饮熙春。

十六日(12月31日) 人甚倦。至诗社。大雪。

十七日(1877年1月1日) 大风,拜客,袁筱坞、子久招饮于家。

十八日(1月2日) 拜客。张友樵消寒会于家。

十九日(1月3日) 拜客。至馆,至协成永竹游。

二十日(1月4日) 午后拜客,炉未消寒,会于徇春,赴。

廿一日(1月5日) 拜客。宴张丹叔太守、孙莱山、徐季和、潘谱琴、翁海珊于家。

廿二日(1月6日) 拜客。至馆。胡小蘧师邀宴,同席有冯子立太守、朱正典观察。

廿三日(1月7日) 至馆。拜客。吴慎生招饮于家,又偕鹤巢至韵秀饮。

廿四日(1月8日) 至馆。伯衡、海珊邀饮宝兴堂,又偕铸庵饮于诗社。

廿五日(1月9日) 至馆。小渟邀至馥云饮。

廿六日(1月10日) 至馆;至宝兴堂,彭伯衡、鹤巢之召;至协成永饮,并手谈。得青州信。

廿七日(1月11日) 作程尚斋信、胡月樵信、程肇芬信及翁至甫丈、孙琴西丈信,又周茀卿信、罗少村唁信、刘韫师贺年贺寿信,均交方菊人带去。拜翁海珊四十寿。至小渟处,遂偕至韵秀饭,并邀寿农。

廿八日(1月12日) 大风,与昨日同。武仲平大令来,新选云南澄江府周荫南来。柳门邀往,作消寒会。铸庵邀赴佩春酌。得泽普信。

廿九日(1月13日)　赴馆。至同泰,遇徐其昌,招往手谈。

十二月

初一日(1月14日)　高抟九来。俞松坪邀往襄题,迟而未值。拜客。吴蕙吟宴余庆。

初二日(1月15日)　拜客。至馆。琴伯邀饮春馥。

初三日(1月16日)　作杨藕舫信、心一信、南京信,交阜康。新甫消寒会于宝善,小渟又拉往馥云饮。

初四日(1月17日)　赴馆。芍亭邀往为侄执柯。何小山招饮春馥,赴。

初五日(1月18日)　作陕西抚藩、臬、粮、盐道,首府方元仲、宫农山、王雪汀、宋友笙信,交折弁带;又钟玉堂信,附叶韵笙信,交湖北折弁带。

初六日(1月19日)　拜客。赴馆。至熙春,寿农之招。

初七日(1月20日)　赴馆。陈雪楞邀饮福兴居。至协成永手谈。

初八日(1月21日)　堂上诞辰。沈渭川、步祈生、柳门、潘谱琴、鹤巢、缉亭、寿农、铸庵来,夜偕慎生、铸庵饮于诗社。

初九日(1月22日)　至馆。至安徽馆,霁亭之招,偕铸庵饮于佩春。

初十日(1月23日)　赴馆。方右民、秦文伯、董新甫邀饮宝善。晤龚蔼人。

十一日(1月24日)　作泽普信、小山信。至韵秀饮,消寒会诸君。

十二日(1月25日)　作青州二太太信,并银六十两交来差。至馆。夜,又作信。

十三日(1月26日)　赴馆。宝相邀饮于家。至福隆堂,徐古香之召;至诗社小坐。

十四日(1月27日) 作信覆陕西候补道李稚和、劳彝琴、方西园、唐诗渊、潼关道谢荇春、王雪汀信,内附张朗斋、孙留骧信,瞿经尊、陆梧山信,同知王咨善信、长安县罗城之信。又便带郑静轩及本家蕉雨信,交司吏带回。潘星翁招饮余庆堂。同席丁稚璜前辈、龚蔼人、孙燮臣诸公。夜,陈培之招饮于家。

十五日(1月28日) 赴馆。赴松筠庵,冯伯仲之召。夜,至缉庭处,遂偕鹤巢、杨正甫、叶茂如、曾君表饮于诗社。得沈吉田信。

十六日(1月29日) 覆吉田信。至馆,至胜春消寒会。周鉴湖丈招饮于家。夜,封金和圃将军信、金和甫信、舒清圃信,托芝浦递小山、泽普信。

十七日(1月30日) 四信均交折弁带至西城。拜英西林制府、裕朗西,均不值。李果仙招饮于家,赴;龚蔼人前辈招于景龢,赴。

十八日(1月31日) 黄慈瑞来。拜冯子立。至馆。夜,至协成永饭,返作庐晓六信,交陈子良带晋。得陆绶生信。

十九日(2月1日) 作覆绶生信,谢炭敬,交来人带回。至馆,至诗社饭。

二十日(2月2日) 至馆。小渟约,赴馥云饮。

廿一日(2月3日) 雪,偕小渟于韵秀宴龚蔼人、周小棠、董新甫、秦文伯、寿农。

廿二日(2月4日) 廖仲山夫人丧,往吊。新甫消寒会于宝善。孙莱山招于大福,赴,又至诗社小饮。得汝舟侄信。

廿三日(2月5日) 寄述堂师信,由崇宅寄。至藕舲师处,拜七旬寿。至馆送灶。

廿四日(2月6日) 作汝舟信。至馆。庐青招于徇春,赴。

廿五日(2月7日) 宴镜涛、沈风池、袁右君、彭京、陶伯衡、砚尊、鹤琴于家。尊浦、子敬招饮且园又庚生、莱山、龙松岑皆主人。

廿六日(2月8日) 至馆。周小棠招饮麟春,赴。得荃师信、青州信。

廿七日(2 月 9 日) 作荃师信,交折弁敬。补寄汝丹信,交信局。李湘石来。邵小村昆仲招饮于家,范次典招饮韵秀。晤王星槎、胡云楣。

廿八日(2 月 10 日) 宝佩蘅师七十寿,往拜。至馆。拜舒西园,晤。缉庭招于绚春,赴。

廿九日(2 月 11 日) 料理年事。至协成永手谈。得徐熙庭信。

三十日(2 月 12 日) 清还年账,至诗社小坐。

光绪三年丁丑(1877)

丁丑正月朔日(2月13日) 未明时,起。敬天地,迎喜神。复少憩,俟堂上起,祀日先,拜年,至协成永竹游。是日,风。

初二日(2月14日) 辰初出门,至馆,至协成永竹游。

初三日(2月15日) 晨起,理字帖,至协成永竹游。得马松圃信。

初四日(2月16日) 答拜年。至馆,至诗社,饭而归。

初五日(2月17日) 饭后,偕姚伯庸至协成永竹游。

初六日(2月18日) 至馆,至诗社,饭而归。

初七日(2月19日) 芍丈邀饭,并竹游。

初八日(2月20日) 至琉璃厂,至馆,至熙春,遇寿农、小渟,饮。

初九日(2月21日) 剃发。下午偕吴慎生同游厂,至福兴居饭,至诗社小坐。

初十日(2月22日) 至馆。沈凤墀招饮于家。

十一日(2月23日) 大风,至彭宅竹游。

十二日(2月24日) 偕刘博泉宴锡厚、庵钟两人,童逊菶、曹吉三、颜雪庐于家。崇建侯、孙师竹,未至。晚宴徐慧生师,邀同乡诸君饮。

十三日(2月25日) 至馆。至崇宅,吊柏山年伯谥忠勤。小渟招饮馥云,赴。

十四日(2月26日) 至琉璃厂,至馆,至诗社。

十五日(2月27日) 至协成永竹游。

十六日(2月28日) 至馆，至伯衡处。夜，竹游。

十七日(3月1日) 至馆。孙莱山、张芝浦邀饮且园。

十八日(3月2日) 偕慎生至琉璃厂。至馆，小渟邀饮福兴。

十九日(3月3日) 至馆，至韵秀。邀庾生、铸庵、小渟、寿农饮。

二十日(3月4日) 至彭宅竹游。

廿一日(3月5日) 拜梅小岩方伯。至芍丈处，观莱山与钱芳圃对弈，又观周小松与芳圃弈。小松，当代国手，让芳圃三子。范次典招饮绮春，座有刘文楠观察，英西林旧人也。

廿二日(3月6日) 至杨子通家，吊简侯年伯之丧。至馆，至馥云消寒会。

廿三日(3月7日) 至馆，至诗社小坐。

廿四日(3月8日) 侣愚协中处通家来。至馆，偕寿农于皖馆，宴秋瀛诸人等两席。

廿五日(3月9日) 夏春诚招饮东麟堂。至聚丰堂。公请提调，在坐皆馆中人也。拜客，晤。陈子仙、邵紫澜招饮于家，其太夫人寿诞。演清音。

廿六日(3月10日) 穆春崖将军暨舒西园、春城招饮东升堂，甚醉。至春馥小坐。陈伯平招饮于家，赴。李俊臣崇洸通家来，晤。得周茀卿信。

廿七日(3月11日) 吕子幹申、杨幼溪滨、范洛川道鸿通家来，接宋友笙信，陈冠生来，均晤。至三胜庵，吊周芑堂行之同年太夫人丧；至崇宅，吊朴山年伯丧。至馆，吴星楼、易兰池、潘峄琴招饮于峄琴宅，赴。

廿八日(3月12日) 薛幼农秉辰通家来。至馆。寄黄植庭前辈信，托吉三寄。

廿九日(3月13日) 通家梁小轩秀峰、张蒙泉二铭、吕阶平国治、张条恒次井、黎晴园敬熙、党星阶步衢、王寅秩序宗、李竹谷东旭来，陈稚樵来,均晤。至馆。答客,邓同年佐槐招饮天福堂,赴。得胡春原信。

三十日(3月14日) 至彭宅手谈。得陆凤石自津门来信。

二 月

初一日(3月15日) 赴东升堂,偕穆寿岩、舒西园诸君,公请夏春城,因其母明日寿诞。至诗社小坐而归。得吴硕卿信。

初二日(3月16日) 通家王符珍呈瑞、刘炼吾锟、郑筱吟子元、许俊三定奎来,晤;吴燮甫来,晤;沈炉青来,晤。至馆,至元记,晤陆凤石,缉庭踵来。顾晋叔招至泰丰楼饭。至安徽馆,吴庾生、徐铸庵之招。

初三日(3月17日) 拜朱子典,晤。至歙县馆,祭文昌;至颜雪庐前辈处午饭,同席皆馆中人;至协成永小坐;至宝善,夏松年之招。托张芝浦递粤臬长苟臣、贵东道李蓼生信。

初四日(3月18日) 通家范述庵仰正、西渠赵南村毓秀来,茹述庵左、张宗甫维城、窦威重来。至馆。至慎生处,贺其生孙弥月。至福兴,小渟之招。

初五日(3月19日) 通家袁远村镬来。作朱性之信。至馆。至阜京,谈且饭。文秋瀛招且园,赴。

初六日(3月20日) 通家安雅竹轩来,屠星若来。至韵秀,招穆春岩、朱子典、夏春城、舒西园、王辅臣、张馨斋饮。

初七日(3月21日) 通家刘丽川金□、赖铣洲霞举来,王凤鸣号南屏、汪景星来,柯仁父厚来,均晤。至彭宅,手谈。得潘卫泉信,孙星石信。

初八日(3月22日) 吴燮甫来。闻潘伟如方伯到京,往晤。至馆。夜,作卫泉信,本家远斋信。通家吴绰子裕来晤。

初九日(3月23日) 曹雪晴季凤、王来长,黄润山玉堂、吉勉之劭、王诚羲号实之、刘俊彦号文亭、柴世题号曙亭、毛宏济来,均晤;王嘉谟题庭、金宗培树人来，晤。至谢公祠，同门公请刘榕楼师。拜客，夜偕恂予宴何子峨、孙闾山、吴星楼、邓礼侯名佐槐饮。

初十日(3月24日) 子正起，赴东华门，陪伟如入内。曙后出城，少寐。湖北通家鲜于光焕尧章来，潘子宜来。招戴茀帐、白碧栖、程笙甫、黄小鲁、易乔松、姚辑之、范衡甫、吴星阶饮，陈稚樵以病未至。夜，又招徐慧生、孔醉棠、汪月洲、姚伯庸、尤鼎孚、束海帆饮。

十一日(3月25日) 夏耀奎梓琴、雷溶朴庵来，李象离来。至馆。至诗社饭；寿农招饮福兴；小渟又邀至馥云饮。是日。寄潘卫泉信，为达泉捐事也。

十二日(3月26日) 陈子仙来，吴光彦小园来。至东升堂，张馨斋之招。至馆，得程尚斋信。

十三日(3月27日) 吴慎生来，苏鸿藻小坡来。至馆。至天福堂，汪藩侯树展之招。彭伯衡邀饮如松。作童劭甫信，寄。

十四日(3月28日) 晨，赴馆。至皖馆，霁亭之招。归，作洪远斋信，交协同庆转交蔚丰厚寄。得云楣信，画云宗叔信。

十五日(3月29日) 至馆。至天福堂，夏春城双之招。偕春城、西园、王辅臣、张馨斋至春馥饮，又至熙春，寿农招饮。得小山、泽普信。

十六日(3月30日) 至馆。至韵秀双，范次典消寒会。

十七日(3月31日) 沈云焕岫心少尉湖北来，晤。得周茀卿信。朱梦春惠生，武昌人。入泮通家来，王季樵来，张衡堂鉴三来。至馆。至天福堂双，招寿农、袁佑君饮，又至熙春双饮。

十八日(4月1日) 大风，作扇两柄。至协成永竹游。夜，子正后即起。

十九日(4月2日) 送潘伟如入内谢恩。至馆；至同泰饭；至伟如处；回至诗社饭焉。

二十日(4月3日) 乙亥乡房荐卷。通家许凤翥仪廷。丙子举。来。得杨振甫前辈信，并炭敬十六两。至万福居，鲍寅初、姚馨圃招；

至馥云，袁传君之招；至万福居，铸庵之招。

廿一日(4月4日) 李毂宜来。得念仔信，并炭敬十二两。至馆；至天福堂东胜，王辅臣之招，席已散；至协成永手谈；至诗社小坐。

廿二日(4月5日) 入城，拜杨子和，贺简松江府。至馆；至万兴居，伟如在焉，饮；至诗社小坐。

廿三日(4月6日) 至沈凤墀处贺寿；至馆；至天福堂，钟稚泉之召；复偕叶山双至福兴饮，芝浦、寿农踵至；又至清华双饮。得青州信、陈子良信。

廿四日(4月7日) 雨，作扇数件，剃发。闻宜卿来，往晤，谈半晌。至诗社；至熙春，寿农双招。

廿五日(4月8日) 早，入城，拜客，至刘庆霖宅饮，陪伟如也。得清卿信。

廿六日(4月9日) 陕西通家马子骏名用章来，湖北入泮通家谢煦亭锡庆来。拜盛杏荪，晤。至馆，莱山招饮熙春双。

廿七日(4月10日) 赵玉山来，蔡幼植来。至余庆堂，刘叔涛丈之招，少坐，即至馆。夜。小渟招饮馥雪。得方寿乔信，二叔信。

廿八日(4月11日) 华少兰、赖铣洲、刘丽川来。至馆，至宝善消寒第八会矣。

廿九日(4月12日) 早。至馆。至聚丰堂实录馆，提调公请。拜客。邵汴生丈招饮于家，徐铸庵招饮佩春，赴。

三十日(4月13日) 至馆。

三　月

初一日(4月14日) 至馆，至韵秀小坐。寿农招饮熙春。得紫叔信。

初二日(4月15日) 至馆。夜，凤石招饮维新双。至万福居双，招诸迟菊、张子虞、袁佑君、陈介眉、汪莱阶饮。

初三日(4月16日) 董叔三来。至安徽馆，同乡公请伟如；至陶然亭双,杨蓉浦之招;至宝善,陈新如之招;至福兴双,寿农之招。得青州信。

初四日(4月17日) 一早至馆。至韵秀双,招李玉阶、盛杏荪、潘伟如、孙莱山、寿农饮。得程麓芬信,并还银百两。

初五日(4月18日) 谊卿来谈。至馆,至韵秀双消寒会。

初六日(4月19日) 至馆,至诗社小坐。

初七日(4月20日) 至馆,至诗社双,邀莱山、小渟饮。

初八日(4月21日) 送场。至馆,至协诚永,招往观剧。饮于万兴居,赵贯之拉往近信双,又饮。

初九日(4月22日) 潘谙琴邀饮广和居。张霁亭邀极乐寺看海棠。进顺治门,出西便门,又三四里乃至。木本甚大且繁,落英霜雪,浅晕烘露,大观也。同席为文秋瀛、奎星斋、钱寿卿、陈东屏、黄子帆诸人。归,至韵秀双,孙莱山邀饮,丑时席散。入城送,伟如请。

初十日(4月23日) 训。至馆小坐,即回;至胡云楣;至贺其娶媳;至绮春双,朱子点典之招;至同寄轩观剧。大雨,寿农招饮福兴双。

十一日(4月24日) 剃发。逸梧、恂予招饮,皆同馆人也。至芍丈处手谈。

十二日(4月25日) 晨,拜李玉阶,晤;拜胡鲁生同年,晤。祝榕楼师、师母寿,来入。至馆。夜,汪芾村招饮馥云。雨。

十三日(4月26日) 作字。至馆;至诗社。雨。

十四日(4月27日) 晨,作字,柳门来,至芍丈处手谈。

十五日(4月28日) 至馆。至天禄园,观全胜和西班。至诗社小坐,莱山邀饮景龢。

十六日(4月29日) 芍丈来。拜客,徐荫轩前辈邀饮于家。寿农邀饮熙春。

十七日(4月30日) 晨,访谊卿、慎生、鹤巢,均晤。沈凤墀邀陪诸人至万福居,遂偕潘子宜、子静、西山诸人观全盛和剧,又至汇源楼饮。得杨藕舫信，青州信。

十八日(5月1日) 葛寿民、周铁臣星寯来，晤。至伟如处；至文秋瀛处，贺其太夫人寿；至馆。夜，邀云楣、小山、云轩、西箴、铸庵，小渟、琴伯饮于韵秀。陈雪楞来至。

十九日(5月2日) 郭小琴来，吴燮甫来。至伟如处；至秋瀛处，贺其太夫人寿；至馆；至福兴居，沈炉青招饮。得钟玉堂信。

二十日(5月3日) 王季樵来，吴子裕来。剃发。至长吴馆，同乡接场。拜客。至馆。诗社夜饭而归。

廿一日(5月4日) 王南屏来。作折簠。至安徽馆，甲子同年团拜；至馆；至万兴居，协诚永之招；至诗社小坐。得陆绶生信、青州信、小山信。

廿二日(5月5日) 方心畬名正来。拜榕楼师诞，未入。至馆。钱西箴招饮福兴居，铸庵又招饮佩春。

廿三日(5月6日) 至潘峄琴处，拜其母寿；至芍丈处；至长吴馆观剧。

廿四日(5月7日) 湖北优贡通家陈文堺伯高来，曹雪晴来。至安徽馆，南榜同年团拜；至馆。徐颂阁招饮景龢。方寿乔自浙来京。

廿五日(5月8日) 雨，作楹帖等件，至芍丈处手谈。

廿六日(5月9日) 蔡幼植来。至方子寿处贺其娶媳；至馆。得心一信，江黼文信。

廿七日(5月10日) 至馆。至同福楼，张叔平之招。雨。

廿八日(5月11日) 至张蓉舫处，贺其嫁妹；至安徽馆，公请同乡公车主人六人，到者两席，为泥涂所阻也。访赵枚卿，偕至绮春小酌。王辅臣招汇源楼，到已散。

廿九日(5月12日) 作筱帅信，托阜京寄；作杨振甫前辈信。至馆。至福兴居，招黄子奇、方心畬、柯士则、方子寿饮，士则饮大醉；孙莱山招饮景龢，未赴。

四　月

初一日(5月13日)　作扇、联等件。蔡幼植来，陕西通家公请于财盛馆。至王逸梧处，贺其太夫人诞辰。邀徐慧生、许鹤巢、杨雪渔、吴谊卿、冯培之、赵晋卿、顾皞民昆仲饮于家。

初二日(5月14日)　江铁安来。至馆，

初三日(5月15日)　作联幅。雷镜秋、左笏臣来。至余庆堂，徐季和之招。至馆。小渟邀饮福兴。得刘仲孚信、紫叔信。

初四日(5月16日)　雨，作字，至缉庭处手谈。夜，赵晋卿招饮义胜居。

初五日(5月17日)　吴星阶来。至馆。夜，于福兴居招潘子宜昆仲等人饮。

初六日(5月18日)　董酝师次子逝世，往吊。至曹吉三处，祝其太夫诞。至馆。夜，董新甫招饮宝善。

初七日(5月19日)　作字。至鲍子年处，吊其夫人丧。戊午。直年招饮余庆堂。偕谊卿，至辑庭处手谈。

初八日(5月20日)　作字。至馆。拜董新甫五十寿；拜陆凤石乃翁双寿。听剧，子刻归。

初九日(5月21日)　至馆。至燕喜堂，招陕西通家饮。彭岱霖招饮嘉颖。作青州各信。

初十日(5月22日)　至文昌馆。吊李稼门丧；至余庆堂，招葛寿民、郭小琴、何道生、陈锡三、周铁臣、贺慧生、王季樵、赵玉山，又湖北通家左笏卿、吴燮甫，王题□、蔡孺溪、雷镜秋、夏梓琴、苏小坡、屠星若、孙钟山、白筱村、陈稚樵、昌兰舫、陈伯高文墺、王裕卿、陈介山皋之、邓金门振荃、金树人宗培、王问渠保清、范衡甫、戴茀恬、范子荫、姚辑之、朱惠生梦春、涂元甫国盛、万际轩、谢锡庆、熊之峰方相、鲜于尧章光焕、黄小鲁饮。冯培之招饮同兴楼。

十一日(5月23日)　至沈凤墀处，贺其娶孙媳。作字。至琉璃

厂看红录，李果仙招往万福居饮。吴谊卿中十四名，陕西通家李崇洸联捷。

十二日(5月24日) 封发青州信、小山信、泽普信、江翽文咭信，均交铁安带往。至闻听居，晤宋伟度，谈半晌。至馆。至铁安寓送行。答陆云生，未晤。

十三日(5月25日) 作覆念仔信。李俊臣来，葛寿民来。作字。穆春崖将军招饮东升堂；夜，至韵秀，招潘子宜昆仲、李海帆饮。得汪午桥信。

十四日(5月26日) 至会试诸总裁处贺喜；至馆。夜，子宜招饮馥森堂。

十五日(5月27日) 早，至馆；至子宜处午饭；偕至三庆园观四喜剧，归。为吴星阶、王季樵作墨盒。是日清晨，寄念仔信，交谷宜带往。

十六日(5月28日) 剃发。至柳门处，公请孙省斋方伯，黄子奇、张西圃作陪；至三庆园观十福演剧；至韵秀，宴孙莱山，次典、炉青、小渟，寿农未至。无邵小村。闯席者邵紫澜。伟度迁居京内。得童邵甫信。

十七日(5月29日) 至馆；至馥森，紫澜之招；至万福居，铸庵之招；至景龢，潘子静之招。

十八日(5月30日) 作杨藕舫信，并皮统等件，托王星槎交使带往。至芍丈处谈；至诗社。夜，饭而归。

十九日(5月31日) 作字。雷镜秋来。至馆；至诗社小坐，子祥招饮敬善堂。

二十日(6月1日) 作字，作翁玉甫丈信，为镜秋嘘拂也。王季樵来，孙小性招饮万福居，至子宜处手谈。

二十一日(6月2日) 作字；至馆；至中左门接考。

廿二日(6月3日) 剃发。至皖馆；偕余辅臣、邵紫澜、柳门公请穆春岩诸人；至诗社小憩。

廿三日(6 月 4 日)　至馆;至且园,王辅臣、张馨斋之招;至诗社小坐。

廿四日(6 月 5 日)　清卿来。至董师处,吊其世兄丧,并陪客至三庆园,龚引生邀听八百旦戏;至果仙处,拜其母寿。鼎甲王仁堪、余联沅、朱赓飏。

廿五日(6 月 6 日)　至王可庄处贺喜;至董宅题主;至馆。夜偕伟度、赵枚卿至韵秀饮。

廿六日(6 月 7 日)　作伟如信,交夏梓琴带往。拜客。至馆,枚卿邀饮万福居。

廿七日(6 月 8 日)　作字。至韵秀,小渟踵至,遂同饮。

廿八日(6 月 9 日)　作字。至馆。至熙春,伟度之招。

廿九日(6 月 10 日)　作字。至馆。中途雨,遂至绚华手谈,凤石之招。

五　月

初一日(6 月 11 日)　作字,王季樵来。至馆,夜,柳门招饮于家。

初二日(6 月 12 日)　甚热,偕谊卿至安南营潘宅手谈。至诗社。

初三日(6 月 13 日)　早,至馆,拜节。至绮春,秋瀛之招,又至胜春饮,芝浦之招。

初四日(6 月 14 日)　畏暑,不出门,理节事,薄暮至诗社。

初五日(6 月 15 日)　晨,拜客节,未午即归。暮,至柳门处谈,遂饭焉。

初六日(6 月 16 日)　作字,拜客,至馆,伟度招饮福兴居。

初七日(6 月 17 日)　作覆陆绥生信,由顺天府署递。吴星阶来,芍丈招饮于家。夜,陆云孙来谈。

初八日(6 月 18 日)　入城拜客,送穆春崖行,未值。至顺天府,拜张霁亭寿。至馆。

初九日(6月19日) 偕谊卿，至彭宅手谈，天甚暑。

初十日(6月20日) 黎明，入内，送验放。至馆。知谊卿馆遣归。作字。作卫泉信，托醉棠寄。

十一日(6月21日) 作扇。宴客于家，至者张少原、高抟九、吴礼堂。张筱船邀三庆园听剧，赴；颜赓虞邀饮福隆堂，赴。

十二日(6月22日) 晨，至馆。至协诚永竹游，炉春邀饮福兴居，赴。得青州信。

十三日(6月23日) 至馆。至长吴馆，偕培之，请陶曼生、陆云孙、张砚香、清卿观剧。

十四日(6月24日) 芍丈来谈。作字。至赵枚卿处。夜，伟度招饮熙春。

十五日(6月25日) 至馆。张叔平邀饮福兴，赴；张筱船邀观永胜奎剧，饮同福楼，赴。

十六日(6月26日) 至馆。至协成永竹游。张馨斋邀饮万福居，赴。得小山信，筱帅信。

十七日(6月27日) 邀慎生来视堂上症。至皖馆，戊辰团拜。至枚卿处谈，寿农招饮熙春。

十八日(6月28日) 堂上头痛，仍不愈，邀慎生来。

十九日(6月29日) 协成永竹游，至福兴，招徐小泉、陈心如、章若洲、鹤琴、蔚若饮。

二十日(6月30日) 偕童逊庵、刘博泉宴周生霖、杨蓉浦、张芝浦、王逸梧、甘次庄、叶恂予于家。

廿一日(7月1日) 培之邀于会馆饮，手谈。董竹轩招饮馥荃。

廿二日(7月2日) 至馆，方子青招观四喜部，往。至如松，又至馥云，鹤巢之招也。

廿三日(7月3日) 至馆，潘子静招饮安义。得陆绶生信，靳泽普信。

廿四日(7月4日)　至馆,至诗社小坐。夜饭后,寿农邀赴熙春饮。得罗少村信。又湖北候补府史文圃信名跂铭,由舒西园交来。

廿五日(7月5日)　湖北通家张仲房继良,癸酉举人,丁丑进士,分户部来。张誉棠贰尹名化南来。作字。作筱帅信,托阜京寄。

廿六日(7月6日)　至馆,答沈守之晤。拜客。慎生招饮于家,章若洲、王鹤琴招饮万福居,伟度又招饮熙春,小坐即归。

廿七日(7月7日)　作沈吉由信,覆汪午桥信。至会馆公局手谈,若洲邀饮熙春。

廿八日(7月8日)　至馆,伟度招饮龙爪槐。夜,莱山招饮万福居,又饮于韵秀。

廿九日(7月9日)　至锡席卿处贺娶侄媳;至馆;至子宜、子静处。

卅日(7月10日)　吴小园、曹雪晴来,托带沈、汪二信。至协诚永竹游,小渟招饮馥云。

六　月

初一日(7月11日)　至馆。凤石邀饮绚华。得方寿乔信。

初二日(7月12日)　拜客。至馆,至协诚永竹游。

初三日(7月13日)　潘鹤庭为其祖若父做寿于长吴馆,往拜。伟度邀饮熙春,又偕潘绂翁、若洲、伟度饮于韵秀。

初四日(7月14日)　至馆。拜客。得卫泉信。至诗社。

初五日(7月15日)　芍丈邀竹游。散后偕缉庭、宜卿饮于绚春,归甚晚。

初六日(7月16日)　至馆。邀鹤巢、赵菊生、伟度、宜卿饮于韵秀。

初七日(7月17日)　慎生邀饮于家,鹤巢、缉庭邀饮陶然亭。

初八日(7月18日)　至馆,至诗社。

初九日(7月19日)　至馆。至诗社,戴少梅招饮胜春。

初十日(7月20日) 拜客。贺边润民得陕西粮道。至陶然亭、李漱泉之招,伟度招饮熙春。

十一日(7月21日) 冒雨至馆,至皖馆,菊生、庆霖之招,伟度邀饮熙春。得宋友笙信。

十二日(7月22日) 竟日,未出门。

十三日(7月23日) 至馆。胡石查招饮龙爪槐,宜卿招饮于家,罗云生招饮春馥。至诗社,醉而卧,天晓始归。

十四日(7月24日) 甚倦,未出门,作吴硕卿,并前子实信,寄。

十五日(7月25日) 至馆。孔斐轩邀观三庆剧,饮于同福楼。

十六日(7月26日) 至馆。偕莱山、小渟出,饮于太丰楼。得胡月樵信。

十七日(7月27日) 至馆。莱山邀饮龙爪槐,芝浦邀饮景福。至诗社。

十八日(7月28日) 清卿邀往十刹海[①],乘舟观荷。至高庙饮,甚暑,剧谈竟日,同游者温味秋、谢麐伯、何铁生、黄漱兰、张香涛、胡梅卿。邀饮景龢。

十九日(7月29日) 慎生来,张誉棠来。得吴笏臣信,李念仔信。至馆,邀莱山、李漱泉、罗云生、寿农、小渟饮于诗社。

二十日(7月30日) 伯寅师邀辰刻饮。至皖馆宴刘蔚卿、沈守之、徐颂阁、冯申之、汪月洲、刘庆霖、赵菊生、孙桂馨、吴慎生。伟度邀饮景龢。

廿一日(7月31日) 至馆,至诗社。

廿二日(8月1日) 至协成永竹游。作李念仔信,交来差带回。

廿三日(8月2日) 至馆、至诗社,鹤巢邀饮馥云,翁海珊邀饮福兴居。

廿四日(8月3日) 至馆。午后归,韵卿来。

---

① 即什刹海。

廿五日(8月4日) 大雨,竟日作字、作卫泉信,寄汝舟信。杨蓉浦招饮乐春花厂,未赴;孙桂馨招饮韵秀,赴。雨,不能归,竹游。

廿六日(8月5日) 倦而卧,张叔平招饮昆陵小香处。

廿七日(8月6日) 至馆、至诗社,招胡梅卿、戴少梅、杨正甫、吴慎生饮。

廿八日(8月7日) 至馆。伟度招饮熙春。作望云信,并蘅舫信,交提塘。

廿九日(8月8日) 至馆。寿农招饮熙春。得筱帅信。

七　月

初一日(8月9日) 送宜卿行,不及。至馆。至协诚永竹游,胡梅卿招景龢。

初二日(8月10日) 作楹联二十余件。访鹤巢、缉庭,晤。至诗社,赵梅卿招饮且园。

初三日(8月11日) 至馆。归,作金陵信,托同泰寄。伟度招景龢。

初四日(8月12日) 至姚伯庸处手谈,并饮。

初五日(8月13日) 至馆,作字。

初六日(8月14日) 至馆。伟度招陶然亭,郑小湾招且园,均赴。

初七日(8月15日) 至馆,戴少梅招嘉颖。

初八日(8月16日) 吕芝岩来。至馆,沈守之招饮,话别。莱山招观三庆剧,饮景龢。

初九日(8月17日) 至馆。

初十日(8月18日) 至馆。三叔自济南来。

十一日(8月19日) 偕三叔观四喜剧,至太丰楼饮。

十二日(8月20日) 至馆,伟度招熙春。

十三日(8月21日) 至馆,程午坡招余庆堂,若洲招熙春。

十四日(8月22日) 作伟如信、泽普信,交张誉棠带。高绍良招皖馆;鲁芝友招福兴;贾湛田、周叔田招绚春。

十五日(8月23日) 至馆,胡梅卿招饮景龢。

十六日(8月24日) 至馆,夜至清卿处谈。

十七日(8月25日) 至馆,范次典招嘉颖,杨蓉浦招乐春花厂。

十八日(8月26日) 至馆。拜何子峨,晤。熙春饯伟度行,并邀饮。

十九日(8月27日) 伟度赴豫。至馆。偕三叔至诗社饮。

二十日(8月28日) 作梁斗南信,并何芷舠信、筱帅信,寄。童逊莽邀饮乐春花厂,夜邀许竹篔饮。

廿一日(8月29日) 至馆,夜,小渟邀饮馥云。

廿二日(8月30日) 至馆,夜,归,作荃师信。

廿三日(8月31日) 作字,拜客,至诗社。

廿四日(9月1日) 作字,至馆,夜招张霁亭、莱山、贾湛田、周叔田、张叔平、杨蓉浦饮。

廿五日(9月2日) 至馆。

廿六日(9月3日)

廿七日(9月4日) 洪才卿来,得本家画云叔信。至馆。

廿八日(9月5日) 至馆,夜,与小渟饮于庆福居。

廿九日(9月6日)

八　月

初一日(9月7日) 至馆,至诗社。

初二日(9月8日) 至馆,至清卿处、梅卿处,得荃师信。

初三日(9月9日) 作荃师信。夏松年招宝善,芝浦招皖馆。

初四日(9月10日) 至馆。寿农招熙春,是日为董酝师生辰,往拜。

初五日(9月11日) 至馆,叔平邀饮肇华。

初六日(9月12日) 剃发、至馆,小渟约至同兴居饮。

初七日(9月13日) 答勒少仲,至馆。冯尔钦邀饮汇源楼,并观三庆剧。得徐小山信、青州信。

初八日(9月14日) 绵佩卿之太夫子寿,往拜。至协成永竹游。得二叔信。

初九日(9月15日) 拜王清如太夫子,未晤,至馆。夜,作心一信、寿乔信、青州信、小山信,寄。

初十日(9月16日) 至馆,拜客,张霁亭招饮且园。

十一日(9月17日) 至馆。

十二日(9月18日) 至馆。

十三日(9月19日) 至馆,文秋瀛邀绮春。

十四日(9月20日) 竹游。

十五日(9月21日) 雨,未出门,作二叔信,寄。

十六日(9月22日) 至馆,夜,招周渭臣、张芝浦、赵枚卿、徐秉和、寿农饮于诗社。

十七日(9月23日) 竹游,得王少卿信、盛杏荪信。

十八日(9月24日) 至馆。

十九日(9月25日) 访舒西园,晤。至馆。答陈子仙,晤。至清卿处谈,遂饭,小渟邀饮馥云。

二十日(9月26日) 清卿尊人廿周年,设奠于长椿寺,往拜。至缉庭处、至馆。归,作豫东屏信、穆春岩信。东屏信交品叔带往。

廿一日(9月27日) 至协成永竹游,寿农邀饮熙春。

廿二日(9月28日) 拜蒋幹臣观察国桢,浙江候补道,晤。至馆,遂招幹臣、西园、春城饮于韵秀。

廿三日(9月29日) 至徐挹泉处,贺娶媳喜;至协成永竹游。得二叔信。

廿四日(9月30日) 答解星垣前辈,晤;贺沈庐春简重庆府,未晤。至馆。

廿五日(10月1日) 至馆,至协成永竹游,得宫农山信。

廿六日(10月2日) 作字,柳门来。至馆。夜,清卿来谈。

廿七日(10月3日) 至馆。至方宏泰饮,逸梧、寿农招饮于逸梧宅。得宫农山信。

廿八日(10月4日) 作李廉水信,交小渟寄,为山西赈务也。作欧阳崇如信,寄。至协诚永竹游。得王云轩、黄晓琴前辈信。

廿九日(10月5日) 至馆,至诗社。

卅日(10月6日) 至馆。

九 月

初一日(10月7日) 拜沈庐青,晤。至周积甫宅手谈。得筱帅信,江黼文信。

初二日(10月8日) 李毂宜自山左来,晤;答朱星垣名咸庚,太仓州人观察,晤;至馆,访枚卿,晤。得梁斗南信,作筱帅信、伟如方伯信,交折差。

初三日(10月9日) 至积甫处手谈。

初四日(10月10日) 至光缉甫处,吊其内丧。至馆,至诗社。

初五日(10月11日) 书寄青州信、小山信,交青州折差带。至翁处吊玉甫丈之丧,并陪客。偕莱山、芝浦、叔平、寿农、逸梧饮于韵秀。

初六日(10月12日) 至馆。

初七日(10月13日) 潘星翁邀饮广和居;童子木招饮谢公祠。陪瑞将军睦庵、王观察清如至清卿处;至韵秀行祝礼,客为周渭臣、孙莱山、文秋瀛诸人。

初八日(10月14日) 人甚疲,至协成永竹游。

初九日(10月15日) 至馆。

初十日(10月16日) 至馆。招汪少霞、孙筱怡、冯尔钦、江香岩、潘瑞斋饮于同兴居,莱山招万福居。

十一日(10月17日) 晨,至馆,至协成永竹游,逸梧招饮绮春。

十二日(10月18日) 偕伯衡,至协成永竹游。

十三日(10月19日) 徐颂阁招,观钱芳圃与莱山弈。王鹤琴招饮树德堂,小渟招馥云。

十四日(10月20日) 至馆。偕伯衡宴庐青、次典、戴少梅、冯申之、汪芾村、凤石于韵秀。

十五日(10月21日) 至馆,至署,接见毛师。至诗社。得二叔信。

十六日(10月22日) 至李兰生师处吊丧。馆内协修刘叔涛诸人招乐春花厂。至协诚永手谈。

十七日(10月23日) 作字,至伯衡处手谈。

十八日(10月24日) 至吴慎生处贺赘婿喜。至馆。周渭臣招饮东升堂,又至景龢饮。

十九日(10月25日) 作本家画云叔信,作字。至福寿堂,方广信、行之招观剧。

二十日(10月26日) 沈相到馆,卯刻即往。莱山招饮天福堂,观钱芳圃与陈季生弈,又至韵秀饮。得张丹叔信。

廿一日(10月27日) 洪才卿来,托带画云信。陈介生来。至协成永竹游,寿农招饮熙春。得心一信。

廿二日(10月28日) 至馆。芝浦招饮万福居,莱山又招至德春饮,已四鼓,逃席,归。

廿三日(10月29日) 拜客。徐季和邀饮如松馆。得青州信。

廿四日(10月30日) 至雁山馆,吊左笏卿堂兄之丧;至馆;至枚卿处;至诗社。

廿五日(10月31日) 作青州信,寄;王璞臣同年信,寄。至馆。

廿六日(11月1日) 至馆。得吴硕卿信。

廿七日(11月2日) 大风,至竹贤处,邀至宴宾斋饮,赵枚卿与焉。

廿八日(11月3日) 至馆。陈雪楞招福兴,早归。

廿九日(11月4日) 入内谢恩。莱山邀饮久和兴。至董师处晤。至协诚永竹游。汪月舟招绚春,芝浦招春馥。

十 月

初一日(11月5日) 至馆,至各总裁处。协诚永夜竹游。得李紫珊信。

初二日(11月6日) 新甫来。至嵩云草堂,公请同馆诸君。小渟邀馥云,芝浦又招春馥,赴。

初三日(11月7日) 至馆,归,作筱帅信,交阜康寄。作诗戏赠锡厚庵,时以道员被命为京卿,去布政使衔,仍用世职三品服饰,故诗及之:"十行新诏禁中颁,乡月光悬霄汉间。廉让夙甘泉水味,风华早动棘槐班。一襜蓝忆当年采,九转丹应顷刻还。试看飞腾前辈在,云帆遮莫到蓬山。"

初四日(11月8日) 晨,至诗社,偕周积甫、陈心如手谈,并邀培之、徐其昌、鹤京、鹤琴饮。缉庭来,作不速之客。

初五日(11月9日) 剃发,至馆。高抟九招序乐,与芝浦手谈。

初六日(11月10日) 作字。陈培之招馥云,赴;潘峄琴招,未往。

初七日(11月11日) 至馆。

初八日(11月12日) 拜客,至馆。

初九日(11月13日) 全师招嵩云草堂,解星垣招乐春园,张少原招泰丰楼,赴。

初十日(11月14日) 晨,至馆。夏春城乃郎定亲,招饮;龚引生招赏菊。

十一日(11月15日) 雪,周积甫约竹游。方子寿招德春,未往。得秦虎臣名玉盛军门信。

十二日(11月16日) 张缦卿太守来,晤。至馆。与莱山、小渟饮于泰丰楼,小渟又约至馥云饮。得三叔信、小山信。

十三日(11月17日) 作黄小琴前辈信,交鹤琴带往。

十四日(11月18日) 拜客,慎生招饮于家。

十五日(11月19日) 至馆,拜客,至诗社。

十六日(11月20日) 作诗。宝佩蘅师相私赠后庵诗。再步韵:"琼笈银题紫府颁,簪毫翔步五云间。崇文特辟红梨馆,问字常随玉笋班。椽烛修书前事忆,师曾修成庙实录。锦棠得句早朝还。阳春厚利巴人曲,感草香薰桂一山。"厚庵答诗相嘲。叠前韵招之:"当年绣斧荷恩颁,剑气仍依牛斗间。湛露暖零天禄阁,卿云高引列仙班。阶翻红药余香在,世重青毡故物还。倘入蕊珠宫里住,看君新样画若山。"厚庵诗以蛾眉供奉相戏,故为。[①] 偕小渟、陈均堂饮于宴宾斋。蓉浦约饮景福,赴。

十七日(11月21日) 晨,往李兰生师处吊丧。至馆,小渟约饮馥云,得简臣本家乃郎信。

十八日(11月22日) 至馆,陈均堂邀于家,为消寒第一集。

十九日(11月23日) 晨,往吴春海处襄题。拜客。至协成永竹游。

二十日(11月24日) 至馆,至诗社。

廿一日(11月25日) 作复硕卿信,交秦定庵大令带粤。至春海处吊丧;汪藩侯处贺喜;至协成永,偕其昌观一阵风剧,夜竹游。

廿二日(11月26日) 晨,拜穆春岩,未值。至馆,至诗社。

廿三日(11月27日) 作。作叠韵,招厚庵:"禁城清暖报书颁,风月相嘲翰墨间,未必韩生为哙伍,漫羞郑昆后周班。鸟飞仙掖栖枝借,龙跃延津化剑还。三叠阳关凭按曲,西州酬唱拟香山。"逊庵前辈以诗释,争三叠韵谢之,并柬厚庵:"和议书来拜命颁,骚坛新例有居间。纵横智敢师诸葛,攻拒机能应鲁班。笔阵本当三舍避,铙歌况已

---

① 蛾眉班:唐供奉官谓之蛾眉班。见《梦溪笔谈》。

一军还。就怜依韵联吟苦，太瘦人逢饭颗山。”得伟度信。

廿四日(11月28日)　至馆，得筱帅信。

廿五日(11月29日)　至馆，张馨斋招饮东升堂，又至韵秀饮。

廿六日(11月30日)　至平则门外广惠寺，为杨子和太夫人书主。归，访陈均堂，晤。陈西林招饮宴宾斋。

廿七日(12月1日)　至馆。王辅臣招东升堂，观四喜剧。王逸梧招万福居，又与莱山、芝浦、子敬、逸梧饮于韵秀。

廿八日(12月2日)　至馆，至宝兴，遇寿农，遂饮于龙源楼，松年为主，慎生招饮于家。

廿九日(12月3日)　晨至广惠寺吊丧；至馆。夜，消寒会于西林宅。得杨藕舫信。

三十日(12月4日)　至馆，至诗社。

十一月

初一日(12月5日)　入城，答客，佩蘅师招饮，散后莱山拉至德春饮。

初二日(12月6日)　咳嗽甚剧。至协成永竹游。作筱帅信，由阜京寄。

初三日(12月7日)　冯申之邀嘉颖竹游。

初四日(12月8日)　至潘宅，拜星翁七十寿。作诗，和宝相：“石渠近接帝垣尊，赐火供餐叠拜恩。振采天衢宜用羽谓逊庵师竹得花翎，种兰上苑下移根谓厚庵。词曹入直多俦侣，诗社盟寻孰弟昆。自愧寒虫吟细响，追随东阁共开樽。新诗屡自绛帷颁，退食怡情研席间。燕许文章监史局，富韩勋业冠朝班。蓬莱近日清衔领，桃李逢春暖意还。宏奖风流期望厚，常教培塿仰邱山。”阮与厚庵罢战。而师以雨辰，又以诗释争六叠前韵报之：“九天珠玉忽分颁，韵事春生齿颊间。拢难似应怜战苦，解围先已报师班。娇吟绣阁含情诉师以诗用香奁体，雅集琼筵尽醉还雨辰诗中事。好是画禅诗境合，百千重叠半家山。”

初五日(12月9日) 至馆。胡小蘧师七十寿,往拜。

初六日(12月10日) 至馆。作心一信、寿乔信,寄。

初七日(12月11日) 孙莱山邀观剧。与寿农饮于随源楼。得三叔信。

初八日(12月12日) 至馆。

初九日(12月13日) 星、绂二翁邀余庆堂,杨蓉浦邀康内,均往。消寒会于枚卿宅。

初十日(12月14日) 至馆。夜,招汪叔曾,养云、吴佑生、潘圃琴、本家盖之饮于福兴居。

十一日(12月15日) 至馆,颜雪庐消寒会于余庆堂。

十二日(12月16日) 宴穆春岩、舒夏、王辅臣、张馨斋、龚引生、邵紫兰于韵秀。

十三日(12月17日) 至馆。俞竹书招饮于家。缉庭招绚春,赴。

十四日(12月18日) 至协成永竹游。作小山信、三叔信、历城县丁雾园同年信,均寄。

十五日(12月19日) 至馆,至诗社。

十六日(12月20日) 大风。得紫叔信、筱帅信、宜卿信。小渟招饮馥云。

十七日(12月21日) 至馆。归,作覆王少卿信。

十八日(12月22日) 冬至,祀先,至宴宾斋,招西林、竹篔饮。

十九日(12月23日) 至馆,竹篔消寒会于瑞春。

二十日(12月24日) 黄子寿大令来。偕赵菊生至协成永竹游。莱山消寒会于家。

廿一日(12月25日) 至馆,至诗社。

廿二日(12月26日) 至馆;夜,至柳门处谈。

廿三日(12月27日) 方右民来;许少秋来。至恭振夔处贺喜;至诗社。

廿四日(12月28日) 至馆。李竹汀来。得小山信。

廿五日(12月29日) 至馆。邀竹汀、夏松年饮于龙源楼。

廿六日(12月30日) 至协诚永竹游。张叔平邀饮清华。

廿七日(12月31日) 至馆。阎同年朝宗邀饮且园。至诗社。

廿八日(1878年1月1日) 作楹联等件。至馆,至诗社。

廿九日(1月2日) 作覆江黼文信、三叔信、青州信。拜客。至韵秀,邀方右民、贾湛田、何子森、秦文伯、张叔平、夏松年饮,未至者周小棠。

十二月

初一日(1月3日) 朔,作小山信,均交竹汀带东。至馆。下阶蚪足痛甚,足蹒跚行。恂予消寒会于嵩云草堂。得小山信。

初二日(1月4日) 足仍痛,艰于行,坐竟日。

初三日(1月5日) 至协成永竹游。

初四日(1月6日) 作筱帅信、紫叔信。秦文伯邀蕴华。

初五日(1月7日) 作沈吉田信,并王少卿信,交折差。鄂信亦交折差。张馨斋邀万福居。

初六日(1月8日) 足稍愈。得欧阳崇如信、沈溦之信。

初七日(1月9日) 至芍亭处贺得京兆喜。至诗社。得黄师凯信、青州信。

初八日(1月10日) 堂上诞辰。因足痛谢客,偕缉庭、菊生、其昌手谈于韵秀。

初九日(1月11日) 作青州信,交来人带回,并还黄参军信,以素不相识也。周积甫邀手谈。夜,消寒会于馥云。作金陵信,寄。

初十日(1月12日) 至协成永竹游。枚卿邀万福居。得高州府张丹叔信。

十一日(1月13日) 寿农祖母之丧,得陪吊。西林招宴宾斋。

十二日(1月14日) 祖父母九十冥寿。至观香院念经。夜,至芍亭丈处谈。

十三日(1月15日) 邀诸通家饮。至小渟处,至诗社。

十四日(1月16日) 大风,偕积甫至协城永手谈。

十五日(1月17日) 剃发,至馆,至诗社。

十六日(1月18日) 拜客,至诗社。

十七日(1月19日) 至馆,芍丈招夜饭。

十八日(1月20日) 作覆杨藕舫信,覆欧阳崇如信,交江南折差。至枚卿处谈,遇莱山、小渟,偕至宴宾斋饮,并招芝浦。

十九日(1月21日) 周积甫招手谈。

二十日(1月22日) 至馆。

廿一日(1月23日) 作荃师信,寄。夜,蒋寿山招饮于家。

廿二日(1月24日) 先生解馆,请先生并招晋叔、毅甫、声之竹游。得荃师信,欧阳用甫前辈信,是日寄穆收军覆信。

廿三日(1月25日) 拜客,送灶神,作璞臣信,寄。

廿四日(1月26日) 积甫约手谈。

廿五日(1月27日) 答文书田。至馆。夜,杨蓉浦消寒会。

廿六日(1月28日) 至椿记手谈。

廿七日(1月29日) 剃发,书春联,夜至协诚永竹游。

廿八日(1月30日) 又至协诚永竹游。得璞臣信。

廿九日(1月31日) 至各师门辞年。

卅日(2月1日) 年事毕,偕小渟至大街散步。得李念仔信。

光绪四年戊寅(1878)

正月朔日(2月2日) 黎明起，祀神。至馆。归，拜年，至协诚永竹游。

初二日(2月3日) 至协诚永竹游。

初三日(2月4日) 拜年，至缉庭处。甚寒，留作竹游。

初四日(2月5日) 晨，至馆，拜年，至诗社。

初五日(2月6日) 至缉庭处竹游。得吴硕卿信。

初六日(2月7日) 拜年。得孙啸骧信。

初七日(2月8日) 积甫约竹游。得寿乔信、二叔信。

初八日(2月9日) 至馆。

初九日(2月10日) 至琉璃厂。夜，周生霖作消寒会。

初十日(2月11日) 陈云裳邀饮，并竹游。得青州信。

十一日(2月12日) 入城拜年，至馆，张霁亭邀饮。寄继述师、歧子惠信、吴笏臣信。

十二日(2月13日) 游厂，遇徐铸庵，至泰丰楼饮。寄欧阳用甫信。

十三日(2月14日) 邀积甫、国琦、伯笙竹游，并约云裳、丁星圃饮。冯云岩来。得潘达泉信。

十四日(2月15日) 龚生邀手谈。潘谱琴邀宴宾斋，赴。

十五日(2月16日) 至馆，至协成永，遂竹游。

十六日(2月17日) 拜客。至陆风石处，遂竹游。

十七日(2月18日) 作屏对。至馆，偕莱山饮于泰丰楼。

十八日(2月19日) 至何子森处谈，遂偕小渟、松年饮于福兴。

何筱珊邀福隆堂,赴。

十九日(2月20日) 至馆。王逸梧消寒会于家,范次典招绮春,沈子衡通家来。

二十日(2月21日) 屠星若通家来,教森儿开馆,邀子衡、介臣、稚樵、少秋、季樵饮。

廿一日(2月22日) 至馆。芍丈邀至会馆。阅书院卷,饭于万福居。至诗社。

廿二日(2月23日) 作三叔信、青州信、张樵野信,均托方右民带山东。至广惠寺吊陈心如之丧,至广德楼,莱山邀观剧,饮泰丰楼。

廿三日(2月24日) 至文昌馆。吊顾瀚臣尊人之丧。至纳华,凤石之招竹游。徐季和邀蕴华,赴。得黄植庭前辈炭敬信、冯小侣大令炭敬信。

廿四日(2月25日) 至馆,至庆和园,季和邀观全盛和剧。周书田邀万福居,芝浦又拉至德春,未终席,先归。得宜卿信。

廿五日(2月26日) 赴毛旭师处,拜太师母诞。至嵩犊山处,唁丁内艰;至馆;至邵紫澜同年处,拜母寿。观剧。芝浦邀万福居,未赴。

廿六日(2月27日) 作复荃师信,寄。至潘瑞斋处贺娶媳。拜客。闻寿农在福兴,亦往遇焉。

廿七日(2月28日) 莱山拉往天禄园观剧,饮泰丰楼。

廿八日(3月1日) 至馆,至诗社。得清卿信,作璞臣信,寄。

廿九日(3月2日) 小渟消寒会于宴宾斋。

卅日(3月3日) 至馆,叔平邀春馥。

二　月

初一日(3月4日) 偕西园、馨斋、明良佐、赵璧臣于韵秀公宴。夏春城祝寿。

初二日(3月5日) 作筱帅信,寄。至馆。芝浦邀万福居。得汪蘅舫信、谊卿信。

初三日(3月6日) 苏、歙两馆团拜,积甫约手谈。

初四日(3月7日) 咳嗽,头晕。郭筱琴来。偕小渟、竹篔观春花剧,饭泰丰楼。寄沈瀓之信,交培之。

初五日(3月8日) 作卫泉、达泉信,金陵信,均寄。至诗社,遇芝浦,拉往德春。得璞臣信。

初六日(3月9日) 为夏春城作寿序,浼竹篔捉刀,少加删润。至钱西箴处谈、枚卿处谈,汪藩侯亦来,遂偕至万福居。又遇芝浦,拉往德春。右腕生疖。

初七日(3月10日) 作硕卿信、子实信,附寄张丹叔太守信。宴恭振夔、张霁亭昆仲、童逊莽、锡席卿、柳门于家,未至新梅、少岩、黄泽臣,后至者吴六庄。

初八日(3月11日) 寄粤信。至馆。柳门约陪吴六庄、董新甫,邀饮于家。

初九日(3月12日) 至协成永。往观剧,夜,至韵秀消寒会。疖大发。

初十日(3月13日) 得紫叔信。至诗社。

十一日(3月14日) 夜,消寒会于家,雪庐、逸梧未至。

十二日(3月15日) 得小山信。至缉庭处,拜太夫人寿,竹游。得子实信,

十三日(3月16日) 疖少愈,拜客。至诗社,得才卿信。

十四日(3月17日) 作覆孙啸骧信、秦虎臣信、李紫珊信,托永大成寄。莱山邀景龢观弈。

十五日(3月18日) 至馆。徐铸庵邀且园,芝浦又约德春,先归。

十六日(3月19日) 覆李念仔信,托宝隆寄顺天府递,并递黄植庭信;覆吴望云信,托吴六庄带江西。吴庚生邀且园。做尚斋信。

十七日(3月20日) 至馆。至刘博泉处,唁丁外艰。谒全师,

未晤;拜文书田、王夔石侍郎。至嵩犊山处吊丧。至福兴,赵枚卿、孔斐轩之招。

十八日(3月21日) 至汪慧生处吊丧;至泰丰楼,宴童逊莽、孙莱山,偕观四喜。夜,宴莱山、芝浦、斐轩、枚卿、季和、子敬、叔平、逸梧、周书田、佑之、汪藩侯、剑星于福兴。得心一信、画云信、江黼文信、吴礼堂信。

十九日(3月22日) 作楹帖屏幅,莱山、芝浦约观四喜。至福兴,至熙春消寒会。

二十日(3月23日) 剃发。至馆,汪藩侯昆仲邀且园。

廿一日(3月24日) 作伟如信,并附尚斋信、芷舠信,托阜康寄。至李绩庭处吊丧;至协成永竹游。

廿二日(3月25日) 凤石来诊堂上疾。文书田邀万福居。柳门疾,往视。

廿三日(3月26日) 作字。至魁华峰师处补祝昨日诞;至崇文山处贺娶妇喜。拜杨子和,晤。至馆,至沈凤墀处拜寿,小渟邀福兴。

廿四日(3月27日) 为童逊莽作仓圣祠联:作者诏圣,斯文在兹。魁星祠联:才以斗量,古今召数;天将笔补,造化无功。谒榕楼师,未晤。至钟雨人处消寒会,与寿农诸人公饯小渟于且园。

廿五日(3月28日) 至馆,芝浦邀万福居。

廿六日(3月29日) 夏春城邀韵秀。

廿七日(3月30日) 作宫农山信,宋友笙信,并诰轴,托协同庆。至馆,方宏泰邀饮,至诗社。

廿八日(3月31日) 至顺天府遇文书田。至馆,至徐荫轩总宪处吊其媳丧,遇缉庭,同饮泰丰楼。

廿九日(4月1日) 皇甫筱轩病故,往探丧。培之招竹游,夜饮。

卅日(4月2日) 作筱帅信,寄。逊莽招万福居。又至韵秀饮。

三　月

朔日(4月3日) 拜培之夫人诞。竹游。

初二日(4月4日) 至馆,至诗社,李璧园奎光通家来。

初三日(4月5日) 双目红肿。至陈钧堂处谈,偕饮宴宾斋。

初四日(4月6日) 探潘星翁之丧,鲍子年之丧。至诗社,得紫叔信、彦哲信。

初五日(4月7日) 题《海风边月图》,锡厚庵所持求也。"渝关东去长城北,渤澥苍茫暗秋色。画角晨吹海气腥,大旗夜卷边云黑。楼名澄海当海滨,清时万里无烟尘。波涛到此一束缚,中流兀屿峰嶙峋。临榆大令诗中伯,俯视沧溟若咫尺。风清月白作夜游,轻拢髯苏携二客。是时月出云海间,随风飞度巫闾山。长鲸跋浪入夜伏,独鹤唳空窥人间。天风浪浪月皦皦,兴酣呼酒共倾倒。晚泛月游凭叶轻,御风行觉九州小。我问海上多神仙,员峤方壶古洞天。披图使欲刺船去,携琴共羽寻成连。"至诗社,刘元豫建侯通家来。

初六日(4月8日) 赴杨蓉浦处拜寿。夜,闻清卿回,往谈。

初七日(4月9日) 至云楣处谈,至清卿处谈,至夜深乃归。

初八日(4月10日) 柳门来。夜,至清卿处谈。

初九日(4月11日) 文书田邀饮富兴楼,张叔平邀饮春馥。刘建侯来。

初十日(4月12日) 至芝浦处观弈,莱山招,赴福兴。

十一日(4月13日) 作字,宴胡云楣、陈钧堂、许竹筼、高寿农昆仲于韵秀。

十二日(4月14日) 作字,芝浦邀福兴。

十三日(4月15日) 作字,至诗社,逸梧招至万福。作心一信、寿乔信,寄。

十四日(4月16日) 作字,至逸梧处观弈,芝浦邀万福。

十五日(4月17日) 拜客,钱西箴、徐铸庵邀福兴,贾湛田招绚春。

十六日(4月18日) 作宜卿信。赵菊生招燕喜堂,芝浦邀德春。

十七日(4月19日) 作龚蔼人廉访信,并谊卿信,交陈钧堂带南。拜林佩贤,未晤;晤孙燮臣。寿农招熙春观弈。得青州信,知二叔故。

十八日(4月20日) 雨,作洪直卿墓志铭,枚卿邀福兴,赴。雨自昼达旦。

十九日(4月21日) 作颜三芝师八十寿信,并寿幛、寿联,及乡房陕闱墨卷,均托钧堂带南。至诗社书墓铭,竟作汝舟信,寄。

二十日(4月22日) 至馆,至京兆尹署,至诗社。

廿一日(4月23日) 龄中堂到馆。晨往至全浙老馆,议留养饥民事,张叔平邀福兴居。

廿二日(4月24日) 柳门来谈,王侣杉邀福兴居,得青州徐太姑丈讣。

廿三日(4月25日) 吊汪慧生丧。寿农邀极乐寺观海棠。寺,明万历间内珰建,有分宜挟砖。又至万寿寺,夜饮宴宾斋。

廿四日(4月26日) 至全浙馆,至诗社。

廿五日(4月27日) 吊皇甫小轩丧;贺徐铸庵娶子妇。至馆。

廿六日(4月28日) 作字,至全浙馆,偕寿农、叔平饮同兴居。

廿七日(4月29日) 剃发,至馆,访文书田,不值。访锡厚庵,谈半晌。至福兴居,盛福庭之招,叔平亦在,彼并招饮。

廿八日(4月30日) 作字,至全浙馆,寿农邀福兴。

廿九日(5月1日) 作字,邀潘吟香、汪月舟、顾菊舫、盛福庭、赵菊生、徐其昌、夏德诚饮同兴居。

四 月

初一日(5月2日) 至馆,作杨藕舫信、伟如信、东台信,交刘堃带南。至诗社。

初二日(5月3日) 作字,张叔平邀宴宾斋。

初三日(5月4日) 潘宅邀襄题,其昌邀同法、清如饮同兴居。

初四日(5月5日) 至馆。

初五日(5月6日) 至潘宅吊,至全浙馆。铸庵邀麟春。

初六日(5月7日) 作字,至全浙馆。

初七日(5月8日) 至馆。拜李勤伯,未晤。邀戴少梅、黄子中、其昌饮同兴居。

初八日(5月9日) 作字。至全浙馆,至诗社。

初九日(5月10日) 作字。拜桑春园,晤。至徐荫轩处拜寿。偕莱山、芝浦、逸梧饮韵秀。

初十日(5月11日) 得方右民信。至馆。

十一日(5月12日) 吊鲍子年丧;贺刘晓澜嫁女;贺蒋迪甫太夫人寿。观剧。

十二日(5月13日) 作字。至诗社,芝浦邀德春。

十三日(5月14日) 至馆。黄子中邀饮熙春,又至万福。

十四日(5月15日) 作字。至全浙馆,偕竹筼、寿农、李廉水饮同兴居。

十五日(5月16日) 作字,莱山来。至协诚永,遇汪月舟,拉至万兴居饮。

十六日(5月17日) 作字,得汪曾本信。至浙馆。

十七日(5月18日) 晨,拜余古香,晤。刘博泉约陪吊,莱山招万福居。

十八日(5月19日) 至长吴馆手谈。

十九日(5月20日) 作字,至馆。

二十日(5月21日) 作字,至馆。赵菊生招福兴居,缉庭拉至绚春饮。

廿一日(5月22日) 至馆,料理贫遣事。张霁亭邀福兴,吴蕙吟、潘瑞庭、胡馥庭招皖馆。

廿二日(5月23日) 森儿结亲于陆凤石,邀缉庭、菊生执柯,并邀晋叔、声之、康民、其昌、国琦手谈。得本家画云信。

廿三日(5月24日) 至馆。梅蕙仙招福兴居,莱山代东。

廿四日(5月25日) 至馆。许竹筼招万兴居。

廿五日(5月26日) 作字,至馆,招余古香、新甫、次典、子森、培之、子宜饮。

廿六日(5月27日) 作字,至顺天府,至馆,季和招乐春花厂,潘吟香招于家,周积甫招馥荃。

廿七日(5月28日) 作字,至馆,古香邀观十三旦剧,饭于福兴。

廿八日(5月29日) 至长吴馆,公宴芍亭并手谈。

廿九日(5月30日) 至馆。古香招饮近信。

卅日(5月31日) 至东华门。

五　月

朔日(6月1日) 作字,至馆。潘子宜招燕喜堂。至诗社。

初二日(6月2日) 一早至馆,至余古香处,偕饭义胜居。

初三日(6月3日) 作字,至东华门拜节。

初四日(6月4日) 拜节。至浙馆,得小山信、方右民信。

初五日(6月5日) 午节,未出门,作小山信、青州信,唁陈伯平信。

初六日(6月6日) 拜潘老三先生寿。送余古香行。至浙馆;至义胜居,请曾君表、吴慎生、蒋迪甫、潘瑞斋,未至者赵伯衡。

初七日(6月7日) 封小山信、伯平信,托伯衡带东。至馆。吊姚叔怡。夜,阅馆课。

初八日(6月8日) 至浙馆;至芝浦宅宴。寄青州信,并赙敬托锦祥呈号寄。

初九日(6月9日) 作字,潘瑞斋招义胜居。

初十日(6 月 10 日)　至馆，至协诚永，遇戴少梅，邀饮福兴。

十一日(6 月 11 日)　至浙馆，吴慎生邀义胜居。

十二日(6 月 12 日)　至顺天府，至馆，阜康、吴选青招于董新甫宅。

十三日(6 月 13 日)　作字。至浙馆，寿农招福兴。

十四日(6 月 14 日)　作字，至馆。莱山邀往福兴，座已满，遇刘彝庭，拉入座。

十五日(6 月 15 日)　作字。戴少梅招观四喜剧，法清如招福兴。

十六日(6 月 16 日)　作字，至馆，至协诚永。

十七日(6 月 17 日)　作字。至浙馆，至枚卿处谈，得小山信、泽普两信。

十八日(6 月 18 日)　吊温味秋夫人丧、翁海珊丧、袁筱坞丧，公请宝相于龙爪槐，莱山邀德春。

十九日(6 月 19 日)　公宴榕楼谢公祠，李廉水邀饮本宅。

二十日(6 月 20 日)　作筱帅信、紫叔信，托阜康寄。约杨藕舫。

廿一日(6 月 21 日)　得心一信、寿乔信，至馆。

廿二日(6 月 22 日)　至浙馆。

廿三日(6 月 23 日)　为张霁亭作寿屏，至协诚永饭游。

廿四日(6 月 24 日)　作屏。至钱西箴处谈。出游。得东台信。

廿五日(6 月 25 日)　沈中堂到掌院，住入署。檀斗生母丧，开吊，约往陪。曾栗贤约饮；同泰约饮；徐古香约饮。

廿六日(6 月 26 日)　作屏。至诗社，王逸梧约饮福兴居，作卫泉信，托同泰寄。

廿七日(6 月 27 日)　作字，莱山约观弈。吊谢廖伯之丧，莱山又邀广和。夜，芝浦邀观剧。

廿八日(6 月 28 日)　顾菊舫招福隆堂。至协诚永，偕小饮。拜霁亭六十寿，观剧，早归。

廿九日(6 月 29 日)　至馆。偕莱山饭于万兴居，小饮。

六 月

初一日(6 月 30 日) 作字,拜柳门四十诞辰。

初二日(7 月 1 日) 至莱山处手谈,遂饮福兴居。

初三日(7 月 2 日) 培之约熙春竹游,叔平邀春馥。

初四日(7 月 3 日) 作字,至馆。至董师处,至协诚永。

初五日(7 月 4 日) 得筱帅信。周书田招观弈并饭,又饮于胜春。

初六日(7 月 5 日) 作字,汪月舟招饮万兴居。

初七日(7 月 6 日) 至诗社,得张樵野信。

初八日(7 月 7 日) 宴李勤伯、张筱船、刘建侯、柳门于家,芝浦邀万兴。

初九日(7 月 8 日) 作覆远斋本家,并寄书墓志铭,交阜康。

初十日(7 月 9 日) 至毛旭师处,吊太师母丧。至馆,至广和居,周书田之招。

十一日(7 月 10 日) 作字,至协诚永。

十二日(7 月 11 日) 作字。作清卿信,并汇赈银五百两,交阜康。贺寿农新居饮。

十三日(7 月 12 日) 寿农来谈,至义胜居饮。

十四日(7 月 13 日) 作字,黄子中招熙春饮。

十五日(7 月 14 日) 本家象予来,得汝舟信。夏德诚招遇顺,汪丹舟又招福隆堂。

十六日(7 月 15 日) 得小山两信。拜孙燮臣,晤。宴莱山、霁亭、叔平、子森、松年、寿农、枚卿于韵秀。

十七日(7 月 16 日) 作字。吊吴子俊丧。至张吉人、吴慎生处,观字画。

十八日(7 月 17 日) 作字。邀少梅、子钧、德诚饮于诗社。谭子敬招天福堂,小坐即行。

十九日(7月18日) 作字,观馆书,得徐小山信、泽普信。

二十日(7月19日) 晨,至馆。暮,出城,至诗社。

廿一日(7月20日) 暑甚,竟日未出门。

廿二日(7月21日) 作字。暮至诗社,遇刘彝庭,遂共饮。得达泉信。

廿三日(7月22日) 至张吉人处,王小汀招寿春。

廿四日(7月23日) 作字,寿农嫁妹招饮。

廿五日(7月24日) 招彝庭、莱山、小汀、寿农,饮于韵秀。

廿六日(7月25日) 作字,彝庭招韵秀。

廿七日(7月26日) 作字。得清卿信、紫叔信、筱帅信。作小山、泽普信,托京兆尹递。

廿八日(7月27日) 作字。黄子中招泰丰楼,子钧招丹林。

廿九日(7月28日) 入城,拜客,张霁亭招饮于家。

卅日(7月29日) 作字,至诗社。

七　月

朔日(7月30日) 作字,至协诚永。

初二日(7月31日) 蕙芳妾得瘁疾卒,厝于永定门外苏泰义园。芝浦邀乐春园。

初三日(8月1日) 寿农、彝庭、王小汀来邀,出游。君表邀景龢。

初四日(8月2日) 竟日未出门。谭子敬来,邀景龢,暮始往。得汝舟信。

初五日(8月3日) 胡淇生招松筠庵观弈。

初六日(8月4日) 拜客,遇大雨,即归。

初七日(8月5日) 至诗社。寿农于熙春设宴,遂赴。

初八日(8月6日) 彝庭招吃豆腐。莱山、书田、枚卿招饮于枚卿宅。

初九日(8月7日) 小腹下疖大发。

初十日(8月8日) 疖益作痛。夜,出脓血。

十一日(8月9日) 小腹下疖渐平复,左腿疖复发。暮,至君表处,柳门遂留饮。

十二日(8月10日) 作字。至诗社。得汝舟信。

十三日(8月11日) 至君表处,遂偕至韵秀饮。遇雨,归,将晓矣。

十四日(8月12日) 夜,至梅卿处谈。得余古香信。

十五日(8月13日) 至协诚永,同往观三庆剧。至诗社。寿农招饮熙春,小坐即回。

十六日(8月14日) 张椒云丈招饮。

十七日(8月15日) 作字。至协诚永。作汝舟信,寄。

十八日(8月16日) 至程纯甫处,贺嫁女喜;至缉庭处,同饮义胜居。

十九日(8月17日) 邀慎生来。作画。彝庭招饮于家。

二十日(8月18日) 至诗社。

廿一日(8月19日) 菊生招饮遇顺。

廿二日(8月20日) 徐招饮遇顺,并竹游。

廿三日(8月21日) 招潘子宜、徐黼平、陆寿门、吴慎生饮福兴。

廿四日(8月22日) 至研生处,拜其太夫人寿,遂竹游。得吴望云信。

廿五日(8月23日) 吉人来;君表来。偕竹篔至厂肆。遇何夏玫,遂偕饮福兴。

廿六日(8月24日) 作字,作画,晚至留春精舍。

廿七日(8月25日)

廿八日(8月26日) 作字画,晚至留春舍小饮。得望云信,并还百金。

廿九日(8月27日) 邀何夏珍、德诚于泰和楼持螯。

八 月

初一日(8月28日) 至馆,至诗社,约方寿乔。

初二日(8月29日) 作字画。何子森邀福兴居。

初三日(8月30日) 至西城,拜客,莱山招饮广和居。

初四日(8月31日) 曾君表、杨鹤峰、杨正甫、李玉舟、许鹤巢招龙树院,以柳门与余四十初度也。寿农晚邀熙春寿局。

初五日(9月1日) 至董师处补祝。谒述堂师。则次暮到京,至馆,得清卿信。

初六日(9月2日) 吊潘味琴丧。至阜康,作伟如信、筱帅信、四叔信,寄。

初七日(9月3日) 作字。作心一信、寿乔信,寄。

初八日(9月4日) 至继述堂师处吊世叔丧,并谒述师;至馆;至诗社。

初九日(9月5日) 吊叶恂予令兄丧。解星垣招福隆堂。大雨。

初十日(9月6日) 会馆,公请芍丈,至协诚永。值竹游,遂入局。

十一日(9月7日) 作字。彝庭招饮于家。

十二日(9月8日) 作字。夜,至会馆,晤芍丈。

十三日(9月9日) 作字画,新甫招饮绮春。

十四日(9月10日) 各师门拜节。

十五日(9月11日) 慎生来谈,午饭小饮。夜,至慎生处,偕彭季陶饮,剧谈。

十六日(9月12日) 至馆。得张仲廉信,并炭敬八两。夜作诗。八月四日,同人宴集龙树院。分韵得八字:“京官多朋怀,招邀预投札。置觞远市尘,城南访土刹。道涂乃谋野,遡滍屡回辖。入门马竟骄,迎客鸟声嘎。行庭抚陈槐,枝偃势矫拔。广轩高拓三,绮席篡逾八。宾主尽吴产,乡音讵啁哳。酒令喝雉卢,觞政严纠察。歌童翩跹来,劝饮态慧黠。玄凤转喉清,雏莺吐语滑。舞袖低卷舒,哀徐响交戛。灵光一照座,醉眼若篦刮。西山忽云兴,暴雨破块圠。秋中暑犹炽,烦歊藉洗刷。曲栏生盘蜗,高柳息嘶蛰。积潦鳞□涨,危堞明齾齾。年丰膏泽多,未霜稼矣杀。穲稏满栖亩,渐欲登总秸。市廛□菜足,村巷生年茧。时晏饮益欢,濡首忘发髴。炊烟将出林,归路已栖鹘。苍茫芦苇丛,车声互咿轧。”

十七日(9月13日) 至诗社。公宴芍丈于长元吴馆。

十八日(9月14日) 午后,至枚卿处谈,偕出游。作潘达泉信并部照,交芍丈带南。

十九日(9月15日) 作字,作画。宴唐兰生太守、少梅、子钧、德诚、清如、子中、慎生于义胜居。

二十日(9月16日) 至顺天府署送行;至馆。拜李勤伯,晤。得陈钧堂信。

廿一日(9月17日) 邵紫兰邀饮天宁寺。

廿二日(9月18日) 剃发。慎生邀义胜居。李子钧邀观四喜剧,饮福兴居。蒋迪甫复招饮景龢。

廿三日(9月19日) 莱山招景龢。刘堃来。得东台信、藕舫信。

廿四日(9月20日) 陆绶生来。至馆;至广惠寺,吊蒋之纯方伯之丧。偕培之、研生诸君宴绶生于福兴。少梅招聚宝堂。

廿五日(9月21日) 张吉人招往周书田处,观周小松弈。是夜有贼,竟夕未寝。

廿六日(9月22日) 作字,作画,观馆书。刘彝庭夜招韵秀。夜,仍警贼不寝。

廿七日(9月23日) 偕锡厚庵诸君公宴孙师竹于同兴楼。方宏泰招夜饭。得汪蘅舫信。夜,作覆信。

廿八日(9月24日)　拜客。

廿九日(9月25日)　作字,作画。至张叔平处观字画。得徐侯斋画册,计十开。夜,招叔平、莱山、书田、寿农、彝庭饮义胜居。

九　月

初一日(9月26日)　至馆。

初二日(9月27日)　芝浦、淇生、逸梧招且园,观小松弈。得汝舟信。清卿自津来。

初三日(9月28日)　作字画。吊潘峄琴母丧。至清卿处。

初四日(9月29日)　作汝舟信,寄;李玉阶闽藩信,寄。张安圃到京。往拜,晤。夏春城招近信。沈退庵、徐竹筼招观三庆剧。饮万兴居,

初五日(9月30日)　晨,大泻,作寒热。谒伯寅师,因其得实录馆也。寻慎生诊脉开方。吊□云峰父丧。至清卿处。得紫叔信。

初六日(10月1日)　作字。至君表处闲谭。寄蘅舫信。

初七日(10月2日)　清卿来。唐兰生招福兴;陈雪楞亦招福兴;季玉丹招景龢。

初八日(10月3日)　伯寅师至馆。未明即入城,至皖馆团拜,枚卿拉饮福兴。

初九日(10月4日)　莱山招赴龙树院。登高观弈,君表夜招饮于家。

初十日(10月5日)　为韵主人生辰。招培之、晋叔、毅甫、凤石、缉庭、菊生、德诚手谈;并招鹤巢、君表。

十一日(10月6日)　刘叔涛年丈六十寿,往拜。夜,观馆书。

十二日(10月7日)　夜,张霁亭招饮景龢。

十三日(10月8日)　赴潘峄琴处,陪吊。至安圃处谈,遇缉庭,遂饮广和居。

十四日(10月9日)　吊潘味琴丧。至枚卿处。归,阅馆书。

十五日(10月10日) 赴署,接见沈相。至馆,至诗社。

十六日(10月11日) 阅馆书。子中邀饮杏春,又饭于聚宝堂。

十七日(10月12日) 作小山、泽普信,附方右民覆信,同寄。阅馆书。作对屏二十余件。

十八日(10月13日) 作何夏珍信、伟如信,均寄。至枚卿处,定游山事;至诗社。

十九日(10月14日) 作宋伟度信,内附芍亭信,托夏松年寄。松年邀绚春饭;戴毅甫邀福兴;方子青、吴丽南邀福寿堂观剧。

二十日(10月15日) 作致任筱沅信,阜康寄。东台信,信局寄。研生、培之、毅甫、晋叔、申之、清卿邀乐春花厂。为董康伯、柳门及余生辰也。

廿一日(10月16日) 夏德诚邀遇顺手谈。得小山、泽普信。

廿二日(10月17日) 昧爽起,日甫出即行。竹篔居相近,遣仆邀与偕行。进顺治门,出平则门。竹篔车在前,舆夫误往西北。行数里始觉,转向西南。巳刻,过八里庄,又数里至田村。赵枚卿、高寿农后至。尖毕。行二十里,至北辛庵,少憩。

光绪六年庚辰(1880)

正　月

元旦(2月10日)　寅刻,敬神毕,入东长安门,至太和殿。卯正后朝贺。归,下午拜年。

初二日(2月11日)　孔斐轩招文昌馆;李子钧招近华。

初三日(2月12日)　拜年,张芝浦招饮于家。

初四日(2月13日)　拜年,黄子中招寿春。

初五日(2月14日)　至西城拜年。作河间府扎仁山谢信,献县王纶阶谢信。

初六日(2月15日)　作《琴苋图题序》,体仿骈文小品。作紫叔信,周茀卿信。

初七日(2月16日)　访瞿赓甫,遂招至诗社,并招子中、子钧、清如、君表。各信交赓甫。

初八日(2月17日)　作清卿信,并附友人交带各信交夏松年。撰衙门交派文。

初九日(2月18日)　至东城拜年。吊文秋瀛母丧。得吉书云炭信,小山信,孙俨若信。

初十日(2月19日)　观《东华续录》。游厂。至诗社,子钧邀聚宝,未赴。饮于近华。

十一日(2月20日)

十二日(2月21日)　作筱卿信,得心岸信,周福皆中丞信,陆澹吾观察炭信。

十三日(2月22日) 问枚卿病。潘任卿、阎璧泉邀饮文昌馆。作心岸信,并筱帅信,交折差。

十四日(2月23日) 张吉人来,遂同游厂,遇正甫,拉饮聚宝。得彦墀弟信。

十五日(2月24日) 至西城拜年,至厂,遇子钧诸人,君表邀饮聚宝。正甫又拉至馥荃。

十六日(2月25日) 请汪少霞、李蠡纯、章琴生、鲍印庭、方子青、洪信臣饮义胜居。

十七日(2月26日) 闻枚卿逝世,往哭。羊辛楣招文昌饭;拉芝浦、棣华、铸庵饮诗社,并招寿农。是日,觉胃次作恶,饮至酩酊。

十八日(2月27日) 陕西通家邢葆初名宝书来,晤。

十九日(2月28日) 作汝舟侄信,寄。邀子钧、君表、杨鹤峰、正甫饮聚宝。

二十日(2月29日) 至董师处,定团拜期。明良左招韵秀。

廿一日(3月1日) 至慎生处谈。消寒会于诗社。

廿二日(3月2日) 至谭子敬处吊丧;至继师处,未晤。李玉丹招聚宝;范次典招嘉颖。得汪乐同丙炎信。

廿三日(3月3日) 宴延煦堂、张吉人、钱笸仙、缪小山、王廉生、顾缉庭于家,香涛、竹坡、可庄未至。

廿四日(3月4日) 宴朱咏裳、吴枚升,颜景虞、刘庆霖、蒋迪甫、彭颂田于家,李玉丹、庞絅堂、曾印若、彭季陶未至。至缉庭处,贺续娶。

廿五日(3月5日) 晨,入城,谒述堂师,晤。至馆,遂约童子牧、祥仁趾、叔涛丈、高抟九饮于久和兴。出城,至君表处,复饮于云龢。

廿六日(3月6日) 陕西通家杨玉树少山来;又薛秉辰、杨滨来。作方右民信,彦墀弟信,并寄;又寄何芷舠覆信。

廿七日(3月7日) 作画云宗丈信,附沈杏卿信,托阜康寄。

廿八日(3月8日) 山左通家李福瀚仲鹤来。作小山信、彭漱芳信。戴艺郛、伯和招聚宝。

廿九日(3月9日) 至吴麓南处吊丧。凤石招绚华竹游。得丁霁园同年信。

三十日(3月10日) 山左通家周继登云阶、李葆宾秋圃、柏锦林云卿、沈潜兰秋来;陕西通家宫炳南伯明来。吊周荇农兄丧,与荇老谈坐。晌,沈杏卿招聚宝。

二 月

朔日(3月11日) 山左通家乔毓澧润芑来。作清卿信,并附各信友人托寄,托夏松年寄;作邓少梅同年信,杨松斋诚大令信,茅研农信,及小山信,均附入漱芳信内寄。晚偕寿农饮诗社。

初二日(3月12日) 通家韩肃俭中华来;李为衡湘九、王星斋系侯来。作屏幅数件。至琉璃厂。得王鹤琴信、张仲廉信、汝舟信。

初三日(3月13日) 石鲁山东樵、齐振锡鹤岩、张树桂馨五、林汝璠玙如、徐旋元西岩来歙县馆。祭文昌位。晚,子钧招聚宝。通家穆都哩子诚来,晤,带毓寅谷信来。

初四日(3月14日) 竹游长吴馆。

初五日(3月15日) 作董新甫信、沈炉青信,托夏松年寄。祝梦龄绍周、刘春奎星五、汤保祐寿祺、汪宝树谢阶、李葆汝、石鲁山东樵、秦奎良庆臣、秦鉴湖剡亭、孙遇昌午桥、高鹏飞西崖、王荩卿念堂、张臣禄枚臣、王承荩菊丞来;陈宗妫麓宾、王芝兰伯芳、春和仁山来;刘星五带唐子良信来。至乐椿园公请榕楼师。答钱子密,晤。张叔平、王逸梧招于叔平宅;潘吟香、法清如招聚宝堂,均赴。

初六日(3月16日) 戊辰同年团拜。巳刻,赴文昌馆。招朱研生、明良佐、梁斗南、伦孟臣、袁爽秋。又偕寿农,请范鹤生、范次典、杨子和、钮润生、张叔平、童逊莽、张芝浦、舒西园、潘任卿、龙芝生、孙春山、孔斐轩、温棣华、胡淇生、韦伯谦、徐小云、贾小芸。

初七日(3月17日) 雨雪,馆上约帮提调,到馆。到宝、沈两相,徐荫轩尚书处。贺童逊菴得雷琼道遗缺喜。拜李壬叔,晤。偕冯申之,公请同乡诸人于聚宝堂。

初八日(3月18日) 雨雪,陈文然斐卿、丁汝乔宣甫来,宣甫带丁星斋信来。至馆,徐铸庵邀寿春;缉庭邀绚春。

初九日(3月19日) 阅馆书。翁印若、李玉丹招福兴;许竹筼招富德。

初十日(3月20日) 刘叔俛自南来,晤;姜汝霖雨农、李毓锟锦堂、曲运升昆圃来见,晤。至馆。补继太师母寿。贺李葆舟京兆喜;贺杨子和得平阳府喜。归,作枚卿挽联。作瞿赓甫信,寄。

十一日(3月21日) 公祭枚卿,先往奠。至兴隆局手谈,椿记招福兴;芝浦招胜春。

十二日(3月22日) 书挽枚卿联,张叔熯春叔偕兄仲炘次珊来见。至殷谱翁处贺嫁孙女;吊枚卿丧;至海岱门龙安寺公祭毛太师母。拜潘子静,晤。成记、昌记、元记招福兴。得筱帅信。

十三日(3月23日) 陕西丙子副榜己卯正榜范俊卿卓干、孙六皆来见。至董师处,贺嫁女;至馆。舒西园招东升堂。

十四日(3月24日) 作联幅十余件。山左通家于孟鉴保之、于铭勋帛园、段树榛西圃、马树芬兰圃、湖山雷溶来见;又山左王师曾省之、郭金篆芝农来见。得茅研农信。拜客。与倪澹园谈半晌。至潘子静处,为子静拉至诗社饮。

十五日(3月25日) 至馆,归,作便面。

十六日(3月26日) 辰刻,得信,知补放江西学政,接柳门丁忧缺任也,作谢恩折。冯伯绅来,陕西通家王星瑞、湖北通家汪耀祖、夏建寅来,晤;山东通家萧荣田篮轩、阎叔立晴川、孔祥霦凝夫、单荼寿景丹、单荫堂少亭来见。作泽普、小山信,附入樵野信,专差寄。

十七日(3月27日) 丑初后,入内谢恩,未见。至童逊庵处小憩。谒沈、宝两相,董、继两师,晤。全小汀师招财盛馆。到巳申正后矣。归，得清卿信。

十八日(3月28日) 黄绪祖绵斋、韦预亦杜、韩中焱星南、侯崇诰翰卿、侯嘉禾研农、吕箴林竹咸、钟柱砥生、宋书升晋之、孔宪沅湘浦、王肇修梅生、陕西通家陈焕珪月航、赖霞举铣洲、吴绰子裕、湖北通家范輙衡甫改名泽传、杨绂墀文仁来见。童劭甫来见。谒李兰荪师、胡小蘧师，晤。谒恭邪，晤。江苏同乡文昌馆团拜，招观剧。

十九日(3月29日) 拜徐颂阁，晤。拜客。李廉水招嘉颖。

二十日(3月30日) 陕西范仰正西渠、安雅竹轩、杨毓秀南村、吕申子幹来。山东通家杜鸿汉云桥、朱经野莘甫、湖北刘寅恭寿铭来，晤；程笙甫来。得心一信。谒毕东阿师，晤。子钧招近华。得小山信。

廿一日(3月31日) 郑杲昇甫、法伟堂小山、傅振曾麟生，湖北通家曾庆兰葆芗来。陈冠生来。发陆澹吾粮道覆信。拜客。陈培之招福兴居。

廿二日(4月1日) 张翰卿来。拜许星叔，晤。拜客。张叔平、温棣华招文昌馆；凤石招财盛馆。归，作培卿信、柳门信、魏敏信，柳门、培卿两信，托同泰。

廿三日(4月2日) 尤鼎甫、潘子静来；广东同知王鸿钧天津人，乃父江西县来；陕西通家王序宗寅秩、邢宝书葆初、吉劭来；广东通家陈昭良来。

廿四日(4月3日) 同年王仰山双璧来。华海初来。湖北通家刘光焕雯山、吴炳星介南、郧县屠星若来；广东通家何福曾来；陕西张衡堂鉴之来；山东丁凤池咸亭、范鸿策简斋、于记龙孟图来；刘春奎星五来；孔祥霖来。得江黼文信，并孙虞臣程敬贰十金。谒伯寅师，晤。拜客。陈伯屏招乐椿园；冯伯绅招福兴居。

廿五日(4月4日) 陕西郑子元筱吟来。谒全小汀师、徐荫轩尚书，晤。吊锡席卿妻丧。宝相招饮。出城，又偕芝浦饮于诗社。得皞民信，青州二姑太太信。

廿六日(4月5日) 陕西李象离、曹季凤、张二铭、党步衢星阶、李东旭竹溪来，山东高英俊季秀、王辉谱耀阶来。拜客。法清如招胜春；小渟招蔚秀。

廿七日(4月6日) 侣协中愚溪、茹古述斋、张维城宗甫、夏耀奎梓琴、蔡卿云幼植、余公胄、吴燮甫来。得三芝师信。钱笆仙、缪小山招龙树院；张翰卿招聚宝堂；朱少桐招天福堂；范次典、陈培之招文昌馆。得吴菊庄信，方右民信。

廿八日(4月7日) 陕西王长鸿斋、黄玉堂润尘来；山东孔继镃基臣来；王酉山同年来。得韩俊伯信，暨冰敬贰十。周小楮招皖馆。拜客。李玉丹、杨正甫招聚宝。

廿九日(4月8日) 陕西许定奎俊之来。许星叔招饮。拜客。朱砚生、刘雅苹招文昌馆；胡鲁生招聚宝；君表招云龢；铸庵招寿春。得吴硕卿信，山东专差回；得樵野信、小山信。

三 月

朔日(4月9日) 陕西黎敬熙来。培之、鹤巢、芾村、吟香、毅甫、伯和、凤石、桂馨、申之公请于诗社手谈。倪澹园招财盛馆；潘任卿、梁斗南、吴庚生、汤伯温、恽居石、赵崇古、蒋迪甫招文昌馆。

初二日(4月10日) 戴茀悟来。拜陈伯潜。谒何子青、叔岳，晤。徐小云招饮于家；陕西通家公请文昌馆；刘榕楼师招饮乐椿园；李蠡纯、秦琴生招饮安徽馆；朱咏裳招云龢。戌初归，睡。

初三日(4月11日) 子正后，起。丑初后，入内请训。召对养心殿东偏屋时，慈禧太后圣躬违和，未视朝。仅慈安太后问话，约二十余语。至师门辞行。实录馆同事十一人公请聚丰堂；周京士、徐古香请聚宝堂；山东通家请文昌馆；孔斐轩、方春伯搭桌相招；许仙屏、李苾园、黄洁兰招饮。

初四日(4月12日) 王尔玉来；蔡幼植来。拜彭毓海观亭，分宜人，晤。王逸梧招饮于家；伦孟臣、廖穀似招乐椿园；胡小蘧师、张野秋招财盛馆；甲子文昌馆团拜；拜周润村、阎璧泉、许启山、胡淇生、周撰午亦设席相招;黄董腴招饮于家。得胡雪楣信,寄来《历朝文钞》一部。又得张霁亭信、王云轩信。

初五日(4月13日) 张延鸿蔼亭,河南人,乙亥荐卷来。拜客。吴蕙吟招乐椿园;戊辰同年公请余庆堂。谊卿来。

初六日(4月14日) 作屏联。拜客。安圣符招天福堂;通家吴星阶大人公请谢公祠;芝浦招胜春。作覆鹤琴信,托艺郛寄。

初七日(4月15日) 作屏联。王子让来;慎生来。费云舫招安徽馆;童逊蒋招景龢。

初八日(4月16日) 为李廉水书阁帖跋。拜客。余辅臣、邵紫澜招饮。得堃弟福建来信。

初九日(4月17日) 作字。施小山、黄霁亭煦,江西招谢公祠。吴选青招福隆堂。至庆乐园观一阵风、迷人馆。招芝浦、寿农、西园、良佐饮诗社。得穆春岩信、夏子松信。

初十日(4月18日) 拜客。西园、良佐招景庆;寿农招熙春。

十一日(4月19日) 至西城拜客。龚引生招饮于家;棣华招近华。得筱帅信。

十二日(4月20日) 寄伟如啗信。周荇农招饮;彭香九招饮;张翰卿招蕴华;查荫阶招芸秀。是日与张芝浦换帖。

十三日(4月21日) 泽普自山左来。至东城拜客。许竹筼招饮于家。得柳门信。作心一信。

十四日(4月22日) 归来,行装。潘绂丈招饮;季士周招嵩云草堂;王芷庭招乐椿园;王辅臣、王笏丞招聚宝堂。书心一信,并麋茸一架,托吴选青带南。

十五日(4月23日) 张吉人招饮;陈伯潜、王可庄招饮。

十六日(4月24日) 收拾行李。黄子中招寿春;刘彝庭又自迎华相招。

十七日(4月25日) 乙亥,通家郭小琴、王季樵、华少兰、陈冠生、瑞景苏、赵玉山饯于余庆堂;苏府公请文昌馆。谒万藕舲师,晤。

得瞿赓甫信。

十八日(4月26日) 归来,行装。得胡云楣信。高抟九招绮春。

十九日(4月27日) 作小山信、樵野信,交提塘。理行李。偕野秋公请山左门生。戊午文昌馆团拜。招观剧。至阜康定舟五只。刘彝庭招韵秀。

二十日(4月28日) 发行李,小车推往。孔璘轩、华少兰、刘星五、陈修之凤楼来;锡席卿、许竹筼等来。作吉田信,交芝浦。得画云叔信。

廿一日(4月29日) 堂上等已正行,午初自行,谊卿、慎生等人来送。至夕照寺,韵卿在彼。祖帐、寿农、铸庵往焉。薄暮,抵通州,登舟,同行吴雪樵、孙渔笙。

廿二日(4月30日) 早发,下午阻风,仅行四十里许。

廿三日(5月1日) 作柳门信、培卿信,培卿信内附寄复孙俨石信、卫泉信。行六十余里。

廿四日(5月2日) 作筱帅信,内附覆周茀卿信,四叔信;作兰山、吉书云复信;复吴菊庄信。约行七八十里,泊杨村,阛阓甚盛。

廿五日(5月3日) 得李念仔信、唐子良信、胡云楣信、德州陈颂轩信。申刻,到天津,登岸,拜顾缉庭、本家汝舟,晤。

廿六日(5月4日) 缉庭、汝舟来;同乡谢梁镇来。谒荃师,晤。交递德州信。拜何夏珍,晤;严小舫来,晤;拜方元仲,值其宴客,入席;拜黄佩卿同年,晤。交天津县递云楣信、书云信。天津县郭奇中少臣,皖人来两次,未值。夜,小舫、夏珍、吴晓沧招饮。

廿七日(5月5日) 拜苏粮道王鲁襄,晤。鲁襄来;徐薇垣翰臣太守来。缉庭、杨穀山、盛吉荪招饮。拜宋祝之军门,晤。荃师招饮。

廿八日(5月6日) 天津府宜霖子望来,晤。拜汝舟。闻清卿来,遂回舟谈半晌。夜,至清卿处谈。

廿九日(5月7日) 宋祝三来。戴莲溪前辈招饮,同席有恽小山，宋伯华福荣、郑陟高，遂分拜；又拜招商局委员、黄花农建筦，晤；拜吕庭芷、许叔文，未晤。叔文、縠山、方元仲招饮。

三十日(5月8日) 谒荃师，辞行。至严小舫处谈，遂午饭。为作楹联十余件。汝舟招午饭。拜杏荪，兼值缉庭谈半晌。至紫竹林。夏珍招杏花村观剧。夜，登丰顺，移舟。

四　月

初一日(5月9日) 开行，舟中无事，惟睡而已，账房黄志山来谈。福建盐道奎乐峰同舟。

初二日(5月10日) 辰刻，抵烟台，登岸，拜方右民，晤。饭焉。晤徐次泉、何馥舲、彦墀弟。未刻，开。

初三日(5月11日) 过黑水洋，稍有风浪，觉眩晕，坠吓终日。

初四日(5月12日) 过绿水洋，入佘山口，浪渐平。申刻，抵招商局码头，登岸。假舍于二马路抛球场华丰银号，何夏珍所属也。晤袁性禾、陆沛尔诸君。沐浴，剃发。夜，赴大观园观剧闻陆九芝叔丈来，往晤。兼晤华星同、袁渭鱼。得培卿两信、柳门两信、陆春如信。

初五日(5月13日) 卫泉来拜。阜康、宓本常、王念劬未晤。拜刘芝田观察，晤。吴琬卿来；朱馥卿来。又得青如信。号内招饮；念劬于朱冠卿宅招饮。

初六日(5月14日) 竹游。琬卿招饮；宓本常招饮；后又答席。因雨不果，登江永舟。

初七日(5月15日) 竹游。徐子静池州府人招饮；袁性禾招饮；王梦仙景曾招饮。沈慎卿自苏来会。

初八日(5月16日) 宓本常招观剧，并招饮。陆沛泉招饮，梦仙又招饮。

初九日(5月17日) 作联幅十余件。答刘贯经、王梦仙。贯经招饮，周吟香作饯。子正，登江宽舟，幕友五人同行。潘莘田自鄂回，晤；潘兰台同舟来晤。

初十日(5月18日) 寅正,开行。亥时,抵镇江。黎明,过金陵。账房许有余来谈。

十一日(5月19日) 午后抵芜湖,夜过安庆。

十二日(5月20日) 申初,抵九江,即登岸。九江道宗人子球、署九江镇钱紫山玉兴来拜,晤。前营游府蔡经胜、后营游府程肇典、城守营洪福胜来见。九江府县敏修、同知德馨、德化县刘长景春卿来见,暂憩招商局。彭芍亭丈舟泊于此,姚彦侍方伯亦泊此,来拜长谈。夜,子球招饮。局员孙光谟楚卿来谈。住招商局。

十三日(5月21日) 入城,拜客,晤镇道及府。至贡院,府县学及典史、府经、关卡委员来见。

十四日(5月22日) 辰刻,行卅里,东岭尖。卅里,宿通顺驿,舆中望庐山风景,殊佳。

十五日(5月23日) 寅刻,行六十里,至德安县尖。大令贾巨元杰戊子来见。又六十里,抵建昌。南康府属大令黄寿英菊秋来接;安义县吴锡纯理卿来见。

十六日(5月24日) 行卅里,尖。六十里,宿落花,新建境。

十七日(5月25日) 忌辰。四十里,抵章江。新建冷鼎亨镇雒、南昌崔第春同年来接,住舟中。汪蘅舫同年来。谒盛宣怀别驾。陆寿门司马来。得程尚斋信。

十八日(5月26日) 卯刻,过江。水师万荫墀军门、冯培之太守过舟晤。登岸至滕王阁,中丞以下各官皆相迓,进署司,道府县麇至。午刻,接印,中丞来。

十九日(5月27日) 会客。拜中丞司道,晤;拜吴水部,双晤。至首府署,谒贺云斋师。

二十日(5月28日) 暑甚,客络绎不绝,甚以为苦。戊辰同年徐兆澜子文来。

廿一日(5月29日) 点卯,拜客。午后仍见客,甲子同年杨大猷来。

廿二日(5月30日)　雨，顿凉，作札，各学《劝举育婴会稿》。

廿三日(5月31日)　晴，客又麇至。作到任折。

廿四日(6月1日)　下学、讲书、放告、拜客。晤胡山长、曾山长，绅士苏漕帅、宋方伯。又拜姚彦侍方伯于舟次，晤。申刻，捷峰中丞招饮。

廿五日(6月2日)　拜客、见客。作谢庶子恩折。见会试题。右录山左连捷六人，陕西捷二人，乙亥乡房捷一人，湖北拔贡捷一人。覆夏子松信。

廿六日(6月3日)　寄折。忽畏寒不思饮饭，自开药方煎服。岚轩弟来。得荩臣信、江锡麟信。

廿七日(6月4日)　出汗而病愈矣。同乡公请江南会馆。拜客。晤王观察嵩龄鹤樵。

廿八日(6月5日)　两折皆寄毕。贺幼甫谒。培之来谈。作冯伯绅信、何夏珍信。

廿九日(6月6日)　崔第春来。封两折。作吴琬卿信，内附寄夏珍信。

三十日(6月7日)　作凤石信及伯绅信，均交折弁。姚彦侍来辞行，捷峰中丞来。

五　月

朔日(6月8日)　作覆尚斋信。

初二日(6月9日)　考豫章书院生童于本棚。

初三日(6月10日)

初四日(6月11日)　孙驾航前辈来。

初五日(6月12日)　阅文。

初六日(6月13日)　大雨，竟日阅文。拜孙驾航，晤。拜客。知家眷已自九江起。早甚。

初七日(6月14日)　拜孙驾航，晤。拜客。沈品莲邀饮喜酒，冯培之、黄子奇、李苹之、程少垣炳星四同年皆甲子南榜，公请于培之宅。

初八日(6月15日) 王鹤樵、周葭甫两观察招饮。

初九日(6月16日) 雨，各处辞行。

初十日(6月17日) 雨，午初，闻堂上将到，出城，过江迎迓。未刻，入城。得万吉人信。

十一日(6月18日) 料理出棚事，申正后出门。中丞以下皆于滕王阁相送，开行三里许。

十二日(6月19日) 无风，正值水涨，纤路皆断。舟行濡滞四十余里，泊烂泥湾，又名三家店。作芍丈信，作扇数件。

十三日(6月20日) 午后，风顺行八十里，抵丰城县，泊已二鼓矣。杨大令松垂梅臣，乙丑庶常来谒。作春如信，并寄赠洋帧三十元；柳门信并芍丈信，均封入家信，递省；汪、陆信，托冯培之寄；芍丈信交信局。作扇。

十四日(6月21日) 北风，舟行甚驶。申刻，抵临江府。海太守霈樵鋆、署临江令汪绶之芍卿来见；营学佐贰等官来见。复开行，泊土库窑。是日，行又廿里，作扇。

十五日(6月22日) 行八十余里，泊新垆之下。作汝舟信。

十六日(6月23日) 午初，遇新喻县令张金寿少坡来见。泊白暑渡，白米渡。行六十余里，作周福皆中丞信，覆董子勤信。入袁州境，山水复沓，如行画中。

十七日(6月24日) 行五十里，至分宜县，署令程石洲朴生姻丈来见。分宜对岸有印山，为钤山堂旧址，今建书院。山巅有四方隆起，形类印。筑室其上，形胜为宜。复行十里，宿金潭铺。作心一信，作字。

十八日(6月25日) 十里至昌山，有圣母庙，登岸进香，与石洲小坐。行六十里，泊宜春县，曾瑞春杏林来迓。作扇对。

十九日(6月26日) 来署，州府斌鉴濬川来迓。未刻，舟抵文笔峰下，登岸入城，至考棚，府县各官来见。下学，讲书，放告。

二十日(6月27日) 生经古。

廿一日(6月28日) 童经古。作家信，并心一信，汝舟信，发递。

廿二日(6月29日) 生正场。

廿三日(6月30日) 覆生古。

廿四日(7月1日) 万载正场。

廿五日(7月2日) 覆一等生，覆童古。

廿六日(7月3日) 萍乡正场。

廿七日(7月4日) 调覆万载。

廿八日(7月5日) 分宜正场。得署信，李玉阶信。

廿九日(7月6日) 调覆萍乡。

六　月

朔日(7月7日) 宜春正场。

初二日(7月8日) 调覆分宜。得沈吉田信。

初三日(7月9日) 出宜春调覆牌。得署信、汪巨川信、顾小斋信、陈子筠信、紫封叔信、彦升弟信、周茀卿信、钟玉堂信、吴南星信、皖藩卢艺圃信。

初四日(7月10日) 覆宜春出案。

初五日(7月11日) 总覆。夜，与幕友聚饮。作李捷峰信。

初六日(7月12日) 马箭。

初七日(7月13日) 马箭。

初八日(7月14日) 马箭。得署信。

初九日(7月15日) 马箭。午时回署，作贺李筱荃制军六十寿信，由署寄。

初十日(7月16日) 步箭，自此起至十五日已刻毕，接阅技勇。

十三日(7月19日) 发署信。

十六日(7月22日) 技勇。

十七日(7月23日) 出武童案。作楹联。

十八日(7月24日) 武童覆试。作楹联多件。斌濬川来。

十九日(7月25日) 奖赏武生及武新进。拜斌濬川,晤。吊宜春县曾杏春之丧。巳正,登舟。午初,开行,泊昌山。

二十日(7月26日) 晨,过分宜,程石洲来晤。

廿一日(7月27日) 过新喻县,张小坡太令来晤;丰城县教官刘韵前、雩都县教官陈文中来谒,告举捐育婴事。作张霁亭信、叶韵笙信,吴硕卿、王云轩信。朱植庭自京到府署。由署来,得署信,并到任谢恩折,谢庶子恩折,均奉批:"知道了,钦此。"又得冯伯绅信、钱西箴信。作署信、陈雁臣信、沈品莲署方伯信,附入署信,于廿二日发,交炮船带省。

廿二日(7月28日) 临江府海霈樵壑、清江县汪绶之芍卿来迓。入考棚,行香、放告。

廿三日(7月29日) 生经古。作覆前宜春县曾杏林之侄希颜廿鲁来信;发张霁亭信、叶韵笙信;作调覆告示,作署信;得署信、吴培卿信、黄小鲁信。

廿四日(7月30日) 童经古。作覆培卿信;改杨藕舫信;覆潘卫泉信;覆小鲁信。均发递署中。

廿五日(7月31日) 生正场。阅生经古。出古图。

廿六日(8月1日) 覆生员古。出童古。得筱帅信、芍丈信、小山信、吴子健中丞覆信。

廿七日(8月2日) 新喻、峡江正场。出一等案。

廿八日(8月3日) 覆童古。得署信,知六月初六日奉转补左庶子之旨;得恽杏耘同年信、吴子实信、李捷峰中丞信。

廿九日(8月4日) 考临江、新淦。

卅日(8月5日) 调覆新喻、峡江。

七　月

初一日(8月6日)　覆一等生。

初二日(8月7日)　调覆临江、新淦童。得署信、柳门信。

初三日(8月8日)　总覆。发署信。

初四日(8月9日)　马箭。归,接步箭。

初五日(8月10日)　午初,马箭毕,接技勇。夜,出武童案。

初六日(8月11日)　武生内场。奖赏文生。

初七日(8月12日)　覆武童。得署信、金陵信;作署信、金陵信,交承差带回。

初八日(8月13日)　奖赏武新进。拜客。晤海樵壑。登舟,巳初开行。炮船自省来。得署信、吴琬卿信;作夏子松前辈信,为何子青叔岳投江事也。甚暑。

初九日(8月14日)　作覆罗少村信;覆恽菘耘信。读清江《杨中节公诗文集》,公讳廷麟,明末奉唐王谓守虔州,城破,投水死。风雨交作,清凉爽人意。

初十日(8月15日)　早,过新淦,谢选门大令来见戊午同年,名云龙,广东嘉应县人。作紫封叔信,附菘耘信,递;又递子耘信、少村信。临江府城至新淦水程九十里,过新淦,遇顺风,复行四五十里,泊。又覆子实信。

十一日(8月16日)　自新淦至峡江六十里,辰刻至,陈榕楼大令名鹤清,广西来谒。顺风,酉刻过吉水,刘俊卿昌岳,湖南戊辰同年尹此因病未来见。复行二十里,泊窝塘。峡江至吉水九十里。

十二日(8月17日)　辰刻,至吉安府。钟叔佩珂太守、王松溪麟书,浙大令、赖少愚道传,闽别驾、江葆初军门、惠参戎及佐贰各官来接。巳初入城,厘局陈益之阳湖、盐局李艺渊湖南两太守来见,各官入见。未刻下学,申刻放告。

十三日(8月18日)　生员古。得李玉阶信、沈品莲信。

十四日(8月19日) 童生古。顾升自署来,得署信。阅洋报,知六月廿二日奉旨补授侍讲学士。自去年十月至此不及一载,已五迁矣。恩遇稠叠,自愧益自惕也。

十五日(8月20日) 生正场。

十六日(8月21日) 覆生古。

十七日(8月22日) 永新、莲厅正场。

十八日(8月23日) 覆童古。作金陵信、署信,递,并附舟中所作子实信。得卫泉信。得升补学士吏部文。

十九日(8月24日) 正场安福、永宁、龙泉。

二十日(8月25日) 覆永新、莲厅。患痢,并发寒热,自开方服。

廿一日(8月26日) 泰和、万安正场。仍痢。得彭芍丈信。

廿二日(8月27日) 调覆安福、永宁。寒热退。

廿三日(8月28日) 吉水、永丰正场。痢止。

廿四日(8月29日) 调覆泰和、万安。得署信。

廿五日(8月30日) 庐陵正场。

廿六日(8月31日) 覆一等生。得王鹤琴信。

廿七日(9月1日) 调覆吉水、永丰。

廿八日(9月2日) 调覆庐陵。得署信两件。

廿九日(9月3日) 考教官,补岁考,考贡,作谢恩折,并夹片奏袁、临、吉三府岁试情形。作冯伯绅信、署信。阅书。覆试卷。

卅日(9月4日) 覆新进卷。派承差送折,赴省带各信往。

八 月

朔日(9月5日) 马箭。

初二日(9月6日) 申刻,大雷雨,回棚。

初三日(9月7日) 马箭毕。

初四日(9月8日) 步箭。得署信、洪彦哲信。

初五日(9月9日) 步箭,奖赏一等新生。

初六日(9月10日) 步箭。

初七日(9月11日) 步箭。

初八日(9月12日) 步箭,接技勇。

初九日(9月13日) 技勇毕。

初十日(9月14日) 出案。庐陵绅士彭少香广西候补府香久之子来;吉水县刘俊卿同年来。吉安府庐陵县、吉水县江葆初、陈益之、李艺渊、惠参戎、赖别驾、王参戎、罗守备公请戏筵于府署,二鼓回。

十一日(9月15日) 武生内场,覆武童试,承差自署来,得署信。庐陵绅士王石臣廷植观察来。作署信,作字,作覆沈品莲信、程尚斋信,递。辞府县等官,请不获。又得王寿柏树藩通家信,即作覆;又覆崔第春信,并交使舟带回。

十二日(9月16日) 奖赏武生。拜客。晤钟叔佩、江葆初。又赴府署观剧。二鼓登舟,各官来。

十三日(9月17日) 五鼓开行,作扇数件,作覆彭芍亭丈信。行七八十里,泊。

十四日(9月18日) 作扇。申刻,遇泰和祥麟如大令来铭鼎臣先生之兄,自府城至此。一百十里。作覆董新甫信,并彭信,发递。

十五日(9月19日) 万安令金时宣雨卿,江夏人来迓。行五十余里,泊。作楹帖数件。中秋月色甚好。

十六日(9月20日) 戌刻,船抵万安泰和到此一百十里,各官来见。作对数件。

十七日(9月21日) 因候难师。辰刻,乃开,金雨卿来送。北风大作,舟行甚迅速。

十八日(9月22日) 仍北风,泊天柱滩。作《吴氏义田记》,为培卿、清卿作也。

十九日(9月23日) 作培卿信、柳门信、署信。北风甚大,未刻,至赣州府自万安至此一百余里,蒋蕉林观察、耿曼农大令来,王永椿总镇、曹朗川太守以病未来。发信,又作覆宗子城信、王鹤琴信,皆递。风大且须折而东,不顺,未行,雨。

二十日(9月24日) 辰刻,开行三十里,过茅店,厘卡委员孔锡九宪畴来谒。作吴慎生信、迟韵卿信。

廿一日(9月25日) 作刘庆霖信,附吴、迟二信,交赣县送差带回,并封入署信。

廿二日(9月26日) 作小山信、蔚卿信,递济南府转交;又覆山东德州陈颂轩信、湖北沔阳钟玉堂信,均同交赣县差带回。申刻,至雩都,孙楙习斋大令来谒。酉刻,开行。自赣州府城旱路一百六十里。水路,人各异词,约二百余里。

廿三日(9月27日) 作戴莲溪信、盛杏荪信,阅《欧阳公文集》、《文文山集》。

廿四日(9月28日) 作张樵野信、彭漱芳信。

廿五日(9月29日) 作厉吉人信。

廿六日(9月30日) 早抵曲阳得署信。以上水更浅,例易舟。作署信,附吉人信;又递彭、张信,托东臬转交。宁都文武巡捕、学官来见。又递覆肇罗道潘谟卿信、山东冠县韩俊伯信、浙江钱紫云大令信、戴莲翁等信,均交雩都道差带回。午后,行,山湾水转,里数多不可凭,约行四十余里。

廿七日(10月1日) 宁都州韩聪甫来接,泊白头翁,约行六十余里。作覆洪彦哲信。

廿八日(10月2日) 舟行六七十里。连日舟次,无事。日取《欧阳文忠公集》及《文信国集》,以遣目力。自雩都至宁都陆行不过五六十里,水路乃有四五百里,以湾多故也。

廿九日(10月3日) 酉刻,到宁都城外。州中尚未得信。待良久,乃登岸。考棚在城西门外,石城县黄松石锟州判、王祝三寿松署、参将程瑞墀庆允、州牧韩聪甫来见。

九　月

初一日(10月4日)　谒庙、放告。得署信、心一信、凤石信、卫泉信、吴希玉信、筱帅信。

初二日(10月5日)　生经古，仅九十余人。得署信、培卿信、谊卿信、汝舟侄信；作堂上信、卫泉信；覆培卿信，致吴琬卿信；覆希玉信；覆王松杉信；递洪彦哲信，由淮盐局转交，均交州中便差带差带省。

初三日(10月6日)　童经古，可数十人。为永丰义首书院书匾、龙泉五华书院书匾。

初四日(10月7日)　生正场。

初五日(10月8日)　覆生童古。得洪彦哲信、瞿赓甫信、张霁亭信、允熙叔信、罗少村信、舒西园信。

初六日(10月9日)　瑞金、石城正场。

初七日(10月10日)　覆一等生。

初八日(10月11日)　宁都正场。

初九日(10月12日)　调覆瑞、石。

初十日(10月13日)　考教官。补考。得署信、孙夔臣信。

十一日(10月14日)　调覆宁都。

十二日(10月15日)　总覆。

十三日(10月16日)　考步箭。雨，得周茀卿信、小山信、沈芸阁信、李蠡纯、章琴生信、叶韵笙信。

十四日(10月17日)　步箭。孙渔笙得癫疾，议送之回署。

十五日(10月18日)　得署信。作林椝英同年大令信，托其照拂孙渔笙；作署信、李捷峰中丞信，均交送渔笙人带省；又寄杨凤山同年信。

十六日(10月19日)　步箭。

十七日(10月20日)　步箭。得署信。

十八日(10月21日)　午后，马箭。

十九日(10月22日) 马箭,接技勇。

二十日(10月23日) 技勇,出案。

廿一(日)(10月24日) 武生正场。

廿二日(10月25日) 覆新进。作署信。拜客。

廿三日(10月26日) 发落。巳刻,登舟。巳正,开行,百五里,宿田头。阅《三魏文集》。

廿四日(10月27日) 酉刻,抵曲阳,易原舟,韩聪甫来送,见。得芍丈信、叶恂予信。

廿五日(10月28日) 水浅胶舟,时有阻滞。行一百卅里,泊塞口。作周茀卿信、四叔信。

廿六日(10月29日) 巳刻,抵雩都,孙习斋大令及营学各官来谒。行一百里,泊三门滩。

廿七日(10月30日) 作方寿乔信、心一信、柳门信,均封入署信;又作芍丈信及茀卿信,均递;回叔信附茀卿信中。酉正,抵赣州府东关,须至西关泊。瞑行,至几二鼓。狄曼卿来,蒋蕉林观察来。幕友袁渭渔归南,夜邀与谈。

廿八日(10月31日) 早发署信。曹朗川太守来;王咏椿总戎来。巳刻,开行,北风甚大,水程旋折无定向。五六十里中,风顺逆半焉。泊章边塘,计五十余里。

廿九日(11月1日) 行六十里,泊九牛塘。一路尽水坝,上水船艰苦万状,作《南安道中水坝》五律一首。

三十日(11月2日) 行四十里,约离南康县七八里泊,沈伟卿来谈良久。

十　月

朔日(11月3日) 早抵县城,伟卿来。行五十余里。

初二日(11月4日) 大庾县周令尚文来接。约行五十里,泊小溪驿。

初三日(11 月 5 日) 约行五十余里，作清卿、皞民公信。

初四日(11 月 6 日) 作荃师信、小山信、青州徐府信、樵野信。南安府林少眉来接；参将徐静山名寿春来接；卸署崇义严瑞斋同年、卸署上犹叶瀛洲世丈来接。到城已二鼓。

初五日(11 月 7 日) 晨，行香，放告，生经古。得署信。

初六日(11 月 8 日) 童经古。作署信，并附樵野信；小山、蔚卿信，皆附樵野信，交府中便差带省；又发荃师信，附清卿信。

初七日(11 月 9 日) 生正场。得署信、冯伯绅信。

初八日(11 月 10 日) 覆经古。

初九日(11 月 11 日) 南康、崇义正场。

初十日(11 月 12 日) 覆一等生。得署信、杨藕舫信、彭芍丈信、童逊莽信。

十一日(11 月 13 日) 大庾、上犹正场。

十二日(11 月 14 日) 覆南、崇。作署信寄。

十三日(11 月 15 日) 考教官等事。得署信、十人信，递到宁都，故展折也；得郑芝岩信。

十四日(11 月 16 日) 覆大、上。

十五日(11 月 17 日) 总覆。崇义大令平世昌旨堂来谒。

十六日(11 月 18 日) 马箭。

十七日(11 月 19 日) 马箭。归，奖赏文生。接步箭。

十八日(11 月 20 日) 步箭。得署信。

十九日(11 月 21 日) 步箭。

二十日(11 月 22 日) 步箭接技勇。上犹新生陈启麟来见。

廿一日(11 月 23 日) 技勇出案。

廿二日(11 月 24 日) 考武生。覆武童。覆童逊莽信。拜客。南安府县邀宴府署，园颇曲折幽雅，有吟风弄月台，为周、程子讲学处。有牡丹亭，盖由《牡丹亭传奇》杜太守任南安也，殊可喷饭。有凤尾蕉，本巨如柱，屈曲夭矫，宛如龙形古物也。

廿三日(11月25日)　奖赏武生。登舟,行六十余里。

廿四日(11月26日)　风大阻舟,行八十里左右,作张芝浦信,覆曹吉三信。

廿五日(11月27日)　申刻,至南康,伟卿来谈,得署信、凤石信、赵菊生信、吴琬卿信。

廿六日(11月28日)　作覆舒西园信、孙夑臣信。

廿七日(11月29日)　作署信。未刻,抵赣州。前石城县陶继曾、前南康县冯永年、前大庾县陈、候补县俞墉、曹朗川前辈、狄曼农大令均来见;江葆初自吉安来见;教官佐杂等来见。下学、放告。

廿八日(11月30日)　经古。作李捷峰中丞信,递。

廿九日(12月1日)　童古。得张芝浦信、署信两封一十七,一廿二;得紫叔信。

十一月

初一日(12月2日)　生正场。卫泉、希玉来。得柳门信,又得周茀卿信、紫叔信、捷峰中丞信。

初二日(12月3日)　覆生童古。封递曹吉三信;加覆芝浦信,递。

初三日(12月4日)　赣州安远、宝南正场。得署信、张樵野、本家益三信,时代理湖南石门县。

初四日(12月5日)　覆一等生。

初五日(12月6日)　兴国、龙南、长宁正场。

初六日(12月7日)　覆赣、安、定。本任赣州府斌濬川太守来。作署信,递。

初七日(12月8日)　雩都、会昌、信丰正场。

初八日(12月9日)　调覆龙、兴、长。

初九日(12月10日)　考教官等事。曹朗川前辈来。

初十日(12月11日)　调覆雩、信、会。得署信、赵菊生信。

十一日(12月12日)　总覆。

十二日(12月13日)　武童步箭。

十三日(12月14日)　步箭。

十四日(12月15日)　步箭。得署信、方寿乔信、刘庆霖信、韵卿信、汝舟信。

十五日(12月16日)　步箭。是夕月心，救护。得解星垣信。

十六日(12月17日)　步箭。

十七日(12月18日)　奖赏文生。步箭。

十八日(12月19日)　步箭。得盛杏荪信、中丞信。

十九日(12月20日)　马箭。

二十日(12月21日)　马箭。午后，回，蒋蕉林、王荣椿来谈。作署信，递。

廿一日(12月22日)　技勇。

廿二日(12月23日)　技勇、出案。潘子祥来。

廿三日(12月24日)　武生正场。作扇对廿余件。镇道府县邀宴于镇署。得署信。

廿四日(12月25日)　覆武童试。拜客，晤蕉林、荣椿、斌濬川。奖赏。登舟，开行廿里，泊储潭。

廿五日(12月26日)　行百五十里，泊武索滩。作汝舟信。本家应明在良口盐局，来谈。

廿六日(12月27日)　北风甚劲，行七十里，至万安县，金雨卿大令来晤。又行数里，风大兀能行，而泊。作张樵野、陈伯平信。

廿七日(12月28日)　风尚未息，行八十余里，至泰和县已戌正后矣。祥麟如大令来晤。作顾康民、高寿农、王逸梧、高抟九、陈伯潜信。

廿八日(12月29日)　作冯申之、张翰卿、许竹筼、徐铸庵、李蠡纯加荐信。行百里，申刻抵吉安。钟叔佩、陈益之、李艺渊太守来，江葆初惠来，王松溪来。夜饭后移舟数里，乃泊。

廿九日(12月30日)　作赵菊生信,汪月舟、黄子中、郑芝岩信,杨藕舫信。九十里,泊东石塘。夜,卫泉来谈。几至三鼓,开舟。五鼓后,忽闻卫泉得病。急披衣起,视则不省人事,类中风之象遇吉水刘俊卿同年来,吉安至吉水四十里。

十二月

初一日(12月31日)　午刻,过峡江吉水至此九十里。陈榕楼大令来。询以医,以本地贡生蔡良谟对,托其急使人往请。复开行廿五里,泊仁和塘。往视卫泉,则渐清明,且安睡矣。亥刻,蔡贡生来开方。而书渠所居离仁和塘八九里,故以至仁和塘为便也。作王尔玉、冯申之、陈培之、许鹤巢、戴艺郛、吴慎生信。

初二日(1881年1月1日)　卅五里,至新淦。谢选门同年大令来,晤。复行九十里,戌刻抵樟树镇。清江董觉轩同年大令来谈。卫泉病稍瘥。作冯伯绅、陆凤石、汪柳门信,盛杏荪信。

初三日(1月2日)　三鼓即开,行六十里,抵丰城。杨梅臣前辈大令来,晤;遇市议厘局委员杨春泽安臣,湖南来,晤。作培卿信;递韵卿信、荃师信。

初四日(1月3日)　早,抵省,中丞各官员均迓,于滕王阁小坐而别。到署,谒堂上,貌甚渥泽,忻慰之至,客纷纷来。未刻,下雨,接柳门信、心一信、王子让信。是日,发冯伯绅信,顾康民、高寿农、韵卿信。

初五日(1月4日)　生经古。作柳门未毕信暨培卿信,均托冯培之寄;又杨藕舫信,交信局。

初六日(1月5日)　童经古。作汪月舟信,交谦吉昇寄上海;作荃师年信,递;又递樵野信,附小山信。

初七日(1月6日)　生正场。发汝舟信、杏荪信。

初八日(1月7日)　覆生古。

初九日(1月8日)　丰城、奉新、靖安正场。

初十日(1月9日)　覆童古。得吴慎生信。

十一日(1月10日)　南、新正场。

十二日(1月11日)　调覆丰、奉、靖。

十三日(1月12日)　进贤、义宁、武宁正场。

十四日(1月13日)　考教官等事调覆南、新。

十五日(1月14日)　覆一等生。得方寿乔信。

十六日(1月15日)　考教官等事。调覆进、义、武。

十七日(1月16日)　覆八州县童生。

十八日(1月17日)　阅生覆试卷。

十九日(1月18日)　步箭。

二十日(1月19日)　步箭。

廿一日(1月20日)　封印。步箭。得吴硕卿信、王云轩信。步箭。

廿二日(1月21日)　步箭。得洪彦哲信。

廿三日(1月22日)　步箭。

廿四日(1月23日)　马箭。

廿五日(1月24日)　技勇。

廿六日(1月25日)　技勇、出案。得彭芍丈信。

廿七日(1月26日)　武生内场。续凤石、鹤巢等信，共三十三封苏府，总封交折差；另作一函交谦吉昇；又覆王子让信，交谦吉昇，寄。得顾晋叔信、陈培之信。

廿八日(1月27日)　张子衡廉访来。奖赏。通家大令刘光焕来；李蠡纯自京来，晤；胡山长来。

廿九日(1月28日)　拜中丞润民方伯，晤。龙云圃主事来，晤；崔弟春来拜；王鹤樵晤；范鹤生晤；中丞来；郑晓涵大令来。得法清如信，刘彝庭自汉口来信。

卅日(1月29日)　除夕，拜客。冯培之来，晤。得铭鼎臣师信、陆凤石信、本家应明信、杨藕舫信。

光绪七年辛巳(1881)

元旦(1月30日) 五鼓起,敬神,接灶,赴万寿宫拜牌。赴文庙。回,祭家庙,祀先。中丞来。司道来拜年。

初二日(1月31日) 拜年。

初三日(2月1日) 忌辰。甲子同年邓葆萱新城人,梅生来。作凤石信。封各师门信;续作许竹筼信、戊辰同年信七十封、师门信十二封,均交谦吉昇;作汪月舟信,寄。

初四日(2月2日) 见客。苏府同乡公宴江南馆。观剧,至二鼓。

初五日(2月3日) 忌辰,得周茀卿信、紫叔信、李子钧信、鲍印庭信。

初六日(2月4日) 会客。省城各官及候补道府团拜。公请江南馆,二鼓后回。

初七日(2月5日) 周吟樵给谏来。

初八日(2月6日) 作恽菘耘同年信,递。张子衡廉访招饮。

初九日(2月7日) 封各京信戊午甲子各交好;作凤石信,交蔚长厚寄;歙县信,交谦吉昇。

初十日(2月8日) 会客。中丞招饮。得彭漱芳信、张樵野信、小山信。

十一日(2月9日) 忌辰,作送府县扇联。

十二日(2月10日) 拜客。江南会馆团拜公请。是日,出城,至百寿庵。祭月邱和尚。

十三日(2月11日) 拜中丞,徽府公宴。

十四日(2月12日) 忌辰。拜藩、臬等处。得李子钧信。

十五日(2月13日) 客麇至。下午，又出辞行。

十六日(2月14日) 收拾行装。未刻，登舟，风不顺，行十余里，泊鸡笼山。

十七日(2月15日) 风逆，尚不大，行七十余里，泊头横。作东台二婶信，程尚斋信。

十八日(2月16日) 行九十里，抵吴城厘局。王少岩延长太守来署；同知郑仙根榜诏，吴县人来；淮盐局程敬生燠直刺来；南康巡捕来；厘局德起元兴大令来。以风大未开。作培卿、谊卿信、周苇卿信。

十九日(2月17日) 早行，过左蠡，有将军庙。于舟首，具香楮望而拜之，此系彭蠡。过南康，乃入鄱阳，水大时混沌合一。作紫叔信，封入苇卿信内。未刻，抵南康，曹朗川前辈来接。星子县任筱园来接。入城，至考院，即赴学行香。

二十日(2月18日) 生古。作芍丈信，署信一号，递；培卿信，交谦吉昇；并二婶信，均附入署信，递；周苇卿信，程尚斋信，作覆沈芸阁同年信，递；递覆怀宁大令尹起鸾仙坡，赣州人，甲子同年信。

廿一日(2月19日) 童古。作金陵信，覆天津轮船招商局委员黄花农建筦，粤东人信。

廿二日(2月20日) 生正场。

廿三日(2月21日) 覆古。

廿四日(2月22日) 都昌、安义正场。

廿五日(2月23日) 覆生。得彭漱芳信、陈伯平信、王鹤琴信、汝舟侄信。

廿六日(2月24日) 星子、建昌正场。得方寿乔信、徐小山信、署信、允熙叔信。

廿七日(2月25日) 覆都、安。得彭芍翁信。

廿八日(2月26日) 总考。覆教官等事。

廿九日(2月27日) 步箭。覆星、建。

二　月

朔日(2月28日)　总箭覆。作署信二号,方寿乔信,递。

初二日(3月1日)　步箭。

初三日(3月2日)　步箭。

初四日(3月3日)　步箭,接马箭,雨雪,改步射三矢。

初五日(3月4日)　奖赏文生。技勇。

初六日(3月5日)　技勇。武生内场。出案。曹朗川前辈邀饮。得芍翁信。

初七日(3月6日)　覆试。作扇对。作芍翁信,递。得署信二号。

初八日(3月7日)　奖赏。午刻,登舟,风不顺而大,未开。

初九日(3月8日)　开二十余里,北风大而东风小,湖中波浪如山,不能再行,泊屏风山。作童逊莽信。

初十日(3月9日)　风雪交作,仍泊。作覆即彭慰高信。

十一日(3月10日)　开三十余里,泊大姑塘,德化县刘春阶来迓。风大未开,作孙莱山信,署信。

十二日(3月11日)　行,过湖口,丁燕山义方镇戎来;章甫厚山大令来。午后,出江,酉正后始至,登岸。钱荣山总镇来;游击周步云、程肇典,营官洪福胜来。达春布敏斋太守、德馨心泉司马招商局孙光谟楚卿大令、刘春阶大令来。

十三日(3月12日)　下学。生经古。发署信三号、童逊莽信。寄彭讷生信,附覆薛友樵信,时署台州同知。夜,得署信,两封三、四号,得汝舟信、屠星若信、曹吉三信、恽菘耘信、滕县信。

十四日(3月13日)　童古。作芍丈信,即递。

十五日(3月14日)　生正场。

十六日(3月15日)　覆古。作铭鼎臣师信。得五号署信、冯伯绅信、舒西园信、王鹤琴信、培卿信、袁渭渔信。

十七日(3月16日) 德安、瑞昌、彭泽正场。

十八日(3月17日) 覆一等生。

十九日(3月18日) 德化、湖口正场。作汝舟侄信,附铭鼎臣师信,寄天津。

二十日(3月19日) 覆德、瑞、彭。

廿一日(3月20日) 得汝舟信。考教官等事。得六号署信。

廿二日(3月21日) 覆德、湖。发四号署信。

廿三日(3月22日) 总覆。得芍丈信。

廿四日(3月23日) 步箭。

廿五日(3月24日) 步箭。

廿六日(3月25日) 技勇。德安贾允杰大令来。

廿七日(3月26日) 马箭,出案,奖赏文生。作陆润庠信,交朱坡臣别驾带京。

廿八日(3月27日) 武生内场。镇道各官来。作字。得黄石宗人逸云信。

廿九日(3月28日) 拜钱荣山、子球宗长经纶公,卅五世、达敬修,晤。吊洪彦哲丧。覆武童。镇、道、府、县,德心泉司马公宴招商局。

卅日(3月29日) 奖赏。巳正登舟,午初行,申刻抵湖口,时湖口令章厚山明府丁艰,府委德化县兼理。丁燕山镇军来,刘春阶来,王小初厘局太守来。挈洛儿游石钟山,登山已暮,匆匆眺览,不暇流连。山以石胜,以江湖浩淼胜。陈介臣自如江来见。得吴星阶信。

三　月

朔日(3月30日) 丁燕山招饮。巳刻往。署后倚山小筑园圃,亦是供眺览。饭毕归,李参军作镐来见,带徐铸庵同年信。午后开至大姑塘,泊。作覆刘彝庭信。

初二日(3月31日) 偕吴希玉、兰轩弟、洛儿往游鞋山,时湖水骤落，山下数里皆涸。坐舢板，使炮船勇多人推挽之，诚陆地行舟也。至山下，拾级而登。道旁眠石，有“涛波第一，锦绣无双”八大字，彭雪芹侍郎所题。山巅有天后宫，道者守。入噉啖茗。憩片时，再上则绝顶矣。桃花盛开，烂漫若锦。山石多皱透玲珑。全湖在目，颇爽心目。山狭而长，南昂北落，其形似鞋，故取名焉。山东偏陡峭，不可登，故屋宇皆在西山。东湖尤浅，故往来舟航皆由西道。道人云：从前大溜本在东，后乃改道。登眺既惬。循旧路而下，峭壁插空，丹苍如画。登舟则逆风逆水。半时许，始到泊舟处。是日，以南风未开。作王鹤琴信，覆吴晓沧信。

初三日(4月1日) 风仍不顺，泊。作瞿赓甫信、恽菘耘信、罗少村信。本家应明自吉安来。

初四日(4月2日) 午初，风转，开行四十里，抵南康府，已酉刻矣。曹朗川前辈、任筱园大令来。作七律一首，赠王小初太守。作贺洪琴西至两淮都转任信，托招商局寄；恽、罗信，附瞿信内，亦托招商局；吴晓沧信，交九江委员何梅阁。作《石钟山诗化游》五古一首。

初五日(4月3日) 行四十五里，泊渚溪口。作边润民方伯信；作《游鞋山》五古一首。

初六日(4月4日) 大风雨，未行，作致捷峰中丞信。覆舒西园信。

初七日(4月5日) 顺风，行百八十里。三鼓，抵省，唤人取钥开城。冯培之来。入署。

初八日(4月6日) 得汪月舟信、龚省吾信、沈吉田信，寄来左相书联、明良佐信、范亦枝轼信、余公胄信，递。王鹤琴信、舒西园信。

初九日(4月7日) 晨，仍微行，登舟，府县来。巳刻开行，顺水，风微顺，行一百六七十里，泊康山之上，离康山约十里。作汝舟信，孙楚卿信。

初十日(4月8日) 作子球宗人信，汝舟、楚卿两信，均附入至饶州发递；作覆汪月舟信、五号署信。

十一日(4月9日) 生古。

十二日(4月10日) 童古。得七号署信,自九江递回者。

十三日(4月11日) 生正、回学。

十四日(4月12日) 生正、回学。方寿乔来。得吴菊庄信。

十五日(4月13日) 覆古。

十六日(4月14日) 余干、安仁、德兴正场。

十七日(4月15日) 覆一等生。得程尚斋信。

十八日(4月16日) 乐平、浮梁正场。又作六号署信,交府差。

十九日(4月17日) 覆余、安、德。

二十日(4月18日) 鄱阳、万年正场。

廿一日(4月19日) 覆乐、浮。得九号署信、凤石两信、冯申之信、赵菊生信、顾康民信、吴培卿信。

廿二日(4月20日) 考教官等事。

廿三日(4月21日) 覆鄱、万。

廿四日(4月22日) 总覆。得许少琛信、徐蔚卿信、吴谊卿信、何□□叔岳信、何雨亭信、十号署信、潘少梧信。

廿五日(4月23日) 步箭。

廿六日(4月24日) 步箭。

廿七日(4月25日) 步箭。

廿八日(4月26日) 步箭。得十一号署信;作七号信,交府差;得陆凤石信、黄子中信。

廿九日(4月27日) 技勇。得高寿农信、周闻村信。

四　月

朔日(4月28日) 技勇。

初二日(4月29日) 马箭。得十二号署信。

初三日(4月30日) 武生正场。奖赏文生。至新安馆祭朱子本定初五,同闻慈安皇太后宾天,改早。

初四日(5月1日) 作扇联。

初五日(5月2日) 奖赏武生。拜客。作心一信。覆吴菊庄信,均交寿乔。

初六日(5月3日) 冒雨登舟,巳刻,开,顺风。本应走康山而南,因水大,趋小港,行至余干仅一百二十里,较捷二三十里。作培卿、谊卿信,署信第八号。行七八十里,泊。

初七日(5月4日) 顺风,行四五十里,抵余干境,地名老湖嘴,距县城七八里。发署信。初六日酉刻接中丞咨。到余干,黄菊裳大令来,晤。发署信。

大行慈安端裕康庆昭和庄敬皇太后哀诰三月初十日,戌刻上宾,即于初七日成服复行四五十里,泊黄金铺。

初八日(5月5日) 辰刻,安仁戴晴畦良葵大令来,晤。卅五里,过安仁余干至安仁八十里。复行五六十里,泊。作凤石信。

初九日(5月6日) 贵溪刘璧礽瑞璋大令来,晤。巳刻,抵贵溪安仁至此百里。复行四五十里,泊。作许竹筼咺信、九号署信并凤石信,发递。

初十日(5月7日) 行卅余里,抵弋阳贵溪至此七十里。欧阳展春骏大令来,晤。复行卅里,泊黄沙港。作程尚斋信、丁燕山总戎信,附《游石钟山》《鞋山》《拜梅歌》三诗,递。

十一日(5月8日) 行四十里,泊河口。铭山大令刘竭阶凤纶,甲子同年来,晤。王予庵肇赐司马来,晤。兴安罗星槎香□大令来晤。李华三嘉宾同年太守来,晤。雨,竟日,得省专员送来十三号信,礼部颁谕文。作十号信,交河口信局;作十一号信,交省差。

十二日(5月9日) 行卅里。上饶县胡淘轩鸿泽来,晤。

十三日(5月10日) 申刻,五十里,抵府南门。董瑞峰前辈、李文甫参戎锦奉,皖人来,晤;各学佐杂来,晤。入棚,仍缟素,不拜仪门,不谒文庙。得十四号署信、曾君表信、陈伯屏信、方春伯信、心一信、何雨亭信。

十四日(5月11日) 生古。

十五日(5月12日) 童古。

十六日(5月13日) 生正场。

十七日(5月14日) 覆生童古。

十八日(5月15日) 生铅山、广丰正场。得捷峰中丞信，即作覆专差去。作十二号署信，寄。

十九日(5月16日) 覆一等生。

二十日(5月17日) 弋阳、贵溪、兴安正场。

廿一日(5月18日) 覆铅、广。

廿二日(5月19日) 上饶、玉山正场。

廿三日(5月20日) 覆弋阳、贵溪、兴安。得穆将军、舒西园信。

廿四日(5月21日) 考教官等事。得十六号署信。

廿五日(5月22日) 覆上、玉。得十五号署信、伍□孙信、何庶咸信、蔡康侯信。

廿六日(5月23日) 总覆。得恽菘耘信、洪琴西信。

廿七日(5月24日) 步箭。

廿八日(5月25日) 步箭。

廿九日(5月26日) 步箭。

卅日(5月27日) 步箭。大雨。得十七号署信、中丞覆信。

五　月

朔日(5月28日) 步箭。大雨。

初二日(5月29日) 步箭，代马箭。

初三日(5月30日) 技勇。

初四日(5月31日) 技勇，武生内场，发案。作十三号署信。胡筱轩桢执贽来见；陆叔文来。

天中节(6月1日) 作扇对。

初六日(6月2日) 拜客。至信江书院,在南门外江南岸,排舰为杠,过江西行数十武即至。依山为屋,入门后正屋数层,皆肄业生所居。由西偏循阶级而上,坡陀曲折,约数十级,上有一杯亭、小蓬莱尊舍。山长郑咨臣大令,广丰人,好学,弃官以著作为事,君子人也。啜茗谈两刻许,偕出,观庭中苍玉石,高二三丈,隶刻“苍玉”二字。山长云:系伊墨卿太守作,而署款则前任知府王某。余笑谓:此不可使王太守掠美,当识其旁。复历各亭舍,望隔岸,城堞阛阓,江干、帆樯、沙鸟历历可数。亟欲解维不能久留,订后游而别。登舟即开行,行七十里,过所谓老虎滩,巉石隐波,滩水湍急。舟行不敢径下,曲折而前。后舱触石,砉然有声。少顷开视,则水已数尺,停泊沙岸旁。亟起箱笼出水,衣服略有损伤。舟子补葺罅漏,逾一时许,乃行至河口镇,已暮,泊于镇东首。刘崐阶同年大令、王予庵司马来谒。

初七日(6月3日) 行至镇中,泊。王苹之太守同年来。复行七十里,过弋阳县,欧阳展春大令来谒。复行二十余里,泊沙岸。作曾君表信,李子钧信。

初八日(6月4日) 巳刻,抵贵溪。刘璧礽大令复申龙虎山之约,定议往游。午饭毕,随奴子二人登岸。穿县城,出西门,向西行。土人云七十八里,实有八十里逾。两岭乎不甚峻,四十里后渐入山,溪流淙淙,遥岚近黛,林木翁郁,如在画图。山巅起云,微有雨意。至上清镇,已暮,宿真人府西偏屋,到后雨益大。张清岩率其三子出见;前署南昌教谕张献廷来见。夜深,卧。

初九日(6月5日) 枕上闻雨声如注,巳刻乃起,甚闷。清江县生员张荣旭偕本镇绅士张树森、李国葆、李以明来见,皆在保甲局办育婴会者。上清司曾巡检来见。拜清岩,至其住舍,其妇亦出为礼。观其所传五印,一为“阳平治都功印”六字篆刻,阳文纵四寸许,横如之,厚约三四分,上有纽螭虎形,玉色白洁。辨是唐宋时物,非汉器也。刻篆颇深,然亦非昆吾刀所镌。余四印,或五金合铸,或石,或碧玉,则又皆宋元后矣。观其书符,以一人曳帛布空际,以翦毫笔画亦须纯熟。乃约午饭后，雨稍止，议赴龙虎山，距镇十五里，有溪可通，下水甚速。换乘肩舆，往导者又迷路，行几及三十里，乃至。峰形似虎者甚夥，似龙者无多。正乙观在众峰之中，观不甚闳壮，内塑天师像。志书称：贵溪南八十里，象山一支历台山，西行十数里，折而南，分两支环抱，状若龙虎。道书第二十九福地，汉张道陵炼丹于此。[①] 山下有演法观、丹井、丹灶、飞升台。右为仙岩，循岩而西，有莲花石横塞水口。其外排衙石，如武夫千群揎立是也。丹井丹灶不可见，闻今仙岩之胜。遂出观，肩舆行里余，至河干，登小舟，顺流行。千岩送青，一水泻碧，有巨石蹲溪侧，一洞呀然吞吐溪濑。土人云：洞通鹰潭，展折不里许，境益出邃。两岸皆山岩，嵌空倚流，恢奇谲诡，共二十四岩，总名田仙岩。岩各有名，岩穴或贮杵皿机杼，或置棺其中，壁立千仞，猿狖所不能上，岁久不坏，亦异矣。莲花石半峙水中，酷似莲瓣，至水仙岩，岩凹小庙，临流而起。以迫暮不及登。回舟不一里，已昏黑矣。添雇舟子挽流而上，至上清，则子正。饥甚，呼餐。[②] 清岩设席相待，其长子元旭新入泮，甫自郡回，出见，共饮，丑正始卧。

初十日(6月6日) 天已晴。由上清至鹰潭五十里，自仙岩以下陆行。赴鹰潭只二十五里，仙岩以上则可舟行。顺流固驶。因议先舟后舆，以尽昨日未尽之游。往辞清岩，清岩坚□，往送不获辞。遂乘舆先东行。至上清宫，规模崇宏，惜为粤匪火毁。于正殿略坐，观殿左厢铜钟裂甚。精钟上字高不能辨，刘璧礽明府属人模拓。访旧碑绝无，遂返登舟。轻舟荡漾一时许，又达仙岩。岩形或圆，或巉削，或岿然踞立，形状不可弹述。十洲三岛不遇尔。尔登水仙岩庙小憩。从者设饭，饱餐而行。庙旁有七星楼，循岩悬梯以登，凡七层，峻

---

① 张氏子孙云：道陵天师墓即在石龛下。与志书不合。（此为原文行间夹注）

② 张廷献、张荣旭送席来。（此为原文行间夹注）

且险，不果。上行里许，至鱼庄，登陆。张清岩、张廷献皆来送别。后来舆行，南望各岩，有如垣墉者，有如屏者，有如众首攒聚此，千态万状，雄峙一面，窃意此可名拢衙石矣。归阅志书，乃知拢衙石即此是也。一路山渐少，路亦或可行。土人云：廿五里，实亦有卅里。抵鹰潭，刘璧礽来作别。是行也，注意于龙虎山，于真人府，然龙虎山不过纵览形势，真人府祖传剑已失，仅见其印，印亦不似汉器，惟仙岩之游实强人意。风光飘渺，犹仿佛在几席间也。志书载《云烟过眼录》云：三十八代天师张兴材所藏玉印一方，二寸厚，一寸把手，又高一寸许。其文曰：阳明治都功印。钻碾甚精，玉色温润。今印文阳平非阳明，方四寸许，非二寸。所见五印内有一印尺寸与志书所言相似，然更非旧制。他日常查《云烟过眼录》以订之。《过眼录》又载：剑石玉靶之上两面皆有篆字。两行十余字，长四尺许。两面皆细紫金法。篆字多不能辨。最下作云雷电三字。闻清岩云：同治年间粤匪之乱失去。

龙虎山以汉张道陵为始，传元赵子昂、张留孙。道教碑云：宗传之初，繇袭明体，素静正真人张思永始得道龙虎山中，再传为冯清一，三传为冯世元，四传陈琼山，五传张闻诗，六传李知泰，七传胡如海，八传李宗老，九传为留孙。今阅志书所列天师世家，无张思永，仅于法官条下称，元时有张闻诗、李宗老为住持，法官亦别有流派也，践之以备考。

十一日(6月7日) 开行，甚驶，晨，过安仁鹰潭至安仁五十里，戴晴畦大令来。未刻，过龙津安仁至此八十里，余干境。又行六十里，泊木须湾。得吴谊卿信、孔醉棠信。作杨藕舫信，培卿、谊卿信，冯伯绅信。

十二日(6月8日) 行卅里，至瑞洪。遣承差送物回署。作十四号信，并曾、李、杨、吴、冯信，均附入送省。

十三日(6月9日) 行一百廿余里，泊书□□。圣祖仁皇帝训饬士子文。

十四日(6月10日) 十余里，过谢埠，风逆而泊，刘仆来。得廿号信、卫泉信、冯伯绅信、戊辰同门信。

十五日(6月11日) 行六十里,泊温家圳,续书文及扇。

十六日(6月12日) 行廿余里,风大而泊,书文毕。

十七日(6月13日) 风逆,行廿余里,泊李家渡,临川县汪少谷世泽来。承差回,得廿三号信、培卿信、二姊信、王尔玉信、许竹筼信。南昌专差来,得廿号信、廿一号信、莔轩信,作覆二姊信、十五号署信,交差带回。书□□□世祖章皇帝作碑文。

十八日(6月14日) 行卅余里。

十九日(6月15日) 巳刻到,入城,陈紫蓬前辈、王荣卿锡三太守、金溪县阳汝舟晖壁,戊午、宜黄县张希斋兴定来,文武各官来。

二十日(6月16日) 生古。

廿一日(6月17日) 童古。作十六号信,交炮台带省。

廿二日(6月18日) 生正。

廿三日(6月19日) 覆古。

廿四日(6月20日) 崇宜、乐东正场。

廿五日(6月21日) 覆生。

廿六日(6月22日) 临、金正场。得十八、十九等号署信。

廿七日(6月23日) 调覆四县。

廿八日(6月24日) 考教官等事。作十七号信,交差。作济南梅少岩信、吉安钟叔佩信,同递。

廿九日(6月25日) 调覆临、金。得瞿赓甫信。

六　月

朔日(6月26日) 总覆,得汪蘅舫信。

初二日(6月27日) 步箭。

初三日(6月28日) 步箭。作戊辰同年信,并刘师赙敬双柏寄,交周闻村。

初四日(6月29日) 步箭。作十六号信,并交专差。

初五日(6月30日) 步箭。

初六日(7月1日) 步箭。得廿五号署信、舒西园信。

初七日(7月2日) 步箭。得廿六号信。

初八日(7月3日) 步箭。得廿七号署信,王寿柏欣、张翰卿信。

初九日(7月4日) 马箭。因劳之殊甚,委提调代看。作十九号信,覆寿柏信,致何端甫焕章太守信,均交差带。

初十日(7月5日) 技勇。得廿八号信、本家蕉雨信,知汝舟去世。

十一日(7月6日) 技勇毕,出案。

十二日(7月7日) 武生内场。陈紫蓬前辈招宴。

十三日(7月8日) 作二十号信,寄。拜客。作联扇。覆武童试。得廿九号信。

十四日(7月9日) 早,登舟,行四十五里,泊许湾。

十五日(7月10日) 行五十里。作舒西园信、芷轩弟信、潘卫泉信、冯培之信、潘少梧覆信。

十六日(7月11日) 行四十里。署南城县唐履九隆祥来,楼菊裳杏春大令来。

十七日(7月12日) 奎景炎太守来。午刻,抵城,入考院,见文武各官。

十八日(7月13日) 生古。作廿一号信,并吴培卿信及前日所作信,均寄省。

十九日(7月14日) 童古。

二十日(7月15日) 生正。

廿一日(7月16日) 覆古。得三十号信、方老寿信、心一信。

廿二日(7月17日) 二南正。作廿二号信,寄。

廿三日(7月18日) 覆生。

廿四日(7月19日) 新城、广昌、泸溪正场。

廿五日(7月20日)　覆南城、南丰。

廿六日(7月21日)　考教官等事。

廿七日(7月22日)　得卅一号信。覆三县。

廿八日(7月23日)　总覆。得卅二号信;作廿二号信,交差。

廿九日(7月24日)　马箭。

三十日(7月25日)　步箭。

七　月

朔日(7月26日)　步箭。

初二日(7月27日)　步箭。

初三日(7月28日)　步箭。接技勇。得卅三号信、凤石信、菊生信、培卿信、顾康民信、迟韵卿信、刘庆霖信、胡小蘧师信。

初四日(7月29日)　技勇、出案、奖赏文生,奎景炎太守招饮。

初五日(7月30日)　武生内场、覆试,作联扇。

初六日(7月31日)　奖赏武生。巳刻登舟,即行,泊青泥市八十里。

初七日(8月1日)　未刻抵抚州,府县各官来。又行,泊曹公庙,共九十里。作厉惟清信。

初八日(8月2日)　申刻暴雨骤至,甚凉爽,行一百余里,泊庄港。作彭芍丈信、瞿赓甫信。

初九日(8月3日)　行一百数十里。作陆凤石信、方老寿信、迟韵卿信。

初十日(8月4日)　未刻抵省,抚司以下各官皆迓于滕王阁,进署。得王尔玉信。

十一日(8月5日)　客络绎来,午后拜客。

十二日(8月6日)　客仍踵相接。递彭信、瞿信,交寄递信;又作赵菊生信,附凤石信,交寄;寄方老寿信。

十三日(8月7日)　拜客,午归。作二姊信,交刘升带;程尚斋信,交春葆带。

十四日(8月8日) 会客。暑甚。作覆蕉雨信,并汝舟奠敬,交。

十五日(8月9日) 拜客。

十六日(8月10日) 得小山信。拟重整经训书院章程。

十七日(8月11日) 拜客。覆洪相孙名绳武信。连日秋暑,甚炽。

十八日(8月12日) 作寿乔信、吴佑生信,交;得培卿、谊卿信,得小山信。

十九日(8月13日) 作凤石信,覆刘庆霖信,均交转寄;凤石信,交庆霖。雨凉。

二十日(8月14日) 高安举人褚明诚来,晤。得何小山信。

廿一日(8月15日) 书报岁考完竣折。

廿二日(8月16日) 拜中丞,晤。

廿三日(8月17日) 中丞来。

廿四日(8月18日) 作小山信,并秦鸿轩、洪兰楫唁信,递。

廿五日(8月19日) 作陈培之信、孙蕴荃信。

廿六日(8月20日) 作扇对多件。

廿七日(8月21日) 刘璧礽专差来信,馈古玉器二事。作覆信,寄。

廿八日(8月22日) 发折。得洪春园信。

廿九日(8月23日) 作楹联。

三十日(8月24日) 得老寿信、冯伯绅信。为贺芷澜题《芷馨遗草》。

闰七月

初一日(8月25日) 作顾康民信,及配《十三经注疏》。候月底陆绶门带京。

初二日(8月26日) 拜客。作上饶胡筱轩通家信。

初三日(8月27日)　拜客。辞行。

初四日(8月28日)　作凤石信，附徐季和唁信、彭琴甫慰信。

初五日(8月29日)　送行者踵至。得孙莱山信。

初六日(8月30日)　巳刻登舟，行五十里，泊烂泥湾，又名三家店。

初七日(8月31日)　风顺，行九十里，泊黄埠瑙，遇丰诚杨梅臣大令来。作一号署信，寄。

初八日(9月1日)　行四十里，至樟树镇，清江董觉轩大令来。又行五十里，泊石口。

初九日(9月2日)　行卅五里，至新淦，吴大令庆扬来。复行四十五里，泊。

初十日(9月3日)　晨，过峡江十余里，陈榕楼大令来。复行四十余里，泊。

十一日(9月4日)　四十余里，至吉水，陈寿泉永康大令来。又四十里，抵吉安，已三鼓后矣，谢选门大令暨营杂各官来。

十二日(9月5日)　行五十里，连日撰育婴联，书联约七十副。

十三日(9月6日)　行五十里，泊泰和，钟子超瀚大令来。作汪月舟信、崔弟春二号信，同递。

十四日(9月7日)　顺风，九十里至万安，金雨卿大令来。复行二十里，抵绵承滩。

十五日(9月8日)　顺风且大，行一百二十余里。

十六日(9月9日)　转南风，行六十余里，校《尊闻集》。

十七日(9月10日)　行三十余里，申刻始抵赣州，道府各官来，潘子祥来。作三号信，交熊贵带回。

十八日(9月11日)　行七十余里，校《尊闻集》。

十九日(9月12日)　行百廿余里，作张芝浦信，递。

二十日(9月13日)　七十里，抵雩都，庞心田福祥大令来。又行廿余里。

廿一日(9月14日) 行一百余里,赣州以东水程曲折,里数甚短。校《尊闻集》,竟。

廿二日(9月15日) 行八十余里,抵曲阳、宁都,韩聪甫来。易小舟开行数里。

廿三日(9月16日) 行八十余里,过瑞林寨,寨有山顶平若砥,灌木森茂,名曰瑞林,其以是教。

廿四日(9月17日) 六十余里,作润民方伯信、吴子梅道台信。

廿五日(9月18日) 瑞金县郑晓沧来,石城县黄松石来。申刻抵州城,即登岸,大雨如注,衣服尽沾濡。

廿六日(9月19日) 下学、放告。生古。接一、二号信,知转读学。得彭芍亭信、方老寿信、高寿农信、法清如信、程尚斋信。作四号信,并寄藩、粮信。

廿七日(9月20日) 童古。

廿八日(9月21日) 生正。

廿九日(9月22日) 覆古。

八 月

朔日(9月23日) 瑞、石正场。

初二日(9月24日) 覆一等生。作五号信、中丞信,寄。

初三日(9月25日) 宁、都正场。

初四日(9月26日) 覆瑞、石。

初五日(9月27日) 贡监录科。

初六日(9月28日) 覆宁、都。得三号信、王尔玉信。

初七日(9月29日) 补考。得四、五号信,李子钧信,紫封叔信,方老寿信,中丞信。

初八日(9月30日) 奖赏。拜客。韩聪甫约明日游金精山。乃早晨微觉发热。拜客。回尤甚,遂以疾辞。观魏冰叔《看竹园》,为钱塘戴从良画。神采奕然,葛巾方袍犹存明制。题跋多吴门当日遗民。亦作一跋，将于途中书之。聪甫以所藏书画送观，大都平平。惟元王振鹏孤云老人《避暑图》，界画工细，笔致秀劲，非凡物也。

初九日(10月1日) 游山不果，改而涉水。午刻登舟，文武各官来送。行四五十里，泊。

初十日(10月2日) 行，离曲阳十里，因暮而泊。

十一日(10月3日) 巳刻抵曲阳，易舟至寨口，泊。作王尔玉信。

十二日(10月4日) 辰刻抵雩都，庞心田大令来见。午刻行。汪芍卿署石城途遇，来见。作尔玉信。毕。

十三日(10月5日) 午刻抵赣州府，镇道府县各官陆续来见。发六号信。行十里。

十四日(10月6日) 南康专送来六号署信，得凤石信、菊生信、孙蕴荃信、陈培之信。行六七十里，土人云：只卅里耳。作法清如信、菊生信、凤石信。

中秋(10月7日) 作冯伯绅信、董觉轩信，书《尊闻集》序。行五十余里。

十六日(10月8日) 午初抵南康，沈蔚卿同年来。作七号信，附寄京信；法、赵、冯、王信，均附入陆信内；递清江董觉轩信。泊贤女铺。

十七日(10月9日) 书《尊闻集》叙。竟。题魏公叔《看竹图》。作扇。

十八日(10月10日) 大庾县令王观瀛绘亭来见。作扇。泊沙潭。

十九日(10月11日) 林少眉太守来迓；署参戎郑国谟虎臣来迓。作高寿农信。入棚，文武各官来见，谒庙、放告。

二十日(10月12日) 生古。

廿一日(10月13日) 童古。右足生疮，甚剧。得七号信。

廿二日(10月14日) 生正。

廿三日(10月15日) 覆古。

廿四日(10月16日) 南康、崇义正场。

廿五日(10月17日) 覆生。得九号信。

廿六日(10月18日) 大庾、上犹正场。

廿七日(10月19日) 覆南、崇。作八号信,寄。

廿八日(10月20日) 贡监录科。

廿九日(10月21日) 录大上。

卅日(10月22日) 总覆。

九 月

朔日(10月23日) 奖赏老生。作扇联。拜客。

初二日(10月24日) 奖赏新生。巳初登舟,行八九十里。

初三日(10月25日) 过小溪。得十号信、东台信、良士信、潘卫泉信。泊南康,伟卿来。

初四日(10月26日) 作芍亭、中丞信,刘叔俛信,江黼文信。

初五日(10月27日) 巳刻抵赣州,镇道迓于码头。入署,府县各官来。以足疮未愈,未赴学。发芍翁信,附叔俛信;作九号署信,附寄高寿农信;递黼文信。

初六日(10月28日) 生古。得十一号信、捷峰中丞信。

初七日(10月29日) 童古。信丰县陶酉生同乡来。

初八日(10月30日) 生正。

初九日(10月31日) 覆古。

初十日(11月1日) 赣、安、远、定、南正场。

十一日(11月2日) 覆生。

十二日(11月3日) 兴国、龙南、长宁正场。

十三日(11月4日) 覆赣、安、定。得十二号信、迟韵卿信。

十四日(11月5日) 雩都、信丰、会昌正场,夜受寒,强起点名。寒热交作,出二题后即入内,重茵而卧。

十五日(11 月 6 日) 寒热退,阅卷。

十六日(11 月 7 日) 覆兴、龙、长。

十七日(11 月 8 日) 贡监录科。

十八日(11 月 9 日) 覆雩、信、会。

十九日(11 月 10 日) 总覆。得十三号信、凤石信。

二十日(11 月 11 日) 镇道各官来。作字。

廿一日(11 月 12 日) 拜客,奖赏,申刻登舟,倦而假寐,感受风寒,夜,又作寒发热。

廿二日(11 月 13 日) 竟日不食,惟眠而已。舟行已四十里,因风大,泊。

廿三日(11 月 14 日) 寒热退尽,惟湿阻中焦仍未通,稍啖稀粥。作王寿柏信、捷峰中丞信、培卿信。舟行阻风,屡泊。

廿四日(11 月 15 日) 滩过,登舟乃畅行,过万安,金雨卿大令来。作卫泉信、冯培之信、顾康民信、吴慎生信。

廿五日(11 月 16 日) 午刻过泰和,钟子超大令来。作凤石信、鹤巢信、吴星阶信、王季樵信,次第封;鹤、星、季及慎生信,均附凤石信内;卫泉信附培之信内,培卿信内附倪听松师断弦慰信,均交承差带省。泊张家渡。发十号署信。

廿六日(11 月 17 日) 行十五里,抵阳和,偕二吴、泽普、森儿乘肩舆游青原山。登岸,只七里耳,将及山,有"青原山"三字坊,为文信国所书,颇劣。不敢震于其人也。又行得圣域坊,为施愚山书。山麓唐名安隐,宋名净居安隐净居寺,本七祖道场。唐有段成式碑,宋有蒋之奇碑,皆佚。明万历间,邹东廓、罗念庵、聂好江、欧阳南野诸公,宗阳明子于此讲学。故寺前之右有阳明文明书院。入寺,于大殿左右壁,观黄山谷书。石颇剥落,后有施愚山记。隶书"祖关"二字,相传为鲁山书。寺后舍有李忠云定书,嵌石壁间,尚完好。入客舍,颇陋。小坐,啖茗,遂出游。由寺东左行,隔溪之山崖,巨石林立,浓翠如滴,名曰翠屏,为山中最胜境。绕寺左,偏拾级以上,坐五笑亭,抚七祖塔,下坡循溪行,得所谓钓台者,盖溪上巨石也。溪水浅,可褰裳径渡。返,过寺右行数十武,望"祖关"二字坊,以木代石,即真亦失之矣。望书院不入,退而循涧行。夏间大水冲法,旧路已断。返寺,进午餐,假寐片刻复出游。自钓台径前,境不可穷,而途中无风景,日已西坠,乃仍返本路。假馆于寺休息病体。而僧寮殊陋,不可以眺远,闷居于此,何所取哉?仍挈仆具归舟。考青原山亦名胜地,然以所见山景,翠屏为最。余则仅苍,而卒可观耳。从前亭榭大半湮没。策杖而前,无驻足处。宜乎废然返也。

廿七日(11月18日) 巳刻抵吉安,府县各官来迓。登岸,钟叔佩、李艺渊、崔兰屿太守、谢选门大令及学官、佐贰各官来。应接颇倦。得十四号署信、程明甫信。

廿八日(11月19日) 生古。雨。得十五号署信。

廿九日(11月20日) 童古。雨,奇寒,颇中寒。

卅日(11月21日) 请叔佩代点名。生正场。

十　月

初一日(11月22日) 覆生古,得十六号署信。

初二日(11月23日) 永新、莲厅正场。仍请叔佩点名。得过少华信。

初三日(11月24日) 覆童古。作十一号信,递。

初四日(11月25日) 安福、龙泉、永宁正场。

初五日(11月26日) 覆永新、莲厅。

初六日(11月27日) 泰和、万安正场。

初七日(11月28日) 覆安、龙、永。得十七号、汪志伊信。

初八日(11月29日) 吉水、永丰正场。

初九日(11月30日) 覆泰、万。

初十日(12月1日) 庐陵正场。

十一日(12月2日) 覆吉、永。

十二日(12月3日) 覆一等生。

十三日(12月4日) 覆庐陵。得十八号信。

十四日(12月5日) 贡监录科。亥刻,月食。

十五日(12月6日) 覆十县新进。作永丰《义首书院记》。

十六日(12月7日) 奖赏一等。永新尹湜轩继美司马来谒,以其兄继隆所著《永新县志》乞序。盖修志时,与邑人意见龃龉,发愤而自著,非现行之志也。作扇联,并为育婴出力司事书匾数方,又书"抗心希古"四字以奖永丰。何邦彦、陈雁臣回省。作十二号信,递寄。

十七日(12月8日) 奖新生,拜客,并至新建庐陵县学,众绅所请也,重书"明伦堂"字与之。钟叔佩、谢选门、崔兰屿招饮于府署,薄暮登舟。得刘庸夫信,庸夫自癸酉过鄂一晤后,不相闻者八年,今岁安福新生刘心民为其长子。奖赏后呈其父书,及所刻《直史述》未完本,《醒予心房文存》《黄壮节公集》《刘豪甫西辅日记》。雨仍未止。

十八日(12月9日) 雨止,过吉水,陈寿泉大令来。晚抵峡江,泊,陈榕楼大令来。行一百卅里。

十九日(12月10日) 六十里,至新淦,吴云卿庆扬大令来。又六十三里,至荷湖塘,进入河口。为赴临江,路折向西,冯小帆兰森大令来。又廿五里,泊临江府,李伯屿前辈来。前署清江县董觉轩同年、前署新喻县张少坡金春大令来,赠觉轩《尊闻集》,觉轩以长洲李秐圃《书经旁训合璧》为报。是日,作冯伯绅信、凤石信、韵卿信、小山信、蔚卿信、十三号署信,均发递。

二十日(12月11日) 行六十里,泊沙五洲。作柳门信,书折扇三握,作洪子球宗丈信。

廿一日(12月12日) 作刘庸夫信,并匡其修史之失,信甚长,存稿。行六十五里,泊大班渡。

廿二日(12月13日) 晨,过新喻,李绪云同年来见。行五十里,泊白眉渡。作程明甫信,递子球信。

廿三日(12月14日) 五十里,泊分宜,朱屏周宽成邑侯来见,交来彭观亭毓海部郎信。作折箑。递刘庸夫信,并《尊闻集》发安福学,交其子心民。作《题宋菊坻聘媳丁烈女诗》七律一章,得十九、二十号信,二婶信。

廿四日(12月15日) 作覆彭观亭信、心一信、寿乔信一号;作覆二婶信。

廿五日(12月16日) 作四叔信、署信十四号,蔡云峰太守来迓。

廿六日(12月17日) 午刻抵府城,文武各官来,下学。发署信,附心一、寿乔、二婶、明甫、柳门等信及四叔信、兰州道曹吉三信,均专差送省。

廿七日(12月18日) 生古。

廿八日(12月19日) 童古。

廿九日(12月20日) 生正。得廿一号署信,凤石、菊生信,绵佩卿师信、潘少梧讣信、钱�仙信。

十一月

朔日(12月21日) 覆古。

初二日(12月22日) 长至节。万载正场。

初三日(12月23日) 覆生。得廿二号署信、柳门信、王松杉信。

初四日(12月24日) 萍乡正场。

初五日(12月25日) 覆万载。专差回,得廿四号信。

初六日(12月26日) 作十五号署信,递。分宜正场。

初七日(12月27日) 覆萍乡。得彦申弟信。

初八日(12月28日) 宜春正场。

初九日(12月29日) 覆分宜。

初十日(12月30日) 贡监录科。得廿三号署信、法清如信,庶咸、蔡康侯信。

十一日(12月31日) 覆宜春。

十二日(1882年1月1日) 总覆。

十三日(1月2日) 忌辰。拜客,蔡云峰太守招饮。

十四日(1月3日) 奖赏。登舟,行四十里,泊白沙。

十五日(1月4日) 作张霁亭信、捷峰中丞信、张野秋信。七十里,至分宜,朱屏周大令来,彭观亭部郎来。复行数里,泊,得廿五号署信、曾君表信。

十六日(1月5日) 八十五里,至新喻,李同年来晤。作董新甫信。

十七日(1月6日) 作覆王松杉信,唁吴蔚若信,唁潘少梧信,均交培卿;作培卿信、十六号署信。

十八日(1月7日) 冯小帆兰森大令来。午刻抵城,入棚,见各官,下学、放告。发递各信。

十九日(1月8日) 生古。

二十日(1月9日) 童古。得廿六号信、舒西园信、吴培卿信、彭芍亭中丞信、刘叔俛信、瞿赓甫信、小山信。

廿一日(1月10日) 生正。

廿二日(1月11日) 覆古。

廿三日(1月12日) 新喻、峡江正场。

廿四日(1月13日) 覆生。

廿五日(1月14日) 清江、新淦正场。

廿六日(1月15日) 覆新、峡。

廿七日(1月16日) 贡监录科。得舒西园信。

廿八日(1月17日) 覆清、淦。

廿九日(1月18日) 总覆。

卅日(1月19日) 奖赏一等生。拜客,伯玙前辈招宴。

十二月

朔日(1月20日) 奖赏新生。巳初,登舟,开行。初更,抵达上城,杨梅臣大令前辈来。夜行,作孙莱山覆信、吴培卿信、瞿赓甫信、荃师信。

初二日(1月21日) 巳刻抵南昌,中丞以下各官均迓于滕王阁。入署,得顾康民信、吴慎生信、陈伯潜信、吴子实信,许少琛、王寿伯均来署。得刘璧礽信并汲古阁《十七史宏简录》。

初三日(1月22日) 拜中丞,粮、盐道,晤。作彭芍亭中丞信,李筱帅信,恽菘耘、方右民信,均递;又递莱山信、赓甫信;寄培卿信;得方老寿信。

初四日(1月23日) 下学,见各学官。

初五日(1月24日) 生古。作方寿乔二号信,寄。

初六日(1月25日) 童古。

初七日(1月26日) 生正。

初八日(1月27日) 覆生古。

初九日(1月28日) 南丰、奉新、靖安正。

初十日(1月29日) 覆童古。

十一日(1月30日) 南、新正。得芍丈信、高寿农信。

十二日(1月31日) 覆南、奉、靖。

十三日(2月1日) 进义武正。

十四日(2月2日) 覆南、新。得二姑太信、东台信。

十五日(2月3日) 覆一等生。

十六日(2月4日) 阅童卷。

十七日(2月5日) 覆进义武正。

十八日(2月6日) 贡监录科,得张霁亭信。

十九日(2月7日) 总覆。得芍丈信,作霁亭信,递。

二十日(2月8日) 奖赏。左笏卿来,留夜饮。作荃师六十寿信,递。

廿一日(2月9日) 封印。中丞来。得洪琴西信。洪熙荫之来。得汤伯温信。

廿二日(2 月 10 日) 藩台、盐道乔瀛槎来,候补各官来。得胡月樵信并寄荃华,丛书来,作覆信,寄。

廿三日(2 月 11 日) 王鹤樵来,候补各官纷至,拜客,晤宋小岘方伯、缪芷荃观察,得宋伟度信。

廿四日(2 月 12 日) 会客,拜客。

廿五日(2 月 13 日) 作芍丈信,递。

廿六日(2 月 14 日) 雨,中丞来,张子衡来。

廿七日(2 月 15 日) 客仍麇至。作《佩文诗韵释要》序。得孙莱山信。

廿八日(2 月 16 日) 拜客,晤中丞张子衡、徐紫雯同年。

廿九日(2 月 17 日) 除夕,得陆凤石、许鹤巢信。

光绪八年壬午(1882)

正　月

朔日(2月18日)　五鼓起,敬神,赴万寿宫拜牌,以国服只穿蟒袍补褂。又赴文庙,回署,拜家庙,祀先。中丞来,司道来,各府厅州县来,答礼,不胜其惫。午后拜年,得芍丈信、吴培卿信。

初二日(2月19日)　拜年。

初三日(2月20日)　忌辰。作陆凤石信,交郁仲孚带京。

初四日(2月21日)　拜年,会客。

初五日(2月22日)　客仍不绝。

初六日(2月23日)　拜客,范鹤生前辈招饮。

初七日(2月24日)　忌辰。作楹帖十余件。作洪琴西复信,托张子衡带金陵。

初八日(2月25日)　两司、两道公请。

初九日(2月26日)　拜客,缪芷汀观察招饮。

初十日(2月27日)　得小山信,江鸘文信。中丞招饮。

十一日(2月28日)　忌辰。作芍丈信,恽菘耘信,交解伯委员。

十二日(3月1日)　拜客,李博孙翊煌,小湖师世兄孝廉来,三营请夜宴。

十三日(3月2日)　作小山信,递。

十四日(3月3日)

十五日(3月4日)　陈遂生招饮。

十六日(3月5日)　人倦甚。得吴硕卿信、凤石信。

十七日(3月6日) 各处辞行。作曾君来信,并寄局刻书;又柳门信,并《尊闻集》托华海初带。

十八日(3月7日) 送行者络绎。作陈伯潜信、王逸梧信,陈寄《中西纪事》,王寄《尊闻集》,得顾康民信。

十九日(3月8日) 作吴培卿信,附子实信,交谦吉昇寄;范久也、高也信,寄京;覆程明甫、吴硕卿信,寄粤。

二十日(3月9日) 午刻起行,行卅里,风不顺。蒋蕉林归舟同行,左笏卿同行,夜,来谈。

廿一日(3月10日) 风略顺,行一百五十里,泊吴城,盐局程敬生直刺、厘局荣若臣太守来,晚至焦林舟夜谈。作覆舒西园信,交笏卿带九江。

廿二日(3月11日) 行三十里,西北风大作,遂泊。

廿三日(3月12日) 风不息,仍泊,星子陈南村大令来。

廿四日(3月13日) 巳正,风小,开行。未正即至,斌濬川太守来。下学,放告,发一号署信。

廿五日(3月14日) 生古。作芍丈信、张樵野信,寄至九江,寄轮舟。

廿六日(3月15日) 童古。

廿七日(3月16日) 生正。发痔疮,请府代点。

廿八日(3月17日) 覆古。

廿九日(3月18日) 忌辰。生都安正场,发痔疮,请提调代点名。

二 月

初一日(3月19日) 覆一等生。得一号署信、吴培卿信。

初二日(3月20日) 星子、建昌、安义正场。

初三日(3月21日) 覆都安。作吴培卿信,寄九江。

初四日(3月22日) 贡监录科。作二号署信,递。

初五日(3月23日) 覆星、建。得张野秋信、洪桐孙信、曹吉三信。

初六日(3月24日) 总覆。

初七日(3月25日) 奖赏一等生。拜客。

初八日(3月26日) 辰刻,登舟,行十余里。风逆,仍回府城,泊。

初九日(3月27日) 行抵大姑塘,泊四十里,厘局委员周长森来,叶瀛舟大令来迓。

初十日(3月28日) 四十里,到湖口县。程少垣同年大令来,以南风大,入夹江,泊。

十一日(3月29日) 忌辰。风顺,巳刻抵九江,子球观察、李寿亭占椿署镇,暨文武各官迓于岸旁。入城,镇道府县各官来,以忌辰不下学。得紫封叔信、汪子用信、舒西园信、瞿赓甫信、心一信、二号署信、方老寿信。

十二日(3月30日) 生古。作三号署信,专差送。覆龚蔼人、廉访信,递。

十三日(3月31日) 童古。得凤石信,陆绶门带来。

十四日(4月1日) 生正。

十五日(4月2日) 覆古。得小山信、祝子安信、张霁亭信。

十六日(4月3日) 德安、瑞昌、彭泽正场。

十七日(4月4日) 覆一等生。得三号信。

十八日(4月5日) 德化、湖口正场。

十九日(4月6日) 覆德、瑞、彭,专差回;得四号信,作四号信,递署;得冯伯绅信。

二十日(4月7日) 贡监录科。与叶滋澜瀛洲丈订庐山之游。

廿一日(4月8日) 覆德、湖。得张樵野信;作岩婶信,寄扬州。

廿二日(4月9日) 总覆。得舒西园信;作覆信。作扇对。

廿三日(4月10日) 奖赏一等生。又得西园信,再作覆信,交来人。拜客。李寿亭,子球宗丈,达进修,周、熊两参戎,刘协戎及德司马，叶明府，端昌唐、德安贾两大令，招商局孙野卿公宴于总戎署。上灯时大雨，归。本家应明来，晤。至半夜骤雷，盛甚厉，似落床后。

廿四日(4月11日) 早起，仍雨，奖赏新生。雨稍止，登舟。视天未有放晴意，决意山行。移舟数里，泊。候舆，俟以各官皆送于河干也，午饭毕。偕许少琛、王松云乘肩舆登岸。绕行庐陌间，至城东门乃为赴山路。细雨霏，沐浓云迷滂，望庐山阜不可见。行几二十里，雨益不止。抵吴章岭下，云益厚。既登巅，则狂风急雨，数步外不见人。入小寺宿，寺甚湫隘，山志谓为官亭。从者衣皆湿，焚薪燎衣，亟举觞拒寒。犹见云气拂，从户牖入。少琛谓余非山林人，理或然耶。是日，行三十里。

廿五日(4月12日) 晨起，犹闻雨声，势不可中止。戒从者行。叶滋澜瀛洲辞。归署。出寺南行里许，累石为门，高及丈。山志云：吴鄣山，匡山之末也。或谓吴鄣取保鄣义，或曰山阜不足言，鄣然。是山，介德化、星子两邑，分界于山巅，为九江赴南康道。石门旁有石，镌“吴楚雄关”四大字。意昔曾列屯戍守兹，称所由来。改阅山志：岭东为峰，有寺以迂道，不得往。既下山，霁色苍然，雨亦止。昨之咫尺不可辨，兹乃十里外了了在目。上下之间晴晦悬殊，游客色然喜矣。平畴漾青，密林环翠，村居耕作，熙熙自得意，桃花源不过如是。过小市舁夫入饭，未几风雨又作。迎面一岭，土人呼为蛇山岭。傍岭址西行，有村落曰义门，盖宋时江州陈氏后裔迁居于此，遂以门阀表宅里。借其祠堂少憩，午饭。有二生来谒，赠以联曰：衍泽义门，山中枌社；卜居仁里，世外桃源。饭后又西南行，经一村曰土楼。薄有市廛，前行。五老峰不明晰，惟见北偏石壁陡峭，色黑如铁，狰狞攒刺，幽森可畏。两崖中似有门户，甚深邃。山志谓题：观三叠泉须由观山入玉川门，盖指此。海会寺在西，踞山之半山为五老峰分支，舁夫折而西行，升高陟峻，喘息声相属。抵寺门，星子县令陈南村候于此。住持僧曰至善，扬州人，闭关守□，历有年，所戒律僧也。寺不载山志。至善云：国初盖茅篷为僧寮，嗣有僧夜望地辄有光，与星光映射，知其地有异，始建小寺。今有魏某，布施多金。辟地购材，行成巨刹。导观西偏殿宇、栋梁已具，平地起楼台，大费工力。昔如来降生印度，御世五十载。五印度周几万里，靡然从风。戒杀行，慈悲化导，外茂凶狠之俗不定果报无以坚，愚民信心，不募布施，无以供养，诸弟子因假设教未可，若非顾，必庄严色相。竭民膏血，建一切浮屠殿阁以为功德，有为之法如梦幻泡影。斯语其谓，谓之何？欲抑如是，不能使人起敬起信耶。当佛法兴时，摩西十诫已布西陲，摧陷廓清，佛力宏壮，未几而天方教兴，尽灭释氏。今世则耶稣教遍于西土。穆哈之教寖衰，如来之徒仅不绝如线，各藏喇嘛亦无有智慧圆通如古达摩辈者。印度遍种莺粟毒害天下人，使魏法显、唐玄奘生于今世，复往西土，其所论又当何如也。庐山寺院尽毁于兵燹，近则渐次规复。我辈山游得精舍憩止，此如来功德及我辈者，狂澜日下，岂能回二氏于今亦可哀。何必辟邪兼卫正留兹画景与诗材大哉。

王言囊括宙合矣。寺僧煮面留餐，清美可食，询三叠泉路，云：须回至土楼，从间道入，登五老峰之半乃见。途本险巇，近有人修治，不难登陟境也。请俟他日，出寺循旧径，改西南行，至白鹿洞书院。宿山长居屋。吴章岭至海会寺四十里，至鹿洞场约六七里。下山时又雨，入夜乃止，夜与南村谈西陲事甚悉。南村曾随阿克苏办事大臣幕游，故于新疆南路尤了如也。

廿六日(4月13日) 晨起，周视斋舍，入鹿洞一山窟耳，深只逾丈，少室山人读书于此，所遇白鹿或亦偶然。登文昌阁，林木葱蔽难望远。抚朱文公手植桂，枯干矫拔，犹有生气。窃设有大儒主讲斯院，此桂未必不重荣也。坐独对亭，望五老峰，正面为云雾纠扰，间露半面。忆昌黎祷衡山云事效颦，默祝山灵不拒客。云果寻散，峻嶒突兀，轩豁呈露，盖自吴章岭南趋后至是凡再大喜。惟峰势分裂实多，数之且八九，五老之称殊不类。屏风、九叠，庶几近是。枕流桥，听桥下泉声，汩汩洗涤人心目。溪石有“枕流”二字，志云：朱子书石当泉流，无剥泐山之后人重书与以五老疑案。西行至钓台亭，亭废。下有碑，明李梦阳撰书碑，阴有太原乔宇篆书“五老峰”三大字。盖五老正面下瞰鹿洞，故观五老者多在此。再四谛审，仍不得五老形。舍而南行，遇溪口名教乐地坊。望对面，案山如几，平衍环抱，苍秀可人。余笑谓少琛、松云，此地幸得朱子先下手，不则亦为选佛道场矣。皆曰：然。一路回望五老峰，依依送客。沿溪西南行，越小岭，不数里，闻水声，如轰雷涧中。大石如经磨礲剜削。桥昂于前路，侧有泉，陆羽谓第六泉也。桥东僧寺临溪拓窗，松竹掩映，亟舍舆入。寺曰慈航寺，古为飞来亭，以奉大士，故改今名。桥为栖贤三峡桥，今亦改观音桥。啜茗小憩。出寺，由桥右小径曲折下，巨石倚绝壑，桥覆其上。石从上仰视，桥如长虹。长可数十尺，方石衔接，规制雄伟，中刻：维呈宋大中祥符七年，岁次甲寅一月丁巳朔，建此上显皇帝万岁，法轮常转，雨顺风调，天下民安，谨题共四十一字。桥下有龙潭，曰：金井。僧云：深不可测。石上有“马纫”“金井”二刻字，余刻多漫漶。志云：从桥上俯视涧底，无虑百千尺。其深邃若此。时遇雨晴，新泉脉来益盛，訇訇澎湃，如千乘车行山谷中。疑以三峡小苏之言，信然。中三峡西行里许，至栖贤寺，寺毁于寇，仅存十数椽。寺后倚山，苍翠蓊郁，竹木纷纠。寺前为玉渊潭，泉自上流来。巨石梗阻，行回曲折。石益拒水不得畅流，益怒。至潭前，乃挂壁直下数丈，一发抒郁抑之气。离潭数步，喷沫如雪。俯视潭甚幽深，惴惴不敢进步。谓为泉衙，藩僧云：此亦龙潭也。东坡栖贤三峡桥云：玉渊神龙近，雨雹乱晴昼。即指此，午餐于寺中。寺僧蕲州人，与少琛叙乡情甚融洽。循旧路东返，过三峡桥里许，傍涧西南行十里许，为万杉寺。望佛手岩，宛如指爪。由寺前逾岭而下二里许，为开先寺，康熙丁亥圣祖南巡，寺僧超侧迎涯上。御书“秀峰寺”额，故今改名秀峰。二寺皆在山南麓，与栖贤归宗为四大禅林。以日近下春，留俟明日游。西望山尽处，一峰秀出，云表浮图岿然者，金轮峰也。归宗寺在其下，日晡到寺，寺僧修梅能画梅，游闽未归。僧广缘留客入登藏经阁，观右军洗墨池。右军舍宅为寺,遗迹在焉。寺亦毁于咸同间,殿舍皆重建,方丈室三楹,颇精洁,余屋尚未复旧观。是日,由鹿洞至归宗卅里。五老峰至是始不见。

廿七日(4月14日) 归途,入秀峰寺。住持僧昨疾,他僧导游青玉峡泉至此,将入溪。从石矶展折而下,凡亦三叠,与玉渊之胜相类。而所谓瀑布转不见,盖泉自山半绝壁喷薄而出,直下数十百丈。黄岩一峰蔽其下截,故到近观瀑布,非登黄岩不可。其路在归宗、修峰之间,已过不克往。摩挲石刻,米元章"第一山"三字尚存,其他刻石殆满,石如不顽,有剥肤之痛矣。陈南村呼从者置酒肴于亭,几案皆石,坐观流泉,一樽相对。返寺则双瀑遥遥在望,东瀑曰马尾,势少弱。双剑峰界两瀑间,香炉在其南,黄岩在双剑下,岩巅铁塔为文殊塔。攒峰□壁尽能极妍,惟不登黄岩为憾事耳。寺僧出示圣祖御书《心经》二卷,一墨拓本,一云蓝纸泥金书。又《地狱变相图》一卷,为宋牧仲中丞抚江右时所施,商丘自跋,定为北宋人手迹,画用金泥界,画工致,光景如新。写经字亦古劲。尤西堂、翁覃溪近至何子贞皆有跋。凡十数家小坐,仍东返。舆中望五老峰,侧面向之,参差杂出者,尽收敛并合数之,恰约五数,东北一二小峰,如儿孙均然,则题观五老真形当在此。入万杉寺,昔僧植万杉木,皆茂,故名。今日万沙寺杉木假曰沙木,故也。寺额亦易杉为沙矣。寺无他胜景,至后山观深珠泉,涓涓细流而已,泉上石刻"深珠泉"三字。寺僧误认为弥,呼为弥珠,乃告以误。泉旁有韩绛记游,文曰:颍川韩绛,皇祐壬辰孟春八日来游精舍。长安翁日新从子华学士同游,榛莽蒙蔽,少琛奋衣登石、攀萝、剔藓,得合识其文,志书所未载也。卧石镌"龙虎岚"三大字,径数尺又十。步外入,大石镌"庆"字,形更大,旁刻槐京包帚书,义不可解。槐京,其地。包,其姓。考庆字与龙虎岚联属否?考山志仅载前三字是尤不可解矣。午饭毕,南村先行。予与少琛、松云别僧东趋南康,不过十余里便至,先二日舟已抵此。穿城至湖干,登舟,府县文武各官来。书联数幅以馈各寺僧,岚翠泉声犹隐隐在耳。目考庐山全形围圆，九十余峰环抱连缀，横看成岭，侧视成峰，随步换形，顾庐山真面目为难识也。以所历之境言之，自吴章岭南行十余里，即在五老峰之东偏北路所经，以五老峰为雄长。自秀峰而下，又当以汉阳峰为最峻。然为众峰所蔽，不可见山。北有峰曰天池，有龙潭天池寺，在其上，已毁，路亦茅塞不可登。虎溪东林寺，皆在山麓，寺亦废。闻远公白莲池，已成黄稻畦。天池有路，可南达于仰天坪。若由此而上，尽山南而下，则全山在目。大约裹十日粮，亦可遍游矣。俗宦尘踪抽暇清游，已属过分之福。穷探遍览即□胜有？如时日逼促何然？非立志坚定，则不为雨阻者几希。山灵殆试吾诚耶？立身行事应作如是观。

廿八日(4月15日)　早开，风顺行，甚驶。午后，风渐小，过吴城，泊昌邑。作心一信，寿乔三号信。

廿九日(4月16日)　转南风，拉纤行，甚迟。午后登炮船，沿途添勇拉纤。初更达章江门外，城已扃，呼开钥。至署，得凤石信。

三十日(4月17日)　作吴培卿信，交；发心一、寿乔两信；又作凤石信、冯申之信，均交信局；寿乔信，内附寄本家昭则信。

三　月

朔日(4月18日)　午后，登舟，府县来，开行四十里，泊河泊所。

初二日(4月19日)　行廿里，过市仪，入瑞河，以风逆，又行廿里而泊。作菊生信、凤石信、申之信，为森儿带入京之用。作屏幅。

初三日(4月20日)　行六十里，高安县刘雨峰来。作五号署信、紫叔信。

初四日(4月21日)　四十里，巳刻抵瑞州府。南北二城滨河而建，长桥通之，与南安郡城相类，各衙署皆在北城。入考棚，王少岩太守、文武各官来。封各信，交南昌送差带回。下学，讲书。

初五日(4月22日)　生古，作《庐山瀑布》七古一首。

初六日(4月23日)　童古。

初七日(4月24日) 生正。得署信,为一号。

初八日(4月25日) 覆古。

初九日(4月26日) 高安正。

初十日(4月27日) 覆一等生,作生正场题文。

十一日(4月28日) 作六号信,递;得芍丈信、新昌正。

十二日(4月29日) 覆高安。

十三日(4月30日) 上高正。得署信、兰轩信、二婶信。

十四日(5月1日) 覆调新昌;得舒西园信。

十五日(5月2日) 录科。

十六日(5月3日) 覆上高;得兰轩信。

十七日(5月4日) 总覆。高安人朱司铎芷庭聆来,馈《朱文端集》《邃怀堂文集笺注》。

十八日(5月5日) 奖赏一等生。为育婴会书匾,十分,又联扇。府县招饮。

十九日(5月6日) 晨,奖赏新生。登舟,行百二十里,泊市仪,作屏幅。

二十日(5月7日) 午刻抵省,微行入署,得顾康民、皞民信。王子庄同年来,刘璧礽来。

廿一日(5月8日) 作良士信、项书巢信,寄。午后登舟,行廿里。

廿二日(5月9日) 作中丞信、芍丈信、高安朱芷庭信。

廿三日(5月10日) 恒门斋太守、汪蘅舫同年大令来。午后入城,下学。作第一号信,并递;中丞信、芍丈信,递。

廿四日(5月11日) 生古。

廿五日(5月12日) 童古。

廿六日(5月13日) 生正。

廿七日(5月14日) 覆古。

廿八日(5月15日) 余干、德兴、安仁正场。

廿九日(5月16日) 覆生。

四 月

初一日(5月17日) 乐平、浮梁正场。

初二日(5月18日) 覆余、安、德。

初三日(5月19日) 鄱阳、万安正场。

初四日(5月20日) 覆梁、浮;得四号信、中丞信。

初五日(5月21日) 录科。

初六日(5月22日) 覆鄱、万;得五号信、吴培卿信、韵卿信,作二号信、中丞信、交县专差。

初七日(5月23日) 总覆。

初八日(5月24日) 奖赏一等生,拜客。

初九日(5月25日) 奖赏新生。登舟,风顺水大,不由正路,趋间道,至余干境黄土坝,计一百二十里。余干令李嘉瑞辑之来接,得六号信、杨藕舫信。

初十日(5月26日) 顺风,约七八十里,抵安仁,郑成章少仙大令来迓。又行十里,泊石港。

十一日(5月27日) 书李太夫人挽联。作覆藕舫信、三号署信、培卿信,交安仁县送差带回,专差送省;挽联、祭幛及信,由九江轮舟寄鄂。风逆,泊金沙塘七十里。

十二日(5月28日) 二十里,抵贵溪,署令杨震清玉如藩经来迓。又行卅里,泊。

十三日(5月29日) 卅里,抵弋阳,周莲叔长森大令来迓,与谈。弋阳民俗悍敝,近出大案械斗,至伤十余命,为愕然久之。又行约廿里,泊,书奖育婴联多件。

十四日(5月30日) 作覆顾皡民信,宪斋信。申刻抵河口,冯培之来;铅山县萧善庵国瑞、兴安县罗星槎来;王予庵司马来;陈军门本炽来。复行,泊单林港。

十五日(5月31日) 上饶县胡鸿轩来。作康民信。离府城十余里,泊。

十六日(6月1日) 晨,董瑞峰太守来。巳刻入城,见文武各官,午后,下学。

十七日(6月2日) 生正。得七号信、王尔玉信;作五号信,并顾康民信,附寄吉林各信,又附森儿信,交县专差。

十八日(6月3日) 童古。

十九日(6月4日) 生正。

二十日(6月5日) 覆古。

廿一日(6月6日) 广丰、铅山正。

廿二日(6月7日) 覆生。

廿三日(6月8日) 弋、贵、兴正。得八号信;得舒西园两信。

廿四日(6月9日) 覆广、铅。

廿五日(6月10日) 上饶、玉山正。

廿六日(6月11日) 覆弋、贵、兴。

廿七日(6月12日) 录科。得九号信、陆凤石信、心一信。

廿八日(6月13日) 覆上、玉。

廿九日(6月14日) 总覆。得十号信。

卅日(6月15日) 奖赏一等生。作联对多件及育婴局匾联。

五　月

朔日(6月16日) 拜客。奖赏新生。登舟,水浅,行迟,未及到河口。

初二日(6月17日) 晨,抵河口,铅山令萧善庵、兴安令罗星槎、同知王予庵来,冯培之来。得十一号信、陈钧堂信,并郝潜纪。开行,泊弋阳,发六号信。

初三日(6月18日) 周莲叔大令约游龟峰,在弋阳县城西南。舟行三十里,泊舒家港。时阴雨,甫霁,朝暾不暄。乘肩舆行三四里,层峦奇峰，迎面罗列。东偏最高大者曰龟峰，又曰圭峰。颅员趾方龟形，近似断石，竦立亦如执圭。宜两存其说，舟子呼为蜡烛山，俚俗无理甚矣。圭峰南一峰轩是矫首，如苍耳峰，岐为灵芝峰背。将入山，方塘一区，渟滀于谷口，竹木葱旧，青翠夹道，曲径通幽，则瑞相禅院也。院前为灵芝峰，院后怪石森列，曰观音峰，最奇特。亭亭独立，头项备具，曰如意峰，曰木耳峰、进剑峰、鹰嘴峰、眠犬峰，依类象形，惟妙惟肖。入禅堂小坐，呼僧导游。龟峰仄径行折，从者扶掖以升，有无声泉，泉出石间，凿石如臼。亟之摩崖字处漫漶，大都宋明人作，有篆书"龟峰"二大字，真书"弋水奇观"四大字，皆在绝壁之南。望叠龟峰，叠石如龟者三，在上者尤神肖。由护剑度叠龟，石罅划然。侧身入可数十步，曰一线天。左为四声谷，在叠峰下，一呼四应。僧携爆竹试之，药线不然。就人呼，亦相应也。望观音峰小石鼎足，承项立危，题坠颈中，空洞有光，孰施斧凿，谓之造物，信明无由。兹山之奇在石，离奇夫矫，千状万态，苍翠赭白，五色翠具。岩壁处窍作蜂窝形。远近共有三十六峰，峰各有名，不相蹈袭，雄浑高秀，或多不逮而奇峭，则目所未睹。许少琛曾入蜀，奇山满心胸，观此亦欢。得未曾有脚力既尽。雨势大作，亟扶掖而下，饭禅室。大雨如注，饭毕，雨止。乃别僧而行。登舟后复行二十里，泊红沙港。以疲之，早睡。二鼓后，奴子喜儿船舷失足落水。臣溜奔往，无可援救，惟叹息而已。

初四日（6月19日） 行廿里至贵溪，杨玉如大令来迓，并属其饬渔舟，不见奴子死骸。复行一百里泊安仁，以大雨遂泊，郑少仙大令来。

初五日（6月20日） 行八十里抵龙津，余干县接差于此。李辑五大令来。又行六十里，泊木须湾。

初六日（6月21日） 三十里抵瑞洪，泊。作七号信，派承差送物回署；作凤石信、冯伯绅信、森儿信、韵卿信，均附入署信。风水俱逆，泊，以明条风。

初七日（6月22日） 风逆，仍不能行。天气甚热，舟中益甚。

薄暮风微，开行里许，得小村落，泊焉。连日作育婴匾联多件。

初八日(6月23日) 晨，开行，风水皆逆，行三里许仍泊。暑热益甚，入夜，阴云从北起，凉风大来，颇爽人意，作孙莱山信。

初九日(6月24日) 早行，西北风为偏顺。湖中波浪簸荡，布帆不得力，亟入湖湾泊。仍不过行三四里许耳。四日之间，无日不行。惟初六日自木须至瑞洪，约三十里余。分日数里，雨。殊躁闷。

初十日(6月25日) 风顺，开行，泊庄港，照路程单有一百七十里余矣。

十一日(6月26日) 行八十里，泊李家渡。前日阻风，昨、今乃极喜顺。天下事迟速相循，利钝相副，皆可作如是观。作覆舒西园信，托德化县寄。

十二日(6月27日) 作联幅多件。抵暮，西北风甚利，泊，近府城二十里。

十三日(6月28日) 巳刻抵城，陈子鹏前辈、汪蘅舫大令同年、王少谷明府、卢卓斋别驾、金溪县阳汝舟代予同年、崇仁万亦东同年、宜黄张希斋大令来，何端甫太守来，见客。至未初乃止，下学。得十二号信、十三号专差信、程明甫信、潘子祥信、吴培卿信、方寿乔信、赵菊生信、森儿信东台信。

十四日(6月29日) 生古。得芍丈信、王鹤琴信、董新甫信。作八号信、培卿信，附覆明甫信，交回差。

十五日(6月30日) 童古。承差回，得十四号信。

十六日(7月1日) 生正。

十七日(7月2日) 覆古。

十八日(7月3日) 崇仁、宜黄、乐安、东乡正。得十五号信，本家应明信。

十九日(7月4日) 覆生。作覆应明信；覆心一信，附应明信，九号署信。

二十日(7月5日) 临川、金溪正。

廿一日(7月6日) 覆四县。

廿二日(7月7日) 录科。

廿三日(7月8日) 覆二县。得子球信。

廿四日(7月9日) 总覆。

廿五日(7月10日) 作字。奖赏一等。拜客。得十六号信、凤石信、森儿信、胡陶轩信。

廿六日(7月11日) 晨,作十号信,交吴希玉带署。覆陶轩信,覆子球信,递。登舟,行,泊松湖卅里。

廿七日(7月12日) 行五十里,泊石门。

廿八日(7月13日) 行四十里,泊女观山。

廿九日(7月14日) 午后,抵府,奎景炎太守、李渚云同年来迓。下学。

六　月

朔日(7月15日) 生古。

初二日(7月16日) 童古。作十一号署信,递;作覆沈芸阁同年信,递。

初三日(7月17日) 生正。

初四日(7月18日) 覆古。

初五日(7月19日) 二南正场。

初六日(7月20日) 覆生。得十七号信。

初七日(7月21日) 新城、广昌、泸溪正场。

初八日(7月22日) 覆一等。

初九日(7月23日) 录科。

初十日(7月24日) 覆三县。得十八号署信,舒西园。

十一日(7月25日) 总覆。南城庚辰庶常连培基梯云来。

十二日(7月26日) 作字。奖赏一等。拜客。

十三日(7月27日) 奖赏新生。登舟,水顺,且驶行百卅里,泊刘坊。作董觉轩信。

十四日(7月28日) 辰刻，抵抚州，府县各官来。午刻开行七十里，至李家渡。再下流十里，至箭河口，水大可行，由此至省近百余里。复行廿里，泊。

十五日(7月29日) 连日夏暑甚炽，幸而有风云，更后始至。中丞以下皆迓于滕王阁，见后入署。得森儿信、凤石信、菊生信、寿乔信、四号信。

十六日(7月30日) 晨，会客。

十七日(7月31日) 早，出门，拜中丞，晤。又晤范鹤生前辈，曹朗川前辈。

十八日(8月1日) 拜客，晤龙云圃、王子庄、胡研生三山长。

十九日(8月2日) 拜客。得徐小山信、瞿赓甫信。

二十日(8月3日) 客纷至。作覆应明信，寄；得东台信。

廿一日(8月4日) 至经训书院。

廿二日(8月5日) 作洪子球信，递。

廿三日(8月6日) 至前任粮道吴子梅处吊丧。拜客。覆培卿信、潘桂槎信、老寿信五号，交局，交谦吉昇。

廿四日(8月7日)

廿五日(8月8日)

廿六日(8月9日) 今上万寿节，因在斋戒期内，改于廿六日庆贺。黎明，赴万寿宫。拜客。

廿七日(8月10日) 书科试完。竣折。

廿八日(8月11日) 拜藩、臬，晤。作覆凤石信、菊生信；得子球信。

廿九日(8月12日) 作森儿信，附毛旭师唁信；钱�仙信及赵、陆信。

卅日(8月13日) 作东台信。

七　月

朔日(8月14日)　考试,投考经训书院各生。封京信。夜,饯吴雪樵。

初二日(8月15日)　得培卿信、曾君表信、包折及信,交折弁。

初三日(8月16日)　作覆培卿信两封,一由谦吉昇,一由信局。又寄培卿处。寄回程明甫信。

初四日(8月17日)

初五日(8月18日)　闻中丞请假一日,往拜,晤。

初六日(8月19日)

初七日(8月20日)

初八日(8月21日)　兰轩、春藻赴试金陵,刘仆赴扬州,封各信交带。为吴紫楣观察题主。

初九日(8月22日)

初十日(8月23日)　拜客。江南公祭吴子梅观察。

十一日(8月24日)

十二日(8月25日)　夜,亥正起,点名。

十三日(8月26日)　南瑞场。

十四日(8月27日)　亥正,即点名。

十五日(8月28日)　袁、临、吉场。

十六日(8月29日)　作挽吴子梅联鲜于是一路福星,偏梦绕鲸香,早说收帆要稳好;邗上有二分明月,想神游鹤驭,不嫌解组追居迟。

十七日(8月30日)　抚、建、饶、广场。

十八日(8月31日)

十九日(9月1日)　南、九、赣、南、富场。

二十日(9月2日)　许少琛赴鄂。得小山信。

廿一日(9月3日)　补七府遗才。

廿二日(9月4日)　教职录遗。

廿三日(9月5日) 正途贡监录遗。

廿四日(9月6日) 补六府七州遗才。得培卿信、寿乔五号信。

廿五日(9月7日) 俊秀录遗。

廿六日(9月8日) 再补生员。得心一乃弟信,知心一作故。

廿七日(9月9日) 总补。

廿八日(9月10日) 截止出案。

廿九日(9月11日) 作慰心一及弟信,覆寿乔信五号,寄中丞信。

八　月

朔日(9月12日) 赴吴子梅灵前吊。拜龙筠圃,晤。

初二日(9月13日) 出城,候主考到,请圣安。江西向例于初六日入闱,之先行此礼,今伯潜同年谓于礼不合,应于到省之日,故改。闻福建亦初六,之先此,外则皆初六也。

初三日(9月14日)

初四日(9月15日)

初五日(9月16日)

初六日(9月17日) 赴中丞署,送主考入闱,先归。

初七日(9月18日) 作覆尹涋轩信,并书扇为赠,交筠圃带。

初八日(9月19日) 作森儿信,寄。

初九日(9月20日) 拜龙筠圃、王子庄,晤。

初十日(9月21日) 筠圃来。

十一日(9月22日)

十二日(9月23日)

十三日(9月24日)

十四日(9月25日) 拜胡砚生。

十五日(9月26日) 夜,得学政信,知伯潜留任于此。

十六日(9月27日) 作明甫信,寄。

十七日(9月28日)

十八日(9月29日)　作字。

十九日(9月30日)　作字。

二十日(10月1日)　万年拨贡洪炳煊号曜斋来。

廿一日(10月2日)　作楹帖。

廿二日(10月3日)

廿三日(10月4日)

廿四日(10月5日)　优贡头场。

廿五日(10月6日)　拜中丞,晤。作字。

廿六日(10月7日)　二场。作培卿信、菊生信、森儿信,附入王念劬信内,寄。

廿七日(10月8日)　刘堃自东台回。杨妾来。得二太太等信,良士信,黄醒原信。

廿八日(10月9日)　作字,作《武昌县文昌宫记》,涂仲舫观察所属。

廿九日(10月10日)　作字。

三十日(10月11日)　作字。

九　月

朔日(10月12日)　纳妾。

初二日(10月13日)　作字。

初三日(10月14日)

初四日(10月15日)　得森儿信,知因湿气不能入场。

初五日(10月16日)

初六日(10月17日)　得许竹筼同年信。

初七日(10月18日)　兰轩自金陵来。

初八日(10月19日)　作芍丈信,递。得庶咸信、森儿信。因脚气不能下场。

初九日(10月20日) 作咨。送国史馆《儒林文苑等人传略》。

初十日(10月21日) 作东台信、韵卿信,交谦吉昇。

十一日(10月22日) 理书籍。

十二日(10月23日) 答拜客。未正后,入闱,写榜,亥正毕。正取优贡,中四名,夜至主考处谈。

十三日(10月24日) 作覆竹筼信,寄。

十四日(10月25日) 伯潜同年来,副主考黄枚岑甲子同年来。

十五日(10月26日) 答拜两主考。

十六日(10月27日) 属兰轩作应明信,寄。

十七日(10月28日) 宴两主考。

十八日(10月29日) 张子衡招饮。

十九日(10月30日) 中丞招宴。

二十日(10月31日) 司道、候补道宴于浙江会馆。

廿一日(11月1日) 作许少琛信,递;覆汪蘅舫信,递。

廿二日(11月2日) 司道招宴。

廿三日(11月3日) 江南会馆私祭,并公宴。至伯潜处夜谈。

廿四日(11月4日) 首府县、候补府县宴全浙馆,三营宴剧,将署。

廿五日(11月5日) 黄子奇、李苹之等甲子同年公宴。

廿六日(11月6日) 辞行。得凤石信两信、赵菊生信。

廿七日(11月7日) 辞行。忌辰。

廿八日(11月8日) 出城。送黄枚岑,辞行。

廿九日(11月9日) 忌辰。伯潜来,夜谈。得禹山信。

卅日(11月10日) 送行者踵至。

十　月

朔日(11月11日) 送行者未绝,书院诸生送牌匾,夜送印。

初二日(11月12日) 未刻,登舟,各官皆送于滕王阁。

初三日(11月13日) 风逆,稍开而止。内子舟漏,易舟。作赵菊生信,寄;禹山信,寄。

初四日(11月14日) 行数里而泊。

初五日(11月15日) 风逆而大。

初六日(11月16日) 逆风。

初七日(11月17日) 至鸡笼山泊,此行十五里。

初八日(11月18日) 风逆。

初九日(11月19日) 雨兼风。

初十日(11月20日) 风逆兼雨,作赋一篇。羚羊挂角,日惟读赋作字而已。

十一日(11月21日) 风雨。

十二日(11月22日) 风小,开行,过樵舍内河水师统领驻此十五,又二十里至三湾。七里,至二湾泊。得紫叔信。

十三日(11月23日) 六十余里,抵吴城,《图经》所载只百二十里,假称百八十里。

十四日(11月24日) 大北风,停泊。

十五日(11月25日) 风未息。

十六日(11月26日) 午后,风小,以时晚不能开。

十七日(11月27日) 西南风,五鼓开行,九十里抵南康府,未泊。陈南村大令来。约又行五十里,泊大姑塘。作子球信、叶瀛洲大令信,得应明信。

十八日(11月28日) 辰刻,已抵湖口,假称四十里,实不足也。欧阳展青大令及武营各官来。出江六十里过彭泽,十里过小孤山,屹然中流砥柱。二十里过马当山,象马形,腹有洞甚深,回风撼浪,舟航艰阻。陆龟蒙铭云:"天下之险者,在山曰太行,在水曰吕梁,合二险为一,吾又闻于马当。"以风顺尚不甚艰,回思归州,江上虞云:艰哉。卅里,过华场镇,望江县辖。四十里,东流江东县,泊城外。是日,行几及二百里大雷江在西北去东流约四十里。

十九日(11月29日) 八十里,过皖口,俗名山口镇。皖水入江之口也。十里,过安庆省城江北岸,墉堞滨江,阛阓栉比,战守之资,实据形胜。遥望霍山,郁然深透。又行卅里,过宝赛。风转北,泊于宝赛下十余里。

二十日(11月30日) 风顺,早过枞阳镇,自宝赛至此六十里,属桐城县境。汉武帝时设枞阳,江中是其处。卅里,过贵池县。北遥望池州,惟见浮屠。六十里,至大通江千巨镇也。又行十余里泊,地名铜陵夹,离铜陵县城十里,江中夹洲,故名。

廿一日(12月1日) 过刘家港,无为县境大通至此九十里,又七十里荻港,二十里泥仪口,皆州境。廿五里初塘河口,庐口县境。七十里鲁港,十五里,芜湖。时当申正后,登岸,拜张樵野观察,晤署。离江口约三里余。

廿二日(12月2日) 卅里裕溪口,卅里东西梁山,二十里姑孰溪,太平府治在焉。十里采石矶,十里和州。治东廿五里石跋河,五十五里大胜关,十五里北河口,十五里下关,十五里泊金陵旱西门。作小山信、二婶信。

廿三日(12月3日) 一早遣人至何宅送信。庶咸偕二子玉初、哲人来登岸,内子亦归母家。偕玉初至街市游玩,憩于茗室,约暮而回。二婶信,交兰轩封寄。

廿四日(12月4日) 晨,拜恪靖侯相,晤谈约片时。元老精神犹形矍铄,语言间有重沓,亦精力不足之见端也。梁檀浦方伯,张、德两观察皆在武闱,未往拜,遣人投刺而已。拜府县未晤;拜张西园观察,晤;又晤何黄初叔岳;余均未晤。归,偕庶咸视蔡康侯病情,形甚可悯。

廿五日(12月5日) 答拜同知王恩培,遂登舟。连襟翁钺梅来,久谈而去。庶成、雨亭等人来送行,内子亦回舟。

廿六日(12月6日) 晨,开行十五里,至下关。又六十里过乌龙山,亦曰乌龙潭,炮台在焉。四十里过瓜埠河,泊泗源口。

廿七日(12月7日) 廿五里过仪征县,南五十里过瓜州,十里至镇江口小泊。雇小舟遂下驶二十里,入丹徒口,易舟。先行泊辛丰镇,丹徒口至丹阳九十为一站,辛丰适约其半。

廿八日(12月8日) 五鼓,开行。巳刻,过丹阳。风转东北,不顺,午后雨作,六十里至奔牛泊。

廿九日(12月9日) 卅里,午刻过常州,城外民舍渐形栉比,非似十年前光景。复行六十三里,泊陆闸。

十一月

朔日(12月10日) 巳刻抵无锡城外,登岸入北门,至大成巷。杨艺芳、藕舫皆往金陵,晤麐士,谈易理半晌,出面相饷。乘肩舆出西门,登舟,行五十四里,泊望亭,离苏州六里。

初二日(12月11日) 巳刻抵苏城,至桃花坞。起,陆至双林巷,知培卿往杭州送侄女于归,晤景和、程慎之、琬卿等人,仍下榻焉,赵菊生、森儿来。饭后偕菊生至悬桥巷新宅周视,至茗室小憩,剃发。

初三日(12月12日) 饭后步至新宅,孙蕴荃来。

初四日(12月13日) 拜吴子实,晤。孙春岩乔梓招饮。沈澂之、吴蔚若、尤鼎甫来晤。

初五日(12月14日) 至新宅。吴子实招至贝康侯宅,手谈,晤朱修庭观察、沈旭初、子梅之兄、费幼庭、张月阶、杨兼山。

初六日(12月15日) 澂之、子实、蔚若招饮于澂之宅,手谈。闻各舟已到,即出城,夜仍至沈处饮。

初七日(12月16日) 至新宅。

初八日(12月17日) 至潘顺之丈处贺娶孙媳。拜客;拜吴希玉,晤。至新宅。

初九日(12月18日) 至舟,至新宅。

初十日(12月19日) 清晨至新宅,堂上及眷属午刻入宅,森儿夫妇未刻入宅。行新妇谒见礼,贺客约有数十人。

十一日(12月20日) 尚有贺客来。本年冬至系十三日,为圣祖仁皇帝忌辰,卫中丞改于十一日行贺长至节礼。故是日皆穿貂褂挂珠,颇惊听闻。张霁亭自浙江来拜。

十二日(12月21日) 出胥门,拜霁亭,晤。拜客,晤彭讷生丈、南屏吴语樵、朱修庭福清、王仙庚湖州人。

十三日(12月22日) 拜客,江山子招手谈。至江宅;接潘伟如相招手札;即至富仁坊巷晤。遂午饭;夜,仍至子山处饮。

十四日(12月23日) 费幼庭来,吴广盦来,沈慎卿自角里偕芾玉来。伟如招至舟,至虎阜张公祠饭。祠为明季张中丞国维抚吴有惠政,故建,国维后事鲁王兵败死节。同往皆潘氏,麐生、谱琴、济之、镜如与伟如。

十五日(12月24日) 偕兰轩、森儿谒墓。先来舆,拜城外亲友,拜毕登舟,至曹公桥上岸。行至墓穴,祭毕。遂至横塘,兰轩祖墓在焉。森儿与之偕行,归至更余。

十六日(12月25日) 拜客,晤。程藻安、潘玉泾、顺之招饮顺之宅,同席彭漱芳、贝康侯、沈澂之。酒甚佳,拇战,饮颇醉。

十七日(12月26日) 步行至希玉处,晤。慎卿已归,菊生来。偕菊生至元妙观,观新建弥罗宝阁,轮焉奂焉。闻费七万余金,尚系宁波匠人,若本地匠人虽倍价,尚未必成,费为胡雪岩捐造。

十八日(12月27日) 拜客,朱修庭、贝康侯招饮。

十九日(12月28日) 诸亲友公分贺新居,或作纸戏,或竹游,竟日,凡四席。

二十日(12月29日) 午后,拜客。

廿一日(12月30日) 接捷峰中丞来信,钞寄,赏假,批旨。

廿二日(12月31日)

廿三日(1883年1月1日) 沈澂之邀竹游并饮。宝竹坡、朱咏裳典闽试回来,拜,未晤。

廿四日(1月2日) 拜各官,晤。静澜中丞、星台年伯廉访、毕东屏太守、澂之邀饮，竹游。

廿五日(1月3日) 钱笣仙来，长洲县金鲁清来。

廿六日(1月4日) 吴广盦邀竹游，彭南屏偕作主人。

廿七日(1月5日) 吴望云自吴江来，遂留夜饮。

廿八日(1月6日) 拜客，至培卿处夜谈。

廿九日(1月7日) 拜客，元和阳小谷同年招饮。得小山信。

卅日(1月8日) 张月阶、尤鼎甫招饮于澄之宅，并手谈。

十二月

朔日(1月9日)

初二日(1月10日) 偕菊生请月阶、康侯、吴氏昆仲于澄之宅。

初三日(1月11日)

初四日(1月12日) 培卿邀饮并手谈。

初五日(1月13日) 得紫叔信，金陵信。

初六日(1月14日)

初七日(1月15日)

初八日(1月16日) 请十九日公分诸人，到者三席。

初九日(1月17日) 甚寒，偕慎生至观前听王石泉说书。

初十日(1月18日) 益寒，至江子山处谈，许星台来。

十一日(1月19日) 拜客。

十二日(1月20日) 作张子衔信、李捷峰信、边润民信及他谢信，均寄藩署。

十三日(1月21日) 作凤石信，寄。汪耕娱、邵荻洲两观察、韩古农镇戎招皖馆许星台廉访招夜饮。

十四日(1月22日) 贝康侯约饮。

十五日(1月23日)

十六日(1月24日) 培卿约手谈。

十七日(1月25日) 立豫甫约饮。

十八日(1 月 26 日) 彭漱芳招饮。

十九日(1 月 27 日) 答拜沈仲复前辈,唁费幼庭母丧。作覆刘璧礽信、缪芷汀信、颜筱夏信、王小初信,寄。

二十日(1 月 28 日) 至贝康侯处谈,吴广盦、彭南屏招饮。

廿一日(1 月 29 日)

廿二日(1 月 30 日)

廿三日(1 月 31 日) 作覆汪蘅舫信、汪端伯信、崔第春信、李嘉宾苹之信,寄。

廿四日(2 月 1 日) 作心岸信,寄。

廿五日(2 月 2 日)

廿六日(2 月 3 日)

廿七日(2 月 4 日) 应明自泰州来,得逸云宗长信。

廿八日(2 月 5 日)

廿九日(2 月 6 日)

卅日(2 月 7 日) 至康侯处手谈。

光绪九年癸未(1883)

元旦(2月8日) 拜神,祀先,贺年。

初二日(2月9日) 贺年。

初三日(2月10日) 贺年,至子实处手谈。

初四日(2月11日) 步至怡园,观其布置,颇有画意。作子球信、画云信。

初五日(2月12日) 贺年,至培卿处手谈。

初六日(2月13日) 雨,未出门。

初七日(2月14日) 至康侯处手谈。

初八日(2月15日) 程小山、赞甫约饮。

初九日(2月16日) 朱修庭招手谈。

初十日(2月17日) 寄子球信。

十一日(2月18日) 程藻安招手谈,闻吴平斋逝世。

十二日(2月19日) 往唁。广盦、藻安招赴城外大观园听剧。

十三日(2月20日) 吊平翁丧,送殓。

十四日(2月21日)

十五日(2月22日)

十六日(2月23日)

十七日(2月24日) 答王念劬,适饮,遂入座。

十八日(2月25日) 潘玉泍、沈旭初、任月华招饮,并竹游。

十九日(2月26日)

二十日(2月27日) 招王念劬、江子山、吴培卿、王平之饮。

廿一日(2月28日) 大雪。舟赴无锡,夜到城,藕舫来。

廿二日(3月1日) 访艺芳,遂至藕舫处。晤麐之、望洲,遂游惠山,雨不可登。

廿三日(3月2日) 杨氏昆仲坚挽留,复至惠山,仍雨。

廿四日(3月3日) 归。

廿五日(3月4日) 王平之招饮。

廿六日(3月5日)

廿七日(3月6日)

廿八日(3月7日) 彭讷生、吴荫之招饮,汪国奎招饮皖馆。

廿九日(3月8日) 邀友,盘衣庄存货,得紫叔信。

光绪十年甲申(1884)

七　月

十五日(9月4日)　堂上病益革,未时,遂弃世。老年母子相依为命,一旦永诀,呜呼,痛哉!吴培卿、洪远斋来唁。迁遗骸于前寝。

十六日(9月5日)　寿材暨附身物皆于闰五月备齐。酉刻,小殓。即曰成服,为位以哭。作丧启,发东台、徽州两处报丧信。

十七日(9月6日)　午刻,大殓,惟加钉漆缝而已,亲友来吊唁者百余人。

十八日(9月7日)　抚、藩、臬乃织造、候补道各官公祭。发沙市四叔处报丧信。

十九日(9月8日)　理寄讣单。

二十日(9月9日)

廿一日(9月10日)　初七。

廿二日(9月11日)　理讣目。

廿三日(9月12日)　仍理讣。

廿四日(9月13日)　未时,回殃。遗命勿用僧道,仅用鼓架。床施帷帐陈被如生时,而音容杅杳,益大恸已。理讣。

廿五日(9月14日)　仍理讣。

廿六日(9月15日)　发江西讣、湖北讣、直隶讣、浙江讣、安徽讣、山东讣。

廿七日(9月16日)　发广东讣、京讣、山东巨野徐讣,附他讣。

廿八日(9月17日)　二七,恽菘耘自常州来吊,刘雅苹来。寄京讣，又寄巨野讣、闽讣。

廿九日(9月18日) 朱修庭、沈中复、李景卿、钱君研、汪耕娱、沈旭初、世锡之、吴广盦、文小坡、朱竹石公祭。

八 月

朔日(9月19日) 发湖南各讣、贵州讣。寄王鹤琴信，托发贵州、湖南讣。又云南讣，广西讣。

初二日(9月20日) 发甘肃讣。

初三日(9月21日) 三寄巨野讣。

初四日(9月22日)

初五日(9月23日) 四寄巨野讣。

初六日(9月24日) 三七。本城绅士公祭，共二十五人。潘玉泩、彭讷生、顾子山、任筱园、潘谱琴、蒋心香、顾棣园、吴引之、潘顺之、吴子实、郑秋亭、沈瀓之、费幼庭、刘雅苹、费云昉、江蓉初、张月阶、吴培卿、吴语樵、贝康侯、程藻安、潘怡琴、郭子舲、江子山、尤鼎孚。

初七日(9月25日) 杨泾洲自无锡来唁。文小坡来。寄王鹤琴信。托递四川等讣。

初八日(9月26日) 五次发山东讣，作吊志事略。

初九日(9月27日) 彭少芗同年太守、胡通家鹏年信。得沈炉青唁信，祭幛。

初十日(9月28日) 作求墓志事略竟。得良士信，并奠仪十元；刘玉言同年太守自浙来信、幛。

十一日(9月29日)

十二日(9月30日)

十三日(10月1日)

十四日(10月2日) 伟如来唁信，奠仪百元。

十五日(10月3日) 王普芗粮道来祭并赙四十元；方右民来唁信，奠五十金。

十六日(10月4日) 廖彀士同年自浙来信、幛,奠仪三十元。

十七日(10月5日) 林少云同年太守自浙来唁信及幛,奠仪十二元。

十八日(10月6日) 得常盐道陈少希同年唁信,奠敬百元。

十九日(10月7日) 苏俗五七日。五鼓,家人举哀,设茶点供献,名曰闹五更。

二十日(10月8日) 吴培卿来祭;本家远斋侄来祭;潘让泉弟兄叔侄来祭。

廿一日(10月9日) 选接凤石信,即覆。

廿二日(10月10日) 得九江道子球宗人来信,奠仪百元。

廿三日(10月11日) 托织造贡车带经解寄送凤石,并作信交与。

廿四日(10月12日)

廿五日(10月13日) 兰轩自江右来,汪端伯奠廿金。

廿六日(10月14日) 六七。兰轩设奠,杨藕舫来。

廿七日(10月15日) 放晴。

廿八日(10月16日) 是日,请涪宾苏地名请司丧,到者只两席。

廿九日(10月17日) 官吊。

三十日(10月18日) 又雨,本地人来吊。

九　月

朔日(10月19日)

初二日(10月20日)

初三日(10月21日) 得李玉阶唁信,奠百元。

初四日(10月22日) 断七。

初五日(10月23日) 作凤石信,寄。

初六日(10月24日)

初七日(10 月 25 日) 得洪琴西、舒西园唁信,西园奠敬十二元。

初八日(10 月 26 日)

初九日(10 月 27 日)

初十日(10 月 28 日)

十一日(10 月 29 日)

十二日(10 月 30 日)

十三日(10 月 31 日)

十四日(11 月 1 日)

十五日(11 月 2 日) 程明甫自粤东回,来吊。

十六日(11 月 3 日)

十七日(11 月 4 日)

十八日(11 月 5 日)

十九日(11 月 6 日) 潘顺之丈作墓志竟,交来,冗长而乖体例。

二十日(11 月 7 日) 葬期已迫,不得已就顺老语气,为之重作。

廿一日(11 月 8 日) 仍作,而改削。

廿二日(11 月 9 日)

廿三日(11 月 10 日) 该文已毕。

廿四日(11 月 11 日) 得凤石信,暨都门各官唁信。

廿五日(11 月 12 日) 康侯、云章来,作手谈,以解闷郁。

廿六日(11 月 13 日) 为森儿改文一篇。

廿七日(11 月 14 日) 作谢信。

廿八日(11 月 15 日) 作合肥师谢信,附盛、戴、章、汪四信;又寄方右民谢信,附徐、何函;又彦墀信。杨艺芳自无锡赴津,过苏来唁,即托带津信。夜,作覆凤石信。

廿九日(11 月 16 日) 覆鹤巢、康民、寿农三信,并谢信稿,均寄。交凤石并附谢帖四十份,又作张芝甫信。

卅日(11 月 17 日) 书墓志铭。

十 月

朔日(11月18日) 书墓志铭。

初二日(11月19日) 书竟,出石则陆凤石也。

初三日(11月20日)

初四日(11月21日)

初五日(11月22日)

初六日(11月23日) 作彭受臣信,又芝浦信。

初七日(11月24日) 作芝浦信,舒西园信,及他谢;省八函,均皖省者,交墉弟带去。

初八日(11月25日) 作陆听云夫子信,亦交墉弟。

初九日(11月26日) 作金陵何、王、翁三谢信,并浙省谢信十六函。一寄何宅,一寄廖穀士。

初十日(11月27日) 徐绍圃乃郎徐国干襄廷来吊。

十一日(11月28日) 为森儿改文一篇。

十二日(11月29日) 作谢信。

十三日(11月30日) 作良士谢信,及李玉阶、何芷舠、黄星垣三信。适本家寿民来,即交之。得凤石信。江西寄来唁信数件。

十四日(12月1日) 作谢信,作凤石信。寄书。神主。

十五日(12月2日) 得柳门信。

十六日(12月3日) 一早赴墓视工。夜归,得皞民信。

十七日(12月4日) 寄江宁道班谢信,湖北彭、王、瞿、宋谢信,分别递寄。得戴孝侯自昌黎来唁信,暨奠洋大衍。

十八日(12月5日) 作柳门信、陈冠生信、小山信、泽普信,均交汪宅家人带东。

十九日(12月6日) 发金陵各官谢信。

二十日(12月7日) 理料出殡事,设奠一日,至夜奠别。亲友来者数十人,方寿乔来。

廿一日(12月8日) 寅初,起。卯正,发。引至二门口,登舟。路不及二里,回告。至家,奉安神主。乘轩出娄门,柩舟已到,用轮舟拖带。午正,即抵墓所。未正,起柩至墓。申正时,亲友送葬者咸集。酉初,奉柩入圹。哀曷可言,夜宿舟中。

廿二日(12月9日) 在墓监工。

廿三日(12月10日) 舟子需他往,遂先归。留老寿、万青、孙雨山在彼。

廿四日(12月11日) 得江黼文信、幛,并白面黄芽,即作覆信。

廿五日(12月12日) 百日设奠。

廿六日(12月13日) 谢客。吊程明甫次子之丧。秦寅生作古,开吊,得陪吊。沈澂之乃兄丧。

廿七日(12月14日) 唁吴晓沧母丧。

廿八日(12月15日) 赴墓。

廿九日(12月16日) 谢客。

十一月

朔日(12月17日) 作覆本家�臣信。

初二日(12月18日) 作覆本家昭则信、九叔信。

初三日(12月19日) 康侯、葆安、缉庭来谈,食山东薄饼。

初四日(12月20日) 赴墓。

初五日(12月21日) 作覆汪蘅舫信、冯培之信。潘伟如自江右归来,晤。

初六日(12月22日) 谢客,修庭约饭。晤吴仲英司马、龚仲人、季人。

初七日(12月23日) 谢客,晤沈中复,贺得京兆归,午饭。述之、菊生、云章来手谈。

初八日(12月24日) 赴墓,踏作完工,沈慎卿来。夜,覆汪蘅舫信。

初九日(12月25日)　午饭，谢客，晤程明甫、龚仲人。作江西信等十九封，均托冯培之转交；得小山、泽普信。

初十日(12月26日)　沈仲复来。作四叔信。

十一日(12月27日)　雨，章菊生来谈。

十二日(12月28日)　赴乡。

十三日(12月29日)　贝皖生、云章、菊生来谈。

十四日(12月30日)　新阳县李孟和来，晤。寄汉口张西园信，附四叔信，及他处谢信。

十五日(12月31日)　作戴孝侯信。送程明甫行。答李孟和，未晤；晤任筱园、培卿昆仲。

十六日(1885年1月1日)　应明病故。晨，为理料后事。葆安约竹游。

十七日(1月2日)　作潘莘田信。

十八日(1月3日)　得滕县高熙喆仲瑊信。吊辛君研夫人丧。拜署臬田芝亭，晤。

十九日(1月4日)　云章、菊生来谈。

二十日(1月5日)　任筱园、钱笣仙来。作覆顾皞民信，覆小山、泽普信，附覆高仲瑊信。

廿一日(1月6日)　拜客。递巨野信。

廿二日(1月7日)　雨，至沈仲复处，遇邱相士。

廿三日(1月8日)　作昭则信，交信客带。应明柩回里。

廿四日(1月9日)　作凤石信，并寄。皞民交局。

廿五日(1月10日)　赴乡。

廿六日(1月11日)　覆穆春岩等信。

廿七日(1月12日)　得凤石信。康侯竹游。

廿八日(1月13日)　康侯约竹游。拜许星台，晤；拜彭绍香，晤。

廿九日(1月14日)　竹游。

卅日(1月15日)

十二月

朔日(1月16日) 得泽普信。

初二日(1月17日) 作各谢信。

初三日(1月18日) 贺入泮。至谊卿处午饭。

初四日(1月19日) 赴墓。至报恩寺与云闲谈。

初五日(1月20日) 拜客。

初六日(1月21日) 丁经生、李景卿来。

初七日(1月22日) 至吴晓沧处吊母丧;至虎阜新建拥翠山庄。偕朱修庭、彭南屏公请徐星台、世锡之、任筱园。沈仲复以旋浙,未至。

初八日(1月23日) 先母生忌。

初九日(1月24日) 拜客。

初十日(1月25日) 江子山来,竹游。

十一日(1月26日) 仍竹游。

十二日(1月27日) 拜客。吊周叔陶前辈;贺王鲁芗堂上明日寿;拜汪耕余,晤。

十三日(1月28日) 赴墓种树,二毕。

十四日(1月29日) 培卿约竹游。得凤石信,暨京师各院信。

十五日(1月30日) 作冯培之信、汪端伯信,暨各谢信,寄。

十六日(1月31日) 午后,至小坡处。作洪琴西信,寄。

十七日(2月1日) 康侯约竹游。

十八日(2月2日) 吊钱君研夫人丧。

十九日(2月3日) 小坡约夜饮。作凤石信,寄。

二十日(2月4日) 沈旭初招午饭。

廿一日(2月5日) 潘玉淦均竹游。

廿二日(2月6日)

廿三日(2月7日)　述之诸人来观竹。

廿四日(2月8日)　饬庖治具。午后,世锡之约夜饮。

廿五日(2月9日)　约潘玉泉、程藻安、培卿竹游。

廿六日(2月10日)　皖生、菊生、述之来观竹。

廿七日(2月11日)

廿八日(2月12日)　祀先。

廿九日(2月13日)　偕小坡宴沈仲复、潘伟如、谱琴、彭南屏于家。得彭受臣信,知崇如弟故。

三十日(2月14日)　除夕。

光绪十一年乙酉(1885)

正　月

元旦(2月15日)　以服中,不祀神。晨,至祖先位前、潘太夫人位前行礼。

初二日(2月16日)

初三日(2月17日)

初四日(2月18日)　邀吴慎生夜饮。

初五日(2月19日)　五日例不出贺,惟日与家人纸牌消遣。

初六日(2月20日)　拜年。

初七日(2月21日)　雨雪,邀张筱轩夜饮。

初八日(2月22日)　仍雨雪。

初九日(2月23日)　沈瀓之、朱修庭、郑秋亭来看竹。

初十日(2月24日)　拜年,送慎生行。

十一日(2月25日)　康侯约看竹。

十二日(2月26日)

十三日(2月27日)　瀓之邀看竹。

十四日(2月28日)　拜年,至小坡处,遂夜饮。

十六日(3月2日)　康侯邀看竹。拜陈少希,未晤。

十七日(3月3日)　至丁经生处谈。沈炉春适自浙来,长谈。

十八日(3月4日)　祀先,收喜神。程尚斋来。

十九日(3月5日)　瀓之处看竹。拜炉春、伟如,均晤。

二十日(3月6日)　修庭处看竹。得东台信、汪端伯信及清云卿同年唁信。

廿一日(3月7日) 偕吴广盦、朱修庭宴炉青、伟如。游虎阜、留园,并入留园之左程夫子祠,为以前刘氏内园,湖石最胜,华盖峰尤雄,书诸名:岿然巨观也。

廿二日(3月8日) 秋亭于瀓之处邀看竹。拜李同年,晤浙江安吉县令。

廿三日(3月9日) 得凤石信、祝子安唁信。

廿四日(3月10日) 李同年来谈。

廿五日(3月11日) 请吴月岩,邀希玉作陪。作东台信,寄扬州厉宅。

廿六日(3月12日) 瀓之邀竹游。

廿七日(3月13日) 贺曹锦涛次子拔萃。至伟如处预祝,留饭焉。

廿八日(3月14日) 得覆高抟九同年,递。

廿九日(3月15日) 培卿、藻安约竹游。

卅日(3月16日) 小坡约午饭。

二月

朔日(3月17日) 作王鹤琴信,寄。夜,仲复来招。得方寿乔信。

初二日(3月18日) 阅彭氏会课卷,读汤伯硕《槃薖集》。

初三日(3月19日) 得祝子安信,刘璧礽信。

初四日(3月20日)

初五日(3月21日) 得凤石信。

初六日(3月22日) 修庭邀夜饭。

初七日(3月23日) 偕广盦、修庭、南屏、小坡、瀓之饯沈仲复。泛舟天平。至无隐庵饮,甚畅。得泽普信。

初八日(3月24日) 扫墓。归途至虎阜,晤云闲。

初九日(3月25日) 晤伯寅师。丁经生邀午饭。

初十日(3月26日) 康侯约看竹。

十一日(3月27日) 仍看竹。

十二日(3月28日)

十三日(3月29日) 拜蒋幹臣,晤。

十四日(3月30日)

十五日(3月31日) 伟如来辞行,往送,未晤;晤陈嵩诠同年,谈良久。

十六日(4月1日) 作凤石信,托伟如带京。

十七日(4月2日) 康侯约竹游。

十八日(4月3日) 作培之信,附江西各谢信。

十九日(4月4日) 清明,康侯处竹游。

二十日(4月5日) 答李献之廉访,晤。吴子和招饮。

廿一日(4月6日)

廿二日(4月7日) 文小坡招,陪李梦和饮。

廿三日(4月8日) 吊周叔畇前辈。至小坡处宴梦和。

廿四日(4月9日) 梦和来。

廿五日(4月10日)

廿六日(4月11日) 陈松泉同年招饮。

廿七日(4月12日) 藻安邀看竹。

廿八日(4月13日) 偕朱修庭、任筱园、郑秋亭、澂之公请蒋幹臣。

廿九日(4月14日)

三 月

朔日(4月15日) 高升来。得三婶信。

初二日(4月16日) 于小坡处宴陈松泉、汤伯硕、吴琬卿、润卿。

初三日(4月17日) 蒋幹臣于澂之处答席。作彦墀信,寄。

初四日(4 月 18 日)　作张芝浦信、彭受臣信。

初五日(4 月 19 日)　饭后登舟，作常州之行。至太子码头，待田炽庭，夕始晤。云轮舟尚未至。

初六日(4 月 20 日)　晨，先开，薄暮，至无锡城内，晤杨藕舫。

初七日(4 月 21 日)　待炽庭，不至，独游惠泉。归途，遇藕舫等，登黄婆墩。

初八日(4 月 22 日)　午刻，炽庭至。复等，游惠山，饮于舟。

初九日(4 月 23 日)　午后，抵常州，拜恽菘耘同年，晤。吊恽莘农母丧。朱雪岑、恽君石处不及晤，仅留刺焉。归舟，菘耘来别，炽庭言旋令高升随之往金陵，与张、彭信。

初十日(4 月 24 日)　过无锡，泊。

十一日(4 月 25 日)　过虎邱，访云闲，晤。暮归家。

十二日(4 月 26 日)　作楹帖十余件。

十三日(4 月 27 日)　贝皖生来，李海帆来。作韵卿信，托海帆带京。

十四日(4 月 28 日)　送海帆行，贺培卿迁居。

十五日(4 月 29 日)　作小山、泽普信，递。

十六日(4 月 30 日)　癸未庶常陈润甫来拜，吴广盦谒伯寅师，访文小坡，均晤。

十七日(5 月 1 日)

十八日(5 月 2 日)　修庭约竹游于舟。

十九日(5 月 3 日)

二十日(5 月 4 日)

廿一日(5 月 5 日)　杨见山处竹游，邀修庭、伯硕、润卿饮小坡处。

廿二日(5 月 6 日)　康侯约看竹。

廿三日(5 月 7 日)　得风石信。

廿四日(5 月 8 日)　方寿乔自浙来。

廿五日(5月9日) 玉洤丈约饮,看竹。

廿六日(5月10日) 任筱沅约午饭,遂游怡园,遇汪璇生,不晤已十余年矣。夜,小坡招饮。

廿七日(5月11日) 得张芝浦信。璇生来。

廿八日(5月12日) 答璇生。

廿九日(5月13日) 拜钱君研,晤。

四 月

朔日(5月14日)

初二日(5月15日) 得本家禹山信。

初三日(5月16日) 汪豫伯招隐于壶园。

初四日(5月17日)

初五日(5月18日) 康侯约看竹。

初六日(5月19日) 作字。

初七日(5月20日) 饮伯硕寓。

初八日(5月21日)

初九日(5月22日)

初十日(5月23日)

十一日(5月24日) 韩古农招饮留园。

十二日(5月25日) 陈小庄司马招游虎阜。

十三日(5月26日) 作翁叔平丈谢信。

十四日(5月27日) 拜陈小庄,晤;伯寅师释服,往拜。

十五日(5月28日) 世锡之、李景卿来。作彦墀信,覆鲁芝友信,并寄。

十六日(5月29日) 法清如自京来,留午饭,与游怡园。至小坡处。

十七日(5月30日) 谒寅师,晤。豫祝龚仲人太夫人七十寿,小坡招饮。

十八日(5月31日)

十九日(6月1日) 伯硕于壶园招饮。访澂之,晤。

二十日(6月2日)

廿一日(6月3日) 陈小庄招饮壶园。

廿二日(6月4日)

廿三日(6月5日) 云章来竹游。

廿四日(6月6日)

廿五日(6月7日)

廿六日(6月8日) 贝皖生约竹游,饮于壶园。

廿七日(6月9日) 覆过少华信,寄,并书件贺玉泾丈文孙合卺。

廿八日(6月10日)

廿九日(6月11日) 云章来拉,赴皖生请客舟中,至虎阜。

五　月

朔日(6月13日)

初二日(6月14日)

初三日(6月15日)

初四日(6月16日)

初五日(6月17日) 皖生约竹游。

初六日(6月18日)

初七日(6月19日) 康侯约竹游。

初八日(6月20日)

初九日(6月21日) 藻安约竹游。

初十日(6月22日) 饮姚彦侍、任筱园、朱修庭、文小坡、郑秋亭、吴子和于澂之处。

十一日(6月23日) 元熙叔来,丁经生来。

十二日(6月24日) 世锡之约饮于相王庙角山南榭。送周叔畇殡。

十三日(6月25日) 得法清如信。

十四日(6月26日) 饮陈小庄、周翼廷、汤伯硕、陆云孙于小坡处。

十五日(6月27日) 作柳门信。

十六日(6月28日) 作小山信,附柳门信,内递。

十七日(6月29日) 皖生招竹游。作清如信,寄。

十八日(6月30日) 移榻西院。饮壶园。得小山、泽普信。

十九日(7月1日) 得法清如信。

二十日(7月2日) 小坡来,同至织署,贺连任喜,饭焉。

廿一日(7月3日)

廿二日(7月4日)

廿三日(7月5日) 培卿约竹游。

廿四日(7月6日)

廿五日(7月7日) 彦侍招饮瀓之处。

廿六日(7月8日) 本家远斋开吊,往陪。午后,拜许星翁,未晤。至小坡处谈。

廿七日(7月9日) 皖生招竹游。

廿八日(7月10日) 作扇面,至贝氏看竹。

廿九日(7月11日) 潘萃田来,往拜,不值。至广盦处。偕南屏宴星台诸人,三鼓始归,惫甚。得汪蘅舫信,寄庐晓六信,交西号。

六　月

朔日(7月12日) 五月,苦雨弥月,晴曦忽照,喜可知已。得清如信。作字。

初二日(7月13日) 世锡之来,汪耕娱来,李宪之来。覆清如信,并汇银。

初三日(7月14日)

初四日(7月15日)

初五日(7月16日) 得凤石信。

初六日(7月17日) 访汪芝房,晤。

初七日(7月18日) 小坡招约黄芝生,饮。

初八日(7月19日)

初九日(7月20日) 叔涛年丈柩入城。往宝积寺吊。

初十日(7月21日) 徐仲篪招竹游,并饮。

十一日(7月22日) 作冯仲绅信,附入凤石信内寄。

十二日(7月23日)

十三日(7月24日)

十四日(7月25日) 汪瑜伯招竹游,并饮。

十五日(7月26日)

十六日(7月27日)

十七日(7月28日)

十八日(7月29日) 修庭、小坡、南屏招角山南榭。

十九日(7月30日)

二十日(7月31日)

廿一日(8月1日) 在瀓之处宴仲篪、瑜伯、修庭、小坡、秋亭,并竹游。

廿二日(8月2日) 宝积寺陪吊。薄暮,访望云、云舫,晤。

廿三日(8月3日) 作汪蘅舫信,寄。

廿四日(8月4日)

廿五日(8月5日) 藻安堂上十周年,往狮林寺,遂竹游。

廿六日(8月6日) 瀓之约竹游。

廿七日(8月7日) 皖生约竹游。

廿八日(8月8日)

廿九日(8月9日)

七　月

朔日(8 月 10 日)

初二日(8 月 11 日)

初三日(8 月 12 日)

初四日(8 月 13 日)

初五日(8 月 14 日)

初六日(8 月 15 日)

初七日(8 月 16 日)

初八日(8 月 17 日)　自此以后,秋暑甚炽。多年无此热矣。

初九日(8 月 18 日)

初十日(8 月 19 日)

十一日(8 月 20 日)　得方寿乔信。

十二日(8 月 21 日)

十三日(8 月 22 日)　暑甚。

十四日(8 月 23 日)　赴伟如处预祝七十寿,知伟如已由京回,将赴贵州任。

十五日(8 月 24 日)　先太夫人周忌,客络绎来。

十六日(8 月 25 日)　作凤石信、缉庭信、清如信,寄。

十七日(8 月 26 日)　谢客。

十八日(8 月 27 日)　谢客。

十九日(8 月 28 日)　作张筱轩信,寄。

二十日(8 月 29 日)　骤凉。

廿一日(8 月 30 日)　送曹载庵行。至康侯处,竹游。

廿二日(8 月 31 日)　仍竹游。

廿三日(9 月 1 日)　又看竹。

廿四日(9 月 2 日)

廿五日(9 月 3 日)　朱修庭、小坡招七襄公所。

廿六日(9月4日)

廿七日(9月5日)　赵菊生招怡园。陪世锡之昆仲。

廿八日(9月6日)

廿九日(9月7日)

三十日(9月8日)　得风石信。

桂　月

朔日(9月9日)　偕修庭、彦侍、南屏宴伟如、小坡于舟。游虎阜。

初二日(9月10日)　康侯约看竹。作方老寿信寄。

初三日(9月11日)　作字。

初四日(9月12日)　作字。得许启山同年信。

初五日(9月13日)　康侯生日,往看竹。

初六日(9月14日)　病耳。

初七日(9月15日)　服药、作字。

初八日(9月16日)　作风石信,寄。作字。

初九日(9月17日)　书《南菁书院碑记》。

初十日(9月18日)　书竟。

十一日(9月19日)　午后,至康侯处谈。作程尚斋信;覆茝轩信,寄。

十二日(9月20日)　侯云舫答潘梅公。夜,至广盦处。

十三日(9月21日)　蒋幹臣约游虎阜。

十四日(9月22日)　康侯约看竹,夕至澂之处饮。

十五日(9月23日)　夜偕贝皖生步月,至张月阶处听曲。

十六日(9月24日)　得风石信。

十七日(9月25日)

十八日(9月26日)　偕玉洤、广盦、修庭、彦侍、小坡宴彭南屏于石湖画舫,云集以千计,巨观也。顾皞民来,下榻,夜谈至三鼓。

十九日(9月27日)　午后,偕皞民至元妙观茗室,遇赵晋卿。

二十日(9月28日) 宴皞民、澂之、康侯、培卿于家。

廿一日(9月29日) 澂之处看竹。

廿二日(9月30日) 吴子实来,留夕饭。

廿三日(10月1日) 吴琬卿、文小坡招饮。作许启山四川同年信,谢信。

廿四日(10月2日) 培卿招竹游,夜饮。得凤石信。

廿五日(10月3日) 郑秋亭六十寿,往拜。

廿六日(10月4日) 广盦招饮,遂竹游。得洪禹山信。

廿七日(10月5日) 作凤石信,寄;得冯伯绅信。

廿八日(10月6日) 秋亭处曲局,看竹。玉洤招饮小坡处,夕往。

廿九日(10月7日) 澂之处竹游。拜任畹香,晤。

九 月

朔日(10月8日) 南屏携樽来,散后复至澂之处夜饮。得王菘云信。

初二日(10月9日) 姚彦侍招饮。

初三日(10月10日) 作凤石信,寄。顾康如招饮。

初四日(10月11日) 康侯招竹游。

初五日(10月12日)

初六日(10月13日)

初七日(10月14日)

初八日(10月15日) 自缉庭来司,作配享,忙极。

初九日(10月16日) 澂之招竹游。

初十日(10月17日) 作覆禹山信,寄杭。

十一日(10月18日) 世锡之招角山南榭。

十二日(10月19日) 招王鹤琴、贝康侯、吴望云、培卿、缉庭持螯。

十三日(10月20日) 送缉庭行。

十四日(10月21日) 陈翰芬夫人开吊,往,遂至龚仲人处竹游。

十五日(10月22日)

十六日(10月23日)

十七日(10月24日)

十八日(10月25日) 世锡之、冯培芝招小坡处。

十九日(10月26日) 程藻安约竹游。

二十日(10月27日)

廿一日(10月28日) 作戴艺郛信,寄。

廿二日(10月29日) 吴子和招饮。

廿三日(10月30日) 至培卿处谈。锡之招角山南榭。

廿四日(10月31日) 仲人偕修庭招饮。

廿五日(11月1日) 清卿来,遂往夜谈。

廿六日(11月2日) 南屏约看菊兰园。

廿七日(11月3日) 澂之招泛舟虎阜。

廿八日(11月4日) 偕彦侍、小坡宴世锡之昆仲、仲人、南屏于角山。董新甫来。

廿九日(11月5日) 偕彦侍、秋亭宴蒋幹臣、潘玉丈、李萃生于澂之处。

三十日(11月6日) 偕彦侍宴董新甫、仲人、徐砺青,又至澂之处夜饮。

十　月

朔日(11月7日) 杨韶和大令来名易荣,休宁人。午后,拜客,至小坡处。夜,持螯。

初二日(11月8日) 贝皖生、刘念椿、菊生来看竹。作沈芸阁粤藩同年信。

初三日(11月9日) 剃发。彦侍来;秋亭来。薄暮,至康侯处,遂看竹。

初四日(11月10日) 送倪子兰行,未晤。至瀓之处看竹,汪宾斋之招夜饮。

初五日(11月11日) 至蔡子斋、程藻安处,贺嫁娶喜。归后,清卿来谈。夜,瀓之、宾斋、幹臣招陪萧子。

初六日(11月12日) 藻安招看竹。作张筱轩覆信。

初七日(11月13日) 答浙江主考潘峄琴同年,晤。康侯招看竹。

初八日(11月14日) 戴少梅赴浙过此,来。杨韶和休宁人,名昌荣大令招饮。

初九日(11月15日) 卫静澜中丞回住,往拜。答陈嵩佳,晤。偕彦侍宴少梅。

初十日(11月16日) 黎明起,出城,答少梅。偕彦侍、南屏宴清卿、小坡、伯硕于舟。游天平,观红叶。茗话于下白云僧舍。观清卿放洋枪,更余归。

十一日(11月17日) 剃发。费云舫招;陪清卿、倪子兰招饮于传宅。得龙筠圃、尹滉轩唁信。

十二日(11月18日) 作答凤石信,交刘升带往。修庭、广盦招饮,并竹游。得冯培之信。

十三日(11月19日) 拜清卿太夫人常诞。贺瀓之子中式开贺。

十四日(11月20日) 清卿处夜宴。得戴艺郛信。作颜三芝师唁信,寄。

十五日(11月21日) 王仙根、尤鼎甫、江子山约饮怡园,观顾良翁所藏《巨然万壑图》长卷,神物也。夜,广盦招饮,又至瀓之处。

十六日(11月22日) 答新孝廉潘尚志心存,晤。至圆通庵吊彭芍庭。夜,瀓之、秋亭、藻安约饮,皆配享清卿之局。得舒西园信。

十七日(11月23日) 瀓之处竹游。得许少琛信。

十八日(11月24日)　江都新孝廉张筱舫来。作覆缉庭信、清如信,交兰石。

十九日(11月25日)　杨见山太守处竹游。澂之处公饯兰石。

二十日(11月26日)　贺吴希玉开贺。送清卿行;送伯硕行。

廿一日(11月27日)　作覆小山信、泽普信、顾小斋信,递。夜,至小坡处,宴李梦鹤。

廿二日(11月28日)　作凤石信,递。拜杨韶和、王鲁卿,晤。

廿三日(11月29日)　吊乔翰卿,遂至小坡处,缉庭招夕饮。

廿四日(11月30日)　李梦鹤招饮小坡处。

廿五日(12月1日)　至小坡处宴梦鹤、彦侍、秋亭、徐异之。

廿六日(12月2日)　贺嫁娶喜五处;吊李眉生,甚惫。闻谊卿归自粤。

廿七日(12月3日)　夜,至谊卿处谈。

廿八日(12月4日)　杨妾病。

廿九日(12月5日)　康侯约竹游。

十一月

朔日(12月6日)　杨韶和来;徐异之来。

初二日(12月7日)　文小坡来,陆介眉招饮。

初三日(12月8日)　拜锡席卿,未晤;晤王友松同年。贺谭序初前辈升鄂抚。至陈松泉处午饭。拜王鲁芗,贺升粤都转。

初四日(12月9日)　世锡之招,陪席卿午饭。至谊卿处、姚彦侍处。

初五日(12月10日)　黎明起,冒雨至留园,偕陆云孙、小坡宴席卿。

初六日(12月11日)　杨妾病仍未减,烦极。作屏联数件。

初七日(12月12日)

初八日(12月13日)　贺嫁娶喜数处。至小坡处。

初九日(12月14日) 作汪蘅舫同年信,递寄信局。杨妾脊筋痛多天,请俞针科来针,即止痛。叶云章邀往怡园;汪宾斋邀夜饮。

初十日(12月15日) 修庭来,贝皖生来,遂至贝宅竹游。杨妾病又反复。

十一日(12月16日) 雨。邀陈韵泉来诊,谵语大减。

十二日(12月17日) 得林少云覆信。

十三日(12月18日) 病渐减。午后,至曹希龄处谈,遂夜饭。

十四日(12月19日) 答徐颂阁前辈;答刘主事家模戊辰,年侄。拜世锡之太夫人寿,未入。至谊卿处谈。

十五日(12月20日) 瀓之来。

十六日(12月21日) 至文小坡处,公觞彦侍。

十七日(12月22日) 书刘叔涛墓志。

十八日(12月23日) 至彦侍处谈。书墓铭竟。

十九日(12月24日) 贺吴语樵嫁女喜。闻潘玉泉丈病。至曹希龄处。

二十日(12月25日) 书朱孝子名立增传。得徐小山信、方老寿信。杨妾病。

廿一日(12月26日) 书扇面。答沈瀓之、世锡之、汪耕娱、朱修庭。招陪徐颂阁。

廿二日(12月27日) 作字。偕彦侍、广盦觞颂阁、锡之、耕娱、修庭。

廿三日(12月28日) 吴召棠招饮。

廿四日(12月29日) 康侯招竹游。得凤石信、晏紫澜信、陈冠生信。

廿五日(12月30日) 至广盦处、小坡处,遂与徐异之夜饮。

廿六日(12月31日) 吊彭南屏夫人丧。

廿七日(1886年1月1日) 吊李海帆。贺李宪之署藩、朱竹石署臬。殷柯膏释服,拜往。

廿八日(1月2日) 夜受寒,晨服药。赵菊生来,偕至元妙观啜茗。

廿九日(1月3日) 作字。

卅日(1月4日) 得陈冠生信。

十二月

朔日(1月5日)

初二日(1月6日) 吴子实招竹游。

初三日(1月7日) 至陆介眉处,至小坡处,遂与修庭、异之夜饮。

初四日(1月8日) 朱竹石来。日下春。至元妙观,遇吴润卿,啜茗。

初五日(1月9日) 宴陆介眉、吴召棠、汪瑜伯于曹希龄处。

初六日(1月10日) 叶云章、何述之、许小亭来竹游。

初七日(1月11日) 修庭招饮。

初八日(1月12日) 太夫人生忌。康侯、刘念椿、费理劭来,竹游。

初九日(1月13日) 出胥门,吊彭芍亭,柩至苏。王鲁芗招饮。

初十日(1月14日) 芍亭柩入城。赴葑门新宅。至培卿处午饭。

十一日(1月15日) 作凤石信、陈冠生信,托臬署递;得曾君表信。

十二日(1月16日) 康侯约看竹,杨韶和招饮澂之处。

十三日(1月17日) 公祭芍亭。至宝积寺,刘叔涛年丈母丧。往拜。李梦鹤来省。小坡夜招。

十四日(1月18日) 广盦释服,往拜。贺韩古农署粮道。答吴子佩明府。宴彭南屏、修庭于小坡处。

十五日(1月19日) 至汪瑜伯处。

十六日(1月20日) 作王逸梧信,递。

十七日(1月21日) 作字。访彦侍,谈。

十八日(1月22日) 汤伯述来。小坡招饮。

十九日(1月23日) 吊芍亭,觞吴学岩师。贝宅竹游。

二十日(1月24日) 竹游。得倪子兰信。

廿一日(1月25日) 补祝坡公生日(十九)于瘦碧行寓。

廿二日(1月26日) 龚蔼人昆仲邀饮。

廿三日(1月27日) 觞王鲁芗、朱竹石、李景卿于广盦处。盛杏荪作不速客。

廿四日(1月28日) 大寒。竹石邀饮,公觞蔼人昆仲于彦侍处。

廿五日(1月29日) 拜杏荪,晤。觞彦侍、伯硕、子静于小坡处。

廿六日(1月30日)

廿七日(1月31日) 过少华来。作林少云同年信,交之。

廿八日(2月1日) 得泽普信。

廿九日(2月2日) 潘玉泉作古,往。得同年胡廷琛赙信。

除夕(2月3日) 清晨,赴潘宅送殓。申初,归,张筱轩来。

光绪十二年丙戌(1886)

正　月

元旦(2月4日)　立春。俗语“百年难遇岁朝春”,今遇之,其幸何如?然溯自嘉庆,至道光,皆岁朝春,七十年中已三度矣。以例不贺年。优游无事。康侯来,竹游。

初二日(2月5日)

初三日(2月6日)　忌辰。文小坡来潘宅,得往陪吊客,盖中丞、织造也。

初四日(2月7日)

初五日(2月8日)　吴谊卿来。

初六日(2月9日)　拜年,竟日。

初七日(2月10日)　拜年。仲人、修庭,约作诗钟会。李宪之、龚蔼人、姚彦侍、吴广盦皆会。沈旭初后至。

初八日(2月11日)　游元妙观,遇彦侍,遂茗叙。

初九日(2月12日)

初十日(2月13日)　拜陈松泉五十寿。培卿、谊卿约竹游。

十一日(2月14日)　仍作诗钟会于修庭处,彦传作主。得凤石两信、泽普信。

十二日(2月15日)　松泉来谈。覆凤石信、泽普信。致小山信,并递学署。

十三日(2月16日)　拜客。

十四日(2月17日)　作诗钟会于修梅阁。

十五日(2月18日) 又会。

十六日(2月19日) 谊卿招竹游。拜松泉五十寿,松泉招饮。

十七日(2月20日)

十八日(2月21日) 得小山信。

十九日(2月22日) 会诗钟于旭初处。

二十日(2月23日) 藻安招竹游。

廿一日(2月24日) 吊修庭断弦。至希玉处。

廿二日(2月25日) 贺菊生娶媳。程序东招饮。闻小坡归,往谈。得泽普信。

廿三日(2月26日)

廿四日(2月27日) 小坡招饮。

廿五日(2月28日) 张月阶招竹游。

廿六日(3月1日) 偕彦侍、广盦宴小坡、吴子备、王念劬、谊卿。

廿七日(3月2日) 吊郑秋亭妻丧。

廿八日(3月3日) 子备招饮。

廿九日(3月4日)

二　月

朔日(3月6日)

初二日(3月7日) 姚筠溪招竹游。

初三日(3月8日) 修庭招饮。

初四日(3月9日)

初五日(3月10日) 连日作赠宪之诗七律四首。

初六日(3月11日) 彭南屏、徐砺青招于小坡处。

初七日(3月12日) 送小坡行,遂至广盦处看竹。

初八日(3月13日)

初九日(3月14日)

初十日(3 月 15 日) 偕澂之宴培、谊二君，秋亭，藻安，筠溪，瑜伯。

十一日(3 月 16 日)

十二日(3 月 17 日) 潘季玉丈开吊，邀陪客。

十三日(3 月 18 日)

十四日(3 月 19 日)

十五日(3 月 20 日) 藻安约竹游。

十六日(3 月 21 日) 南屏夫人开吊。

十七日(3 月 22 日) 澂之太夫人百岁冥诞，往拜。午时，登舟，赴木渎。

十八日(3 月 23 日) 以雨，会未出。偕筱园、费幼庭游钱园，风景甚佳，而荒废可怜。筱园招饮。

十九日(3 月 24 日) 闻会在胥口一带，开舟往看。暮归木渎，幼庭招饮。

二十日(3 月 25 日) 晨开，午返。得方老寿信。

廿一日(3 月 26 日) 闪晋臣中翰招饮。

廿二日(3 月 27 日) 江蓉初、张绣圃、郑秋亭招于藻安处。

廿三日(3 月 28 日) 扫墓，遂至虎阜访云闲，不值，游憨憨泉而回。

廿四日(3 月 29 日) 作方老寿信，寄。拜程序东、李宪之，均晤。

廿五日(3 月 30 日) 拜。作许竹篔信、朱修庭夫人挽联。

廿六日(3 月 31 日)

廿七日(4 月 1 日)

廿八日(4 月 2 日)

廿九日(4 月 3 日)

三 月

朔日(4月4日) 费幼亭来。

初二日(4月5日) 清明,幼亭招辞之,李宪之来。

初三日(4月6日)

初四日(4月7日)

初五日(4月8日)

初六日(4月9日) 问澂之疾。长谈。

初七日(4月10日) 修庭夫人丧,得陪客。得黄子中信。

初八日(4月11日) 康侯约竹游。

初九日(4月12日) 吊汪岸青太翁丧、朱研生太夫人丧。至吴,至宝积寺吊。

初十日(4月13日) 朱修庭招饮。

十一日(4月14日) 作蔚卿信、小山信。

十二日(4月15日) 刘文澜诸人招于修庭处。作泽普信,作彦申、彦墀信。

十三日(4月16日) 拜杨绍和,晤。送谊卿行。作王念劬信、张筱轩信。

十四日(4月17日) 广盦招。

十五日(4月18日) 封各信交刘堃,附谊卿舟,由沪赴东。

十六日(4月19日) 刘文澜招于修庭处。得许星台信。

十七日(4月20日) 得方老寿信。梁琛河南人,癸亥、戊辰补殿,亦认同年。浙江知县改道来,晤;杨子通来,晤。

十八日(4月21日) 偕广盦诸人公请沈旭初、子梅游留园。视尤鼎孚,晤。

十九日(4月22日) 答杨子通,未晤。作昭则信。送小姨行。

二十日(4月23日) 云生、润卿来招饮。停食,病。

廿一日(4月24日) 南屏拉赴角山南榭。

廿二日(4月25日) 幼亭招锡山舟。辞之，不获。世锡之招虎阜，辞之。

廿三日(4月26日) 得方老寿信。

廿四日(4月27日) 贺吴引之、任筱园嫁娶喜。拜王云庄，晤。

廿五日(4月28日)

廿六日(4月29日) 偕广盦、彦侍觞幼亭、文楠、子佩、南屏、澂之于无锡舟。

廿七日(4月30日) 吊吴引之丧。答宗载之。至电局。新安馆春祭。夜觞彦侍、广盦、文楠。

廿八日(5月1日) 吊汪凫洲丧。诗钟会于修庭处。

廿九日(5月2日) 拜程序东，晤。世锡之招角山南榭。

卅日(5月3日) 病。

四　月

朔日(5月4日)

初二日(5月5日)

初三日(5月6日) 钱君研、李景卿、广盦招世锡舟。

初四日(5月7日) 潘玉洤出殡。招陪客。

初五日(5月8日)

初六日(5月9日) 吴子备招锡舟。李宪之来。

初七日(5月10日) 尤鼎甫母丧，招陪客。

初八日(5月11日) 朱研生母丧，开吊，招陪客。得彦墀信。

初九日(5月12日)

初十日(5月13日)

十一日(5月14日)

十二日(5月15日) 诗钟会于家。

十三日(5月16日)

十四日(5月17日) 费幼庭招竹游。

十五日(5 月 18 日)

十六日(5 月 19 日) 各处贺入泮喜。康侯处竹游。

十七日(5 月 20 日) 杨韶和招饮。

十八日(5 月 21 日)

十九日(5 月 22 日) 得本家荩臣信。

二十日(5 月 23 日) 藻安约竹游。

廿一日(5 月 24 日) 作覆荩臣信,寄。得梦云同年信。

廿二日(5 月 25 日) 偕云舫、广盦宴朱研生、潘幸芝、谱琴。

廿三日(5 月 26 日) 得汤伯硕信。

廿四日(5 月 27 日)

廿五日(5 月 28 日) 冯申之灵柩到苏。至昌善局。

廿六日(5 月 29 日) 潘谱琴借座,作诗钟。

廿七日(5 月 30 日) 至彦侍处。剃发。

廿八日(5 月 31 日) 芷轩来。出城,至船,见二太太、姑太太。瀓之招饮。

廿九日(6 月 1 日) 答朱竹石。贺吴葆之署新阳。赵菊生招角山南榭。

五 月

朔日(6 月 2 日) 清晨,起,访冯培之,晤。钱君研招竹游于康侯处。

初二日(6 月 3 日) 接李梦鹤信,即出门,吊江蓉初夫人丧。至梦鹤舟。

初三日(6 月 4 日) 谱琴招诗钟。得徐小山信、陈少希信、刘堃信。

初四日(6 月 5 日) 黄子中同年来。得黄子奇信。

初五日(6 月 6 日) 答子中。拜朱修庭,晤。

初六日(6 月 7 日) 至贝宅竹游。作马眉叔信,交子中。

初七日(6月8日)

初八日(6月9日) 冯申之开吊。往陪宾。

初九日(6月10日) 辛芝招饮。至李景卿处谈。

初十日(6月11日) 作程尚斋信,递。

十一日(6月12日) 吴荫之开吊,往陪宾。诗钟会于滋斋处。

十二日(6月13日) 偕彦侍宴锡之、君研、广盦、修庭、南屏于角山南榭。

十三日(6月14日) 拜恽太夫人寿。拜汪耕娱,晤。吴语樵招瀓之处。

十四日(6月15日) 瀓之招竹游。杨绍和招刘堃。回,得小山、蔚卿信,泽普信,彦申、彦墀信。

十五日(6月16日) 作汤伯硕信,寄。得马眉叔信。

十六日(6月17日) 贺卫中丞调浙抚喜。吊吴守宪。拜朱伯华,晤。吴子实招饮,并竹游。文小坡归,往夜谈。

十七日(6月18日) 藻安约竹游,并午饮。吊丁侣渔同年丧。

十八日(6月19日) 清晨,赴乡,为二兄、四弟葬事。申刻,归。

十九日(6月20日) 访陆绶生,晤。出城,至留园,偕任筱园、彦侍、修庭宴伯华。

二十日(6月21日) 作永新拨贡郭师古厦庵,著《毛诗韵谱》覆信。作龙筠圃、尹湜轩覆信,彦墀信。

廿一日(6月22日) 藻安处竹游,滋斋、秋亭作主人。托培之寄江右信。

廿二日(6月23日) 作方右民信,并彦墀信,寄。吴润卿招壶园。访杨绍和,谈。

廿二日(6月24日) 广盦招诗钟。

廿四日(6月25日) 作伯述信,托朱伯华带交。

廿五日(6月26日) 吴子佩招舟游。至留园。

廿六日(6月27日) 康侯招饮。

廿七日(6月28日)

廿八日(6月29日)

廿九日(6月30日) 培卿约竹游。

卅日(7月1日)

六 月

朔日(7月2日) 作茝轩信,并洋花甲寄。康侯邀竹游。

初二日(7月3日) 作荃师信、伯述信,寄。至彦侍处。

初三日(7月4日) 作楹联。得汪蘅舫专信,即覆。

初四日(7月5日) 作田炽庭信,递。

初五日(7月6日)

初六日(7月7日) 锡之邀饮壶园。

初七日(7月8日)

初八日(7月9日)

初九日(7月10日) 诗钟会于瞿园。甚暑。

初十日(7月11日) 作凤石信、小山泽普信,递。

十一日(7月12日)

十二日(7月13日) 偕南屏宴锡之诸人于角山南榭。

十三日(7月14日) 作徐蔚卿信,得凤石信。

十四日(7月15日) 汪耕娱来。作青州程绥安信,并蔚卿信,递。

十五日(7月16日)

十六日(7月17日)

十七日(7月18日) 得伯硕信。

十八日(7月19日) 广盦、南屏、景卿招角山竹游。

十九日(7月20日) 秦仲刚大令自无锡来。得梅少岩前辈信,唁信。

二十日(7月21日) 答仲刚;答程尚斋信,寄。石洲所占课占余年□也。

廿一日(7月22日)

廿二日(7月23日)　赴叶菊裳处吊母丧,遂与广盦、康侯、景卿竹游瑞莲庵。

廿三日(7月24日)　仲刚来,辞行。

廿四日(7月25日)　偕彦侍、广盦、南屏、云孙、小坡南荡观荷。归。舟有蝶,集于船顶玻璃。余见之彩,送其出窗外。以扇兜之不下,徐飞,下栖船槛。小坡以手就之,遂集指上。小坡诧为四足太常仙蝶,取酒饮之,展长须如象鼻就手饮。余始犹不信,继见饮酒,知非常蝶,亦以指就之。复舍小坡来就余,仍饲以酒,展须,饮如前。同人议绘图,而面色未明晰。蝶乃振翅,黄色黑章,灿烂夺目,大逾粉蝶三倍,有如识人意,状未几,飞去。此游诚奇遇也。

廿五日(7月26日)　作梅少岩谢信,并丁霁园谢信,交仲刚。

廿六日(7月27日)

廿七日(7月28日)　得田炽庭信。

廿八日(7月29日)　诗钟会于拙政园,甚暑。

廿九日(7月30日)　吊潘少吾丧。

七　月

朔日(7月31日)　康侯招竹游。

初二日(8月1日)

初三日(8月2日)　锡之邀拙政园。

初四日(8月3日)

初五日(8月4日)

初六日(8月5日)　瀓之邀拙政园竹游。

初七日(8月6日)　诗钟会与广盦处。

初八日(8月7日)　得许竹筼信。

初九日(8月8日)

初十日(8月9日) 作汤伯述信,寄。

十一日(8月10日) 拜卫静澜中丞,晤。答胡云台。康侯处竹游。

十二日(8月11日)

十三日(8月12日) 静澜前辈来。作曹荔庵信,寄。

十四日(8月13日)

十五日(8月14日) 先母二周年。

十六日(8月15日) 谢客。答崧振卿中丞。拜蒋幹臣。

十七日(8月16日) 谢客。诗钟公饯宪之方伯于兰园。

十八日(8月17日) 作张芝浦信,寄。

十九日(8月18日) 公饯南屏于相王庙。

二十日(8月19日) 闻康侯病危,往视。

廿一日(8月20日) 藻安约竹游。朱竹石来。

廿二日(8月21日) 康侯入殓,往吊,陪客。锡之招拙政园。

廿三日(8月22日) 卫中丞来,辞行。

廿四日(8月23日) 送静翁行。至小坡处。答恽季文,晤。

廿五日(8月24日) 宴冯培之、彭伯衡、吴语樵、程藻安、沈澂之、郑秋亭、吴培卿、潘辛芝、宪之。改邀沈兰台竹游。

廿六日(8月25日)

廿七日(8月26日) 拜李宪之,晤。

廿八日(8月27日) 作字。为云闲书《虎阜寿田记》。钱笣仙来。

廿九日(8月28日) 作字。

八　月

朔日(8月29日) 雨,作字。

初二日(8月30日) 题宪之诗《梦钟声图》。

初三日(8月31日) 拜藻安太翁百岁冥诞。竹游。

初四日(9月1日) 瀓之、秋亭、语樵招无锡舟。得盛杏荪信。

初五日(9月2日) 作徐小山信,递。

初六日(9月3日) 公祭康侯。瀓之、潘辛芝、任月华来竹游。

初七日(9月4日) 拜筱沅,晤。彭伯衡招相王庙看竹。

初八日(9月5日) 贝皖生约看竹。

初九日(9月6日) 作字。

初十日(9月7日) 作字。

十一日(9月8日) 徐云山招月阶、藻安、秋亭,招竹游于舟。

十二日(9月9日)

十三日(9月10日)

十四日(9月11日) 闻南屏死信,往慰讷丈。

十五日(9月12日)

十六日(9月13日) 蒋幹臣邀舟游。

十七日(9月14日)

十八日(9月15日) 彦侍、文楠招石湖,未往。吊南屏。

十九日(9月16日) 至刘文楠处谈。

二十日(9月17日) 小坡招陪杨子通。

廿一日(9月18日) 答子通。广盦、彦侍招小坡处。

廿二日(9月19日) 陈慕蕃招,未赴。

廿三日(9月20日)

廿四日(9月21日) 陈少希来。

廿五日(9月22日) 偕彦侍、小坡宴锡之于拙政园。并招子佩、云山、慕蕃。

廿六日(9月23日) 答少希。

廿七日(9月24日) 作胡云楣信,寄。作王鲁芗信,寄。倪子兰转呈。

廿八日(9月25日) 康侯开吊,往。

廿九日(9月26日)

三十日(9月27日)

九 月

朔日(9月28日)

初二日(9月29日) 招贝皖生、许小亭、刘念桂竹游。恽莘农、菘耘来。

初三日(9月30日) 贺刘文楠、李景卿娶媳。至拙政园宴二恽。

初四日(10月1日)

初五日(10月2日)

初六日(10月3日) 拜客。刘文楠招拙政园。

初七日(10月4日) 藻安招看竹。

初八日(10月5日)

初九日(10月6日) 吴子佩招登高虎阜。

初十日(10月7日)

十一日(10月8日) 藻安招看竹。

十二日(10月9日) 作方老寿信,交孙俨若。

十三日(10月10日) 答君表,未值。吴子实招看竹。

十四日(10月11日) 答邹咏春,晤。君表招怡园。

十五日(10月12日) 新安会馆祭朱子位。培卿招饮。

十六日(10月13日) 偕小坡招叶翥云、曾君表、吴小硕、陆云孙、尤鼎孚饮。

十七日(10月14日) 贺任畹香、殷权亭弟、陈馨山子嫁娶喜。答王西山,未值。翥云招饮。

十八日(10月15日) 任筱园来,瀓之、秋亭、培卿来。竹游。

十九日(10月16日) 偕广盦、彦侍、修庭觞壶园,并饯任越华。

二十日(10月17日)

廿一日(10月18日) 沈子梅来。作杨藕舫信,寄。

廿二日(10 月 19 日) 晤杨绍和、任筱园;拜子梅,未晤;潘芸孙来。

廿三日(10 月 20 日) 雨。

廿四日(10 月 21 日) 绍和招饮于舟。得杨藕舫信。

廿五日(10 月 22 日) 藻安处看竹。得小山信。作贺培卿子喜联。桂斧香凝连理树,菊醪暖浥合欢杯。

廿六日(10 月 23 日) 拜李宪之,晤。公饯于修梅,兼会诗钟。

廿七日(10 月 24 日) 作挽彭南屏联等别离只有旬余,不图归得难偿陈梦解溪,仙蝶似邀琼岛去;论乎内决无死理,翻恨荐书多事旅魂燕市,啼鹃长恋白云飞。备钟会于修梅社,请李宪之。

廿八日(10 月 25 日) 培卿处贺喜。

廿九日(10 月 26 日) 彦侍招无锡舟。

十 月

初一日(10 月 27 日) 培卿处看竹。

初二日(10 月 28 日) 诗钟会于广盦处。饯宪之。

初三日(10 月 29 日) 吊汪岸青丧,南屏丧。

初四日(10 月 30 日) 释服,客纷至。

初五日(10 月 31 日) 作屏。魁文农太守母寿。

初六日(11 月 1 日) 作屏。

初七日(11 月 2 日) 屏竟。

初八日(11 月 3 日) 任筱沅约无锡舟。

初九日(11 月 4 日) 作尚斋信。

初十日(11 月 5 日) 作方寿乔信。拜魁文农母寿,遂至培卿处看竹。

十一日(11 月 6 日) 曹荔庵来。

十二日(11 月 7 日) 芍庭周年往拜。答荔庵、小坡。约壶园,甚醉。

十三日(11月8日) 贺培卿太夫人冥诞并竹游。梦鹤约壶园。

十四日(11月9日)

十五日(11月10日) 拜崧骏峰中丞同年、朱竹石廉访,晤。宴梦鹤于壶园。

十六日(11月11日) 作楹帖;作盛杏荪信。寄灾民棉衣裤款、王念劬信。

十七日(11月12日) 朱竹石来。魁文农请戏酒于八旗会馆。盛、王信托培卿寄。

十八日(11月13日)

十九日(11月14日) 贺广庵娶媳喜,遂竹游。

二十日(11月15日) 儿媳为内子补祝五旬。

廿一日(11月16日) 广盦处公分看竹。

廿二日(11月17日) 康侯处题主。理磁器。

廿三日(11月18日)

廿四日(11月19日) 送康侯葬。偕菊生、小亭、徐翰卿舟中,竹游。得尚斋信。

廿五日(11月20日) 搬房。本家禹山来下榻。

廿六日(11月21日) 拜李景卿、郑秋亭。贺张屺堂。接杲义、闪晋臣招演武厅。卜筑初成,饶有远景。赵妾入门。

廿七日(11月22日)

廿八日(11月23日) 彦侍、广盦招壶园。

廿九日(11月24日)

卅日(11月25日)

十一月

朔日(11月26日) 作字。

初二日(11月27日) 作字。

初三日(11月28日) 作叶翥云信,并寄扇封,以谢其送针线。

初四日(11月29日)　得王鲁芗覆信。

初五日(11月30日)　拜沈毂成同年，晤。

初六日(12月1日)　奉叔璋尚衣招饮。

初七日(12月2日)　澂之来；秋亭来。

初八日(12月3日)　王仙根弟妇开吊，往。拜汪耕余，晤。江子山招竹游。

初九日(12月4日)　为彭芍亭书墓志。沈毂成来，彦侍、小坡来，遂留夜饮。

初十日(12月5日)　仍书墓志。得汪端伯同年信。

十一日(12月6日)　秦芍舲昆季除丧，往拜。书墓志竟。

十二日(12月7日)　王仙根招点主。至怡园，偕任筱园诸人宴奉叔璋、张屺堂、成月坪。

十三日(12月8日)　吊彭老八妇丧。赵价人、陆云孙来，同至文乐园夜饮。

十四日(12月9日)　得本家昭则信，许竹筼同年信。

十五日(12月10日)

十六日(12月11日)　书联助赈。

十七日(12月12日)　云章来竹游。

十八日(12月13日)　作字。

十九日(12月14日)

二十日(12月15日)　云章诸人来竹游。

廿一日(12月16日)

廿二日(12月17日)　答冯煦孟华探花。吊王西山妻丧。拜广盦、修庭、松泉、秋亭，均晤。

廿三日(12月18日)　广盦邀舟游，看竹。

廿四日(12月19日)　修庭招竹游。

廿五日(12月20日)　作字。得倪子兰信，禹山信。

廿六日(12月21日)

廿七日(12月22日) 得王念劬信。

廿八日(12月23日) 汪岸青点主。

廿九日(12月24日) 尤鼎孚祖百岁冥诞,往拜,并竹游。

十二月

朔日(12月25日) 拜吴又乐寿;拜费幼亭,晤。

初二日(12月26日) 澂之约为彦侍补祝,并竹游。

初三日(12月27日) 作字。

初四日(12月28日) 李慕生开吊。邀点主。

初五日(12月29日) 宴筱园、彦侍、广盦、云孙、修庭于小坡处。

初六日(12月30日) 邀费幼亭、张月阶、培卿、藻安、澂之、秋亭、徐翰卿饮。

初七日(12月31日) 作字。作覆王念劬信。

初八日(1887年1月1日) 作程尚斋信、石洲信,寄。作字。

初九日(1月2日) 作许星台信。作字。

初十日(1月3日)

十一日(1月4日)

十二日(1月5日) 筱园诸人招于壶园。

十三日(1月6日) 修庭招竹游。

十四日(1月7日) 作倪子兰信,寄。

十五日(1月8日)

十六日(1月9日) 魁文农招食面。

十七日(1月10日)

十八日(1月11日) 澂之约竹游。

十九日(1月12日)

二十日(1月13日) 为吴引之书墓志铭,三日始就。

廿一日(1月14日) 得王念劬信。

廿二日(1 月 15 日)

廿三日(1 月 16 日) 广盦、伯衡招壶园看竹。暮归,祀灶。

廿四日(1 月 17 日)

廿五日(1 月 18 日) 作楷字。赠云闲。

廿六日(1 月 19 日)

廿七日(1 月 20 日) 敬神。

廿八日(1 月 21 日) 祀先。

廿九日(1 月 22 日)

除夕(1 月 23 日)

光绪十三年丁亥(1887)

正　月

朔日(1 月 24 日)　早起,敬神、接灶、祀先,因雨未出门。清卿赴粤东抚任,请假归来,晤。

初二日(1 月 25 日)　拜年,竟日。至清卿处,夜饭,谈。

初三日(1 月 26 日)　忌辰,夜,至文楠处饭。

初四日(1 月 27 日)　雨,作荃师信,递。

初五日(1 月 28 日)　拜年,司道公宴于汪耕娱宅。

初六日(1 月 29 日)　招王西山、赵晋卿、邹咏春、王仙根夜饮,陈春山未至。

初七日(1 月 30 日)　辰忌,偕广盦宴清卿。

初八日(1 月 31 日)　朱修庭宴清卿,招陪。

初九日(2 月 1 日)　王念劬来。得禹山信。

初十日(2 月 2 日)　吴又乐、子实招饮。

十一日(2 月 3 日)　清卿招午饭。得风石信、寿乔信。

十二日(2 月 4 日)　广盦约竹游。

十三日(2 月 5 日)　为芍亭点主。彦侍招。

十四日(2 月 6 日)　芍亭出殡,往陪。李治辰招瞿园。程藻安招夜饭。

十五日(2 月 7 日)　赴培卿处看竹。

十六日(2 月 8 日)　作禹山信,寄。

十七日(2 月 9 日)　赴培卿处看竹。云舫招饮。

十八日(2月10日)　赴培卿处看竹。左笏卿来晤。

十九日(2月11日)

二十日(2月12日)　藻安约看竹。程序东招饮。

廿一日(2月13日)　作凤石信,递。小坡、润卿招夜饮。

廿二日(2月14日)

廿三日(2月15日)　招彦侍、文楠、畹香、清卿、望云、小坡夜饮。

廿四日(2月16日)　邹咏春开贺,招陪客;清卿招午餐。

廿五日(2月17日)　作汪蘅舫信、汪端伯信。马培芝来晤。

廿六日(2月18日)　拜郑秋亭。送清卿行。寿乔来。得曹荔庵信。

廿七日(2月19日)　黎明起,送清卿,开船。拜陈少希。答吴晓沧、杨绍和。

廿八日(2月20日)　寄蘅舫、端伯信。

廿九日(2月21日)　作徽州昭则信,覆曹荔庵信,交寿乔。招少希、滋斋、经生、耕娱午饮。

卅日(2月22日)

二　月

朔日(2月23日)　云章诸人来竹游。

初二日(2月24日)　自此十四日,皆多雨。

初三日(2月25日)　得荃师信。

初四日(2月26日)

初五日(2月27日)

初六日(2月28日)

初七日(3月1日)

初八日(3月2日)

初九日(3月3日)　偕彦侍诸人游古玩店。

初十日(3月4日) 得泽普信、胡雪楣信。

十一日(3月5日) 偕澂之宴伯衡、广盦诸人竹游。

十二日(3月6日) 腹痛,水泻。

十三日(3月7日)

十四日(3月8日) 拜朱砚生,晤。

十五日(3月9日) 钱君研来。

十六日(3月10日) 藻安招竹游。

十七日(3月11日) 得小山信、泽普信、彦墀信。

十八日(3月12日) 作汤伯硕信,寄。至陆凤石宅内。

十九日(3月13日) 皖馆团拜。李梦鹤来。

二十日(3月14日) 答梦鹤。至小坡、松泉处谈。

廿一日(3月15日) 汪耕娱招。

廿二日(3月16日) 李梦鹤招。

廿三日(3月17日) 张屺堂招。

廿四日(3月18日) 任畹香招。

廿五日(3月19日)

廿六日(3月20日) 藻安招看竹。

廿七日(3月21日) 得方老寿信、本家禹山信。

廿八日(3月22日)

廿九日(3月23日) 新安馆春祭。至陆凤石宅。

卅日(3月24日) 彭伯衡、培卿、澂之来看竹。

三　月

朔日(3月25日) 藻安招看竹。

初二日(3月26日) 作字。得程尚斋信、程石洲信。

初三日(3月27日) 早,出胥门。凤石船至。陪中丞各官。

初四日(3月28日) 至凤石宅。

初五日(3月29日) 病不思食。

初六日(3月30日)

初七日(3月31日)

初八日(4月1日)

初九日(4月2日)

初十日(4月3日)

十一日(4月4日)

十二日(4月5日)

十三日(4月6日) 绅士至陆宅公祭,往陪。程藻安招大观园观剧。

十四日(4月7日)

十五日(4月8日) 胡鸿轩之子筱轩通家来。

十六日(4月9日) 公祝任畹香、刘文楠于浙绍馆,演剧。

十七日(4月10日) 云章、菊生、徐翰卿、贝汇茹、刘念椿来。竹游。并饯。

十八日(4月11日) 病不能食,得泻。

十九日(4月12日) 易笏山方伯来;靳琦琴川通家来。彭伯衡招饮于舟。

二十日(4月13日) 作倪子兰信,寄。拜笏山、小坡,晤。贺嫁娶喜三处。

廿一日(4月14日) 凤石处开吊,往陪客。贺沈旭初娶媳。修庭招。

廿二日(4月15日) 陆宅出殡,出城。偕张屺堂游留园。作伯硕信,寄。

廿三日(4月16日) 访沈瀫成同年,晤。广龠招竹游。作陈少希信,寄。

廿四日(4月17日) 拜南汇县袁海观名树勋,湖南人,晤。旭初处公分,送剧。

廿五日(4月18日) 得柳门信。

廿六日(4月19日) 吊倪听松师媳丧。至凤石处。

廿七日(4月20日) 作程尚斋信,寄。凤石来。

廿八日(4月21日) 广盦来。拜潘顺翁寿;拜蒋幹臣,晤。作覆柳门信。

廿九日(4月22日) 拜张屺堂,晤。托递夏春城、刘璧礽信。至小坡处。

四　月

朔日(4月23日) 得李宪之信。作清卿信,并柳门信,寄。收拾行装。

初二日(4月24日) 吴子实招饮。

初三日(4月25日) 理行装。得陈少希信。

初四日(4月26日) 作覆曹理庵信,寄;陈少希同年信,寄;倪子兰信,寄。

初五日(4月27日) 得汤伯硕信。

初六日(4月28日) 作字。官绅公宴八旗会馆,祖帐。

初七日(4月29日) 理物件,午后辞行,闪、刘二中军招午饮。辞府县,招夕饮,赴。

初八日(4月30日) 辞行,竟日,甚矣惫。

初九日(5月1日) 理各物。中丞以下各官寄请圣安于胥门行台,三点钟往。事毕,登舟,仍回家。

初十日(5月2日) 剃发。招文楠、畹香、伯衡、凤石竹游,夕饮;并招小坡。丑刻,登舟,赵妾偕行,本家禹山弟同赴京。舟由娄门至葑门,轮舟遂拖行。

十一日(5月3日) 初更,到上海,泊观音阁。约王念劬至天仙园。

十二日(5月4日) 拜吴广庵、龚仰蘧,晤;拜马梅叔、沈子梅、徐子静、胡云台,未晤;至招商局码头栈房,晤念劬;午饭,张筱轩已在，晤。偕念劬乘马车至徐园静安寺，值西人赛马，士子如云，洋洋乎大观哉。至广盦处，夜饭。

十三日(5月5日)　枚叔、子梅来，徐仲篪来。遣仆取免税单。风大，用小轮船拖船至黄浦。登丰顺船，遇雨。比登舟已初鼓矣，仰蘧、云台、枚叔、子梅招饭商局，同坐扬州宣子望太守。回舟，子望来。

十四日(5月6日)　早三兆钟，开。风颇簸，卧不能饭，夜吃粥。

十五日(5月7日)　风不大，饭如常。与唐景星同舟，谈。五更，抵烟台。

十六日(5月8日)　微浪。彦申弟来。巳初，开。五更，抵大沽。值潮长，遂入口。

十七日(5月9日)　午刻，抵码头，汤伯硕令仆来迓，部玉亦在此相候。住春元客栈。海运局吴其芳建亭，皖人大令来，同年王璞居之子敬夫名屋来，本家竹舫裕瓒叔来，皆在电报局。与曹朗川、吉三朋前辈同栈。无意相逢，立谈片刻。至傅相处，晤。入幕府，晤伯硕，兼晤汪仲伊。拜胡云楣同年，不值。遂至伯硕家夜饭，仲伊亦来。夜，与朗川昆仲谈。

十八日(5月10日)　拜黄花农、王敬夫、本家竹舫，未晤。至武备学堂，晤杨艺芳。回，晤德教习李宝，偕观学堂。出，拜任月华、戴莲溪前辈，晤；拜贺幼甫都转、云楣同年，晤；拜署津海道刘汝翼宪甫、天津府汪子常、天津县宫玉甫、朱伯华观察，张筱船、檀者崖同年、吴建亭大令，未晤。归；已暮；早睡。

十九日(5月11日)　张筱船、杨艺芳、余溦甫名昌宇、黄花农来。云楣招午饭。晤吕庭芝前辈。答余溦甫。傅相招夕饮。

二十日(5月12日)　贺幼甫招午饭，辞。朱伯华、黄花农来；湖北人陈禹初大令同店来，晤。艺芳招申饮。作元号家信、念劬信，寄。

廿一日(5月13日)　至水师学堂。答庭芝，不值。晤潘梅园、沈品莲，饭焉。归，小憩。至传相处，辞行。庭芝、伯华、筱船招饮。

廿二日(5月14日)　山东己卯门生汪谢阶宝树来；吴建亭来；品

莲、梅园来。申刻,行李等均登舟。艺芳招天瑞轩,周海舲军门同席。戌刻,观车利尼马戏,计驯虎、驯象、驯马,而莫妙于马。人如燕,马如龙。技至此,亦神矣。子时,回舟。

廿三日(5月15日) 早,开,借坐傅相三号长龙船,取其速也。在津疲于酬,接卧酣甚。

廿四日(5月16日) 舟中无事,偃息。作冯培之信,阅《沈文肃公政书》。

廿五日(5月17日) 作艺芳信。

廿六日(5月18日) 夜,到通州。

廿七日(5月19日) 通永道许仲韬来。拜仲韬及署通州王无锡人,王子泉之弟,拜坐粮厅周牧村,晤。

廿八日(5月20日) 入城,住长元吴馆,谊卿来。

廿九日(5月21日) 理料物件。拜钱子密、徐季和、许鹤巢、谊卿,晤。

卅日(5月22日) 得元号家信。

闰四月

朔日(5月23日) 辨色入内,递安折二,牌子一,军机苏拉为递。谒董酝师。拜顾康民,兼晤孔樛园。归,小憩。午后,拜客,晤孙莱山、潘寅师、潘峄琴。

初二日(5月24日) 午后,拜客,谒李兰荪师,晤,兼晤同乡、同年等。

初三日(5月25日) 得三号家信。作二号家信,寄。谒宝佩师,晤;又晤周生霖、孙燮臣、冯伯绅昆仲,疲乏不堪。得合肥信。

初四日(5月26日) 申时,始出门,晤汪幹廷、高寿农,遂饭焉。得二号家信。

初五日(5月27日) 吴莳若招乐椿厂;谊卿招饮于家。拜客。晤朱咏裳,张野秋、戚润如、张少原、吴星楼。作合肥信、艺芳信,寄。

初六日(5月28日) 拜王钰如,晤。同乡招饮长吴馆,看竹。得伯述信。

初七日(5月29日) 湖北通家金盛秋兑臣大令自江西解饷来,晤;李苾园来,晤。拜客。得二号家信。

初八日(5月30日) 孙莱山、许星叔、高抟九来,晤。拜客。

初九日(5月31日) 拜客。

初十日(6月1日) 拜客。作杨艺芳信、汤伯述信。

十一日(6月2日) 拜客。得荃师信、王念劬信。

十二日(6月3日) 作荃师信,交折弁。南皮相国招福寿堂观剧。莱山招饮于家。张吉人、朱子安招龙爪槐,未赴。

十三日(6月4日) 瑞景苏来;汪斡廷同年、汪佐辰景星通家来。拜客。晤淞寿泉桂前辈、李芍农前辈、赵寅臣、徐筱云。作念劬信,附寄三号信。

十四日(6月5日) 偃息一日。

十五日(6月6日) 拜陆渔笙,晤。沈仲复偕淞寿泉前辈招饮;吴慎生招饮。

十六日(6月7日) 得四号家信。

十七日(6月8日) 杨幼溪通家来。

十八日(6月9日) 胡小蘧师柩回籍,往拜。徐铸庵招饮。

十九日(6月10日) 得荃师信。谒阎丹初年伯、铭鼎臣师。

二十日(6月11日) 得五号家信。

廿一日(6月12日) 拜铭鼎师六十寿。

廿二日(6月13日) 钱子密来。得内阁送来军机处传召,廿四日预备召见。

廿三日(6月14日) 入城,晤陆渔笙。从雨轩至莱山处,遂午饭,徐季和招饮。作荃师信,寄。

廿四日(6月15日) 寅正,起。卯初,入内。辰初后,传入养心殿,门外小屋坐待,同召者李若农。辰正,慈禧太后召对垂询刻余。

廿五日(6月16日) 戊辰,团拜于文昌馆。

廿六日(6月17日) 作荃师信,寄。

廿七日(6月18日) 作四号家信、凤石信、崧中丞信,寄。拜沈仲复、阎相,晤。毛世兄请财盛馆。谒伯寅师,晤。

廿八日(6月19日) 拜吴树梅、敬信子高,晤。刘博泉邀聚丰堂。

廿九日(6月20日) 阎相来,钱子密来。丁相生、郑芝岩、黄子中、邵实甫、潘峄琴招于相生宅。江西通家李师竹笋香,原名联芳、李泽兰佩秋、辛淮藩作人、郭友梅筠竹、湖北岁科试通家陈培兰笙陵来,晤。

五　月

朔日(6月21日) 咳嗽,畏热,作四号信寄。

初二日(6月22日) 得荃师信,作四信。

初三日(6月23日) 午刻,军机值班,送信章。上谕:"前内阁学士兼礼部侍郎衔洪钧著充出使俄国、德国、奥国、和国钦差大臣。钦此。"即具折稿托谊卿写。至钱子密处。吊殷厚培夫人丧。发电报至津、至苏。

初四日(6月24日) 谢恩蒙,圣上召见。至董韫师处,晤;拜汪芝房、孙莱山前辈,晤;至礼邸张相、额相、许星叔处,未晤;拜尚雅琛、李廉永,晤。

初五日(6月25日) 拜廖仲山、孔斐轩,晤。得杨艺芳信。作荃师信、五号家信,附苏城藩、臬、道各谢信,寄。曾颉刚来,晤。

初六日(6月26日) 拜沈仲复、阎相,晤;谒庆邸,晤。王季樵、陈冠生、瑞景苏招嵩云草堂。

初七日(6月27日) 服药,未出门,客纷至。作艺芳信,寄。

初八日(6月28日) 谒礼邸,未晤;晤许星叔、李兰荪师、潘伯寅师。

初九日(6月29日)　息一日。作五号信,并苏省官场谢信,寄;王念劬信、许竹筼信,寄。

初十日(6月30日)　谒佩蘅师,晤。至抚署,又谒南皮相国,归而发热。

十一日(7月1日)　邀汪幹廷来诊。得任皖香信。

十二日(7月2日)　仍未愈。谊卿来。得六号信,程赓云带来。

十三日(7月3日)　服陈骏生药,大泻。得七、八两号信。

十四日(7月4日)　访徐小云、吴又乐,谈良久。夜服药后腹痛,泻后乃止。

十五日(7月5日)　得荃师信;作广庵信,附府县谢信,寄;作六号信、筱园信、澂之信、秋亭信、小坡信,寄。

十六日(7月6日)　赴总署。

十七日(7月7日)　赴署。得杨艺芳信、本家荫之信、凤石信。

十八日(7月8日)　作楹联等件。

十九日(7月9日)　谒恭邸,未遇;谒礼邸,晤。至额相处,吊其嫂丧。歙县馆公宴。

二十日(7月10日)　作艺芳信。廖仲山招嵩云草堂。作靳泽普信汤伯述信,均寄。

廿一日(7月11日)　赴署。

廿二日(7月12日)　入署。得徐小山信。

廿三日(7月13日)　入署。得九号家信。

廿四日(7月14日)　安徽馆同乡之招,偕徐铸庵访黄子中。夜约。

廿五日(7月15日)　谒醇邸,以病未晤;至同福馆,缪小山、佐孙昆季在焉。午餐后,吊奠额相三嫂。许星叔招饮。

廿六日(7月16日)　赴署。

廿七日(7月17日)　锡席卿来。陈雅农同年请题主。访李子钧,晤。作荃师信,寄;作七号信,寄。

廿八日(7月18日) 赴署。久旱。得雨,快甚。

廿九日(7月19日) 早起,入内,奏报开用关防,并片奏调汪凤藻太史参赞。归,作盛杏荪信,寄。约子钧、子中、清如饮。夜,又雨。

卅日(7月20日) 作字;作八号信。

六　月

朔日(7月21日) 至署。

初二日(7月22日) 拜客,续燕甫来晤。

初三日(7月23日) 甲子直年请陶然亭。得十号信;作艺芳信,寄。

初四日(7月24日) 拜各使馆,晤赫税司,德、法公使恭思当,和使费果孙,比使米师丽,德使巴兰德,日本署使梶山鼎介,俄使库满。其余或赴西山避暑,或不在尔,未往计十四国。英、美则避暑,瑞、日、奥、秘、巴五国无使臣在京。遇雨。

初五日(7月25日) 入署。

初六日(7月26日) 入署。

初七日(7月27日) 入署。拜曾颉刚,晤。黄子中招饮。

初八日(7月28日) 作九号信,寄。汪子垣、汪月舟招饮。

初九日(7月29日) 入署。和、比、日本三使臣来答拜,税司赫德来。翁六丈招饮。得十一号信、崧振卿信、文小坡信、孙俨若信、汪蘅舫信。

初十日(7月30日) 冒雨入署,法使恭思当带翻译微席业来。恭使致马赛知府信,托照料。陕西通家宴松筠嵩云草堂。

十一日(7月31日) 至署,德使巴兰德翻译阿恩德连梓到署,晤。

十二日(8月1日) 到署,德馆邀宴,客陈颂词。

十三日(8月2日) 早,入内,奏调人员事也。到署,俄使库满翻译柏百福来,晤。前赴俄馆彼有颂词,今日邀同文馆学生联永在席译颂词以答之。至粤东馆新辟小园，鹤巢、谊卿、艺郛、绂卿邀。得缉庭信。

十四日(8月3日) 作十号信、李景卿信、任畹香信，并寄。汪范卿招饮。

十五日(8月4日) 周问村自通州来。作杨艺芳信，寄。作扇。得十二号信。

十六日(8月5日) 作扇。作胡云楣信、徐小山信。

十七日(8月6日) 入署，周问村招饮，甚暑。

十八日(8月7日) 孙叔谦大阶自皖来。得许少琛信；得十三号家信、倪子兰两信、郑秋亭信、钱君研信。大雨。

十九日(8月8日) 拜任月华，兼晤冯仲梓。续燕甫招饮；李玉舟招饮。

二十日(8月9日) 作荃师信，寄；又寄云楣信。钱子密招饮。得汪蘅舫信。

廿一日(8月10日) 得杨艺芳信。戊辰值年高抟九、夏渭泉、黄子中、龚省吾招嵩雪草堂，同席熊夑臣、宗鼎臣、鸣盛九大令同年。

廿二日(8月11日) 寄徐小山信。作字。

廿三日(8月12日) 对电码本。

廿四日(8月13日) 谒醇邸，长谈。入署，徐建寅仲虎来，晤。作潘伟如信，寄。

廿五日(8月14日) 得许竹筼信。吴慎生携尊来。得十四号信、任筱沅信。

廿六日(8月15日) 寅刻，起，入内，贺圣上万寿，本廿八而改廿六，因孟秋时享廿八，正在高戒期内，故改前辰。初二刻，乾清门外行礼。至署。

廿七日(8月16日) 作十一信，信寄。得杨藕舫信，即作覆信，寄；得荃师信。

廿八日(8月17日) 拜钱子密、吴谊卿、吴又乐，晤。寿农招饮。

廿九日(8月18日) 作倪孟兰信,寄。作扇。崔惠人来。得十五号信、广盦信。

七　月

朔日(8月19日) 徐铸庵招饮。作字。

初二日(8月20日)

初三日(8月21日) 入内,请训,慈圣召见养心殿东偏屋,询答约一刻时。至张、阎两相国处辞行,晤。同乡公宴于本馆。得竹筼信。

初四日(8月22日) 晤曾颉刚、董韫师、冯伯绅。至署。谒宝佩师,晤。

初五日(8月23日) 晤礼邸。总署章京公宴嵩云草堂。晤李、潘二师。

初六日(8月24日) 恩厚臣佑观察来,神机营机器局当差。

初七日(8月25日) 拜客,辞行,徐筱云招饮。得十六号信。

初八日(8月26日) 入东城,辞行,至抟九处午饭;周生霖招饮;孙莱山招饮。

初九日(8月27日) 戊辰同年季团于嵩云草堂,折柬相招,赴。得艺芳信。

初十日(8月28日) 入西城,辞行,伯寅师招饮。拜客,徐古香招聚宝堂,俞幼兰、陈梦陶、顾康民、宋养初亦在聚宝堂,约夜饮。

十一日(8月29日) 以雨未出门,疲惫不堪。作荃师信、十二号信、艺芳信。

十二日(8月30日) 赴署。寄各信,得竹筼信。

十三日(8月31日) 作覆竹筼信。南皮相国招福寿堂。

十四日(9月1日) 谒醇邸,晤。宝佩师招,沈仲复招,均赴。

十五日(9月2日) 理物。

十六日(9月3日) 理物。寿农招皖馆观剧。

十七日(9月4日) 理物。

十八日(9月5日) 答黎尊斋,晤;至德、俄、荷、比、日本馆辞行,晤库满、巴兰德、米师丽、梶山鼎介;又晤恭德总署。各堂公饯,归后又赴孔斐轩之招,夜深始散。津门遣炮船来。得艺芳信。

十九日(9月6日) 理物件。吴慎生携尊来。顾康民、顾菊舫来,徐铸庵来。巳正后,行,定福庄尖。至通州,登舟,已酉初后矣,张刺史来谒。

二十日(9月7日) 早,开行,在京数月,疲于酬接。舟中偃仰,是谓息劳。

廿一日(9月8日) 午,过河西务,作覆方右民信、邵小村信、潘伟如信、吴清卿信、李宪之信、汪蘅舫信、紫封四叔信。二鼓行,至杨村。

廿二日(9月9日) 早,开,未正后,到天津,各官跪请圣安。至官厅少坐,旋归吴楚公所行馆。贺幼甫都转署津海道、刘题夫汝翼、天津道胡云楣同年来,吕庭芝前辈、杨艺芳、沈子梅、张筱传、朱伯华、余澂甫、吴协甫炳和、李少卿树棠观察来,代理天津府柯松坡欣荣、邵筱亭国铃司马、楚芝山秀分转、天津县官玉甫昱来,伍秩庸廷芳观察、缪恒庵彝太守、天津府汪子常守正来。至傅相处,吴晓沧来。寄舟中所作信。

廿三日(9月10日) 黄花农来,本家琴西之子翰香恩广来,柯受丹铭、陈养源允颐观察、钱琴斋德培直刺、荫五楼昌大令来拜客,晤胡云楣。中堂招饮。晤汤伯述、汪仲伊。

廿四日(9月11日) 陆大令保善、汪通家宝树来。拜客,晤杨艺芳、周海舲。归,作家信、王念劬信、龚仰蘧信,寄至傅相处。晤于主政式枚。

廿五日(9月12日) 雨,俄领事宝德林来。拜客,晤贺幼甫、云楣、宝德林。至武备学堂。杨艺芳、柯受丹、钱琴斋、荫五楼招俄、德领事,德教习同座。

廿六日(9月13日) 张蔼卿来;德领事克林德来。吕庭芝、朱伯华、张筱傅招饮。

廿七日(9月14日) 王景桴屋年侄来,至傅相处辞行。拜克林德,晤;拜杨艺芳,晤;又至水师学堂,拜吕庭芝、沈品莲,晤。归,已更余。

廿八日(9月15日) 傅相来;品莲、献夫、艺芳来;柯受丹、琴斋、五楼来。

廿九日(9月16日) 傅相招陪裕寿山制军。作顾皞民、康民信,寄。

八　月

朔日(9月17日) 辰初,登舟。辰正,开。

初二日(9月18日)

初三日(9月19日) 有风而浪未起,亥刻,过佘山,停舟待潮。

初四日(9月20日) 巳刻,过吴淞,午初后,抵金利源码头。龚仰蘧、吴广霓、龚仲人、胡云台、马眉叔来,王松森太守、聂仲芳部郎、唐兰生太守来,营县来,李军门省吾成谋来,谭云门碧理来,并见各官。约两时许,登内地舟。五点钟,潮退,开至老闸。一点钟,潮长,轮舟拖行。

初五日(9月21日) 酉初,抵胥门,中丞暨各官请圣安。归,至家。

初六日(9月22日) 拜客,晤刘中军光才、张屺堂廉访、朱修庭、文小坡、陆凤石、成月坪观察。

初七日(9月23日) 崧振卿中丞来。拜客,晤沈澂之等。

初八日(9月24日) 汪耕娱来。至宝积寺,吊顾棣园前辈,又吊任筱园母丧。归,吴子实来。

初九日(9月25日) 韩古捷、吴润卿来。

初十日(9月26日) 钱君研、朱竹石、修庭、澂之来。吴培卿、尤鼎孚招饭，并手谈。

十一日(9月27日) 拜客，晤鼎甫、贝皖生、陈嵩佺等。

十二日(9月28日) 微雨，未出门，得王子常同年信。

十三日(9月29日) 拜客。

十四日(9月30日)

十五日(10月1日) 作王念劬信、倪子兰信，寄。拜客。

十六日(10月2日) 同乡怡园公宴。

十七日(10月3日) 姚云溪、江子山招。

十八日(10月4日) 杨藕舫来。朱修庭、钱君研招。

十九日(10月5日) 程藻安招。作曹荔庵信，寄。

二十日(10月6日) 约小坡游骨董店。吴子乐招。

廿一日(10月7日) 抚军各官公宴直奉馆。得汪蘅舫信。

廿二日(10月8日) 拜沈毂成同年，晤。凤石招饮。王念劬来。

廿三日(10月9日) 部署物件。得津电：廿二日奉旨补阁学。得陈少希信。

廿四日(10月10日) 贺尤鼎孚嫁女喜。

廿五日(10月11日) 澂之招夜饮。幼亭、秋亭同作主人。

廿六日(10月12日) 崧振卿来；汪耕娱来。唁任筱园。文小坡招。作覆李梦鹤信，寄。

廿七日(10月13日) 贺吴谊卿子卓臣娶媳。作覆陈少希信。题严辛楣《荐董思报图》《盛蓼庡吟图》。

廿八日(10月14日) 扫墓，归途偕小坡、云孙、润卿游留园。

廿九日(10月15日) 收拾行装。

卅日(10月16日) 收拾行李。作许竹篔信、刘芝田信，寄。

九 月

朔日(10月17日) 辞行，晤崧振卿中丞诸人。

初二日(10月18日) 辞行,夜,始返,作寿杨艺芳母侯太夫人联:"金母姓侯养育二炁,玉环与宝子孙三公。"两切其姓,自谓奇丽。

初三日(10月19日) 理行李,竟日。王尧卿通家自浙来。

初四日(10月20日) 未刻,出门,至胥门,中丞以下各官咸在谈。少顷,登舟,修庭、小坡亦登舟,送至葑门而去,行百数十里,以黑暗,轮停候晓。

初五日(10月21日) 午刻到沪,入天后宫行馆,甚宏敞。潘镜如、吴广庵、马枚叔、龚仰蘧诸人来,夜始毕,惫甚。得顾康民信。

初六日(10月22日) 王子常咏霓来,近自德归者,与谈各事。徐仲虎、杨藕舫诸人来,午饭后始息。出门拜客,晤仰蘧、广庵,并遇方照轩耀军门于广庵坐中。得张樵野、许竹筼、李宪之、恽菘耘、程尚斋各信。成留别诗二律。

初七日(10月23日) 龚、吴、潘三观察来,方照轩耀来,杨绍和大令、钟天纬鹤生来。作合肥师信、家信、沈毂成信。

初八日(10月24日) 奥领事复士、水师总兵萨德理来,和领事杨震泰来。行主李德萨、轻船主也格来。拜法公使李梅义、公使庐嘉德,晤。

初九日(10月25日) 义国公使臣庐嘉德翻译邓文道来;美领事侃爱德翻译易孟士来;新关税司好博逊英人、造册税司夏德德人来;瑞生洋行补海师岱偕其使友何慕寿来;潘子宜来;程绍祖来;拜奥领事夏士坚,邀至兵船,晤其水师提督蜜纳、总兵萨德理,余不知名。兵船系木质,前腔炮。登岸,赴道署。夜宴,与法使李梅同席。作莱山信。

初十日(10月26日) 法使李梅、领事德尚廷、翻译祁理恒来;德领事佛克、翻译梅泽来;日斯巴尼亚领事濮仪喇、翻译渥利威喇、参赞罗连地来;新载生洋行步迈司岱偕友余诜来。各官公宴于徐园。再作孙莱山信,竟;又周伯晋信,寄;得家信。

十一日(10月27日) 义领事格思德理、翻译邓文通来;西洋领事华德师、翻译毕礼纳来。马眉叔、潘镜如、徐子静、王念劬招饮于徐园。作总署信,附袁磢秋、顾康民两信,交文报局;作胡云楣信,寄。

十二日(10 月 28 日) 和国参赞哈坡偕其领事杨震来。拜客,辞行。晤方照轩、广盦、聂仲芳;余未晤。作李宪之信,递;作家信。

光绪十八年壬辰(1892)

四　月

朔日(4月27日)　山左通家韩肃俭仲廉、穆都哩来，晤；湖北许枋少琛、苏府覆试一等庞元启来，晤。

初二日(4月28日)　江西武试通家上官锐英来，晤。至湖南馆宴歙邑公车，暨春藻侄共十二人。湖北、江西、山东、陕西通家凡五席。又偕柳门、凤石公，请三邑公车。

初三日(4月29日)　江右通家赵惟熙上科庶常来，晤，乙未通家邀饮。

初四日(4月30日)　兵部带引见。作盛杏荪覆信，寄；又王新之信，寄。

初五日(5月1日)　又带引见、召对。山左通家宴于陶然亭；赴皖馆，徐颂阁、孙燮臣约。

初六日(5月2日)　宴曾经郛丙熙观察、荣伯衡铨太守、赵寅臣亮熙太守、分发广东试用府廖子琅竺生，南康县人，入学、赖久棠荫春，亦南康人，考等、谢佩贤味余，江右考等，上科吉士、吕道象陆生，德化人，乙酉举人，己丑进士，户部主事，考等。未至者：端仲信谨太守、刘雅宾传福太守。

初七日(5月3日)　赴工程处。将至，坠马伤面鼻，颇剧。

初八日(5月4日)　验收抱厦月台燎炉工，略观戗桥工，又至园寓尖，于海淀而归，遇雨。

初九日(5月5日)　覆张香涛信。

初十日(5月6日)　作楹联，至署。

十一日(5月7日) 作字,至署,作覆许竹筼信,交署。

十二日(5月8日) 作字,至署。

十三日(5月9日) 作字,至署,得恽菘耘信。

十四日(5月10日) 至兵部。

十五日(5月11日) 值日,入内,拜奎乐峰中丞,晤。

十六日(5月12日) 作字。

十七日(5月13日) 覆试阅卷。

十八日(5月14日) 散馆阅卷。

十九日(5月15日) 赴海淀,住天德锡,锅伙,午前赴总署,答唐薇卿方伯前辈。

二十日(5月16日) 住北洋河王家店,酉刻金棺至园寝。

廿一日(5月17日) 申刻,奉安如礼。

廿二日(5月18日) 回城,赴许星叔未刻约。

廿三日(5月19日) 至署,得谊卿信、顾缉庭信。

廿四日(5月20日) 湖南馆江苏公宴奎乐峰中丞,兼请张青相、李宪之方伯。招唐薇卿、余澂甫观察,李苾园、黄斋亭前辈,郑玉轩光禄。

廿五日(5月21日) 至署。

廿六日(5月22日) 又赴北洋河。

廿七日(5月23日) 皇太后、皇上驾幸园寝,来去皆站班。是日,不及回城。

廿八日(5月24日) 早归。

廿九日(5月25日) 至署。

五　月

朔日(5月26日) 至兵部;至署。拜奎乐峰,晤。

初二日(5月27日) 至署;至兵部。新鼎甲刘福姚、吴士鉴、陈伯陶请归第[1],戏宴。作覆谊卿信,寄。

初三日(5月28日) 得胡蕲生信,即覆,交折弁。至署。

初四日(5月29日) 拜凤石常诞。至署。

初五日(5月30日) 杨艺芳来。

初六日(5月31日)

初七日(6月1日)

初八日(6月2日) 松吟涛前辈招二首尊于家。

初九日(6月3日) 带引见。拜奎乐峰,晤。

初十日(6月4日)

十一日(6月5日) 值日。拜昆筱峰夫人寿。至署。

十二日(6月6日) 偕柳门宴余澂甫、钱子密、张樵野,未至者奎乐峰。

十三日(6月7日) 周积甫福昌太守自粤东来,晤。

十四日(6月8日) 得盛杏荪信,陕西通家窦子固大令自四川来信。

十五日(6月9日) 作合肥信,寄。

十六日(6月10日) 带引见。

十七日(6月11日) 至署。偕小云、仲山宴振卿于柳门宅。

十八日(6月12日) 作覆张翰卿太守信,寄。至署。

十九日(6月13日) 值日,带引见,至署,拜周积甫晤。

二十日(6月14日) 作吴谊卿信,覆吴硕卿信、程明甫信,寄。至署。

廿一日(6月15日)

廿二日(6月16日) 带引见。

廿三日(6月17日) 徐小云招财盛馆。

廿四日(6月18日) 俄使喀希呢来。

---

① 归第系初一日误记。

廿五日(6月19日)　至署,接见俄使。

廿六日(6月20日)　得合肥信。

廿七日(6月21日)　戊午、甲子团拜。值日,入内,至署。

廿八日(6月22日)　至署。作覆盛杏荪信,交吕惠伯。

廿九日(6月23日)　磨勘优贡试卷。堂考马步箭。至两署。

六　月

初一日(6月24日)　作庆霭堂信,寄。

初二日(6月25日)　吴蔚若、汪范卿招江苏馆。作覆沈澂之信,寄。

初三日(6月26日)　至署。

初四日(6月27日)　带引见。

初五日(6月28日)　至署。

初六日(6月29日)　值日,召对。

初七日(6月30日)　作王念劬、王新之信,寄。

初八日(7月1日)　寿伯蕃招饮嵩云草堂。

初九日(7月2日)　作吕子幹信,并附安以南信,寄。周积甫来。

初十日(7月3日)　带引见,至署,敬子斋招湖南馆。

十一日(7月4日)　作《元传》补者数日。

十二日(7月5日)

十三日(7月6日)

十四日(7月7日)　值日,召对,至署,会晤日使。

十五日(7月8日)　宴周积甫、俞君实、戴艺郛、叶菊裳、吴蔚若、邹咏春于家。

十六日(7月9日)　至署。芝房使日本,往晤。

十七日(7月10日)　得薛叔耘信。

十八日(7月11日)　大雨如注。

十九日(7月12日) 作合肥信;得硕卿信。

二十日(7月13日) 作李筱帅信、硕卿信,寄。

廿一日(7月14日)

廿二日(7月15日) 值日,召对。清卿到京,往访。

廿三日(7月16日) 访清卿。

廿四日(7月17日) 清卿来。

廿五日(7月18日) 兵部月选掣签。至兵部;至署。

廿六日(7月19日) 万寿节,辰初,在乾清门外行礼,蟒袍补服。柳门招午饭,莱山招枰,酌,散已丑正。

廿七日(7月20日) 至署。会晤柏百福。

廿八日(7月21日) 验看月官。至兵部;至署。

廿九日(7月22日)

卅日(7月23日)

闰六月

朔日(7月24日)

初二日(7月25日)

初三日(7月26日) 值日,入内。

初四日(7月27日) 总署,奏事,入内。家有大懊恼事,未寝者两夕。

初五日(7月28日)

初六日(7月29日)

初七日(7月30日) 刘博泉招庆和堂。

初八日(7月31日) 杨艺芳来。

初九日(8月1日) 书李相赵夫人挽联相夫子治内垂三十年,溯翟茀荣归,正南服澄清,新开节府;后娇儿升真越百五日,想鸾鞞仲举,更西天导引,欢侍莲台。并作信,寄。

初十日(8月2日) 春藻侄赴苏,令阿福随往。

十一日(8月3日) 入值,召对。

十二日(8月4日)

十三日(8月5日) 贺清卿得湘抚。

十四日(8月6日) 董酝师病笃,往视。

十五日(8月7日) 董师逝世,往视殓,代作遗折。

十六日(8月8日) 又至董宅;至署。访钱子密,晤。

十七日(8月9日) 得庆霭堂信。

十八日(8月10日) 至董宅;至署。

十九日(8月11日) 得许竹筼信。至署;至兵部。

二十日(8月12日) 景月汀来,晤。至署;至董宅。出城,答客。

廿一日(8月13日) 至署;至董宅。

廿二日(8月14日) 至署。

廿三日(8月15日)

廿四日(8月16日)

廿五日(8月17日) 至署。

廿六日(8月18日) 偕小云、仲山,柳门公宴崧振卿。

廿七日(8月19日) 早,至署,偕筱云访英使华尔身。

廿八日(8月20日) 署宴清卿、芝房,入值。

廿九日(8月21日) 钱子密宴清卿,招陪。

七 月

朔日(8月22日) 贺礼邸五旬寿。

初二日(8月23日) 宴清卿、芝房、柳门、江建霞、曹荔庵、凤石。

初三日(8月24日) 禹山自山左来。

初四日(8月25日)

初五日(8月26日) 徐筱云招宴,陪清卿。戊辰公祭董师。

初六日(8月27日) 凤石招宴,入值,召对。

初七日(8月28日) 朵园戊辰公宴清卿,遇大雨。

初八日(8月29日) 至署。张樵野宴清卿,招陪。至董宅陪天使赐祭。

初九日(8月30日) 至署,偕清卿拜英使。

初十日(8月31日) 拜崧振卿,长谈。至江苏馆,吴润生之招。

十一日(9月1日) 英使答清卿。至署。书董师挽联劬学继仪征,生平铅椠精勤,八秩更穷周易义。享年逾德化,先后丝纶褒恤,九原并慰老臣心。。

十二日(9月2日) 董宅点主,至署。

十三日(9月3日) 至署。作总署奏帕米尔事疏,竟。

十四日(9月4日) 入值。杨妾到京,春藻偕至。

十五日(9月5日) 出齐化门,至弥勒院,饯清卿别。至署。至赫德处,贺其嫁女。访汪乐阶昆仲。

十六日(9月6日) 东长安门外堂考。至兵部;至署。

十七日(9月7日)

十八日(9月8日) 抚署,奏事,入内。

十九日(9月9日)

二十日(9月10日) 兵部加班,入内。

廿一日(9月11日)

廿二日(9月12日) 入值,至署。莱山招饮,弈。

廿三日(9月13日)

廿四日(9月14日) 作许竹筼信。禹山、春藻起身。

廿五日(9月15日)

廿六日(9月16日) 作汪芝房信。

廿七日(9月17日) 兵部加班,入对。德静山来,晤。

廿八日(9月18日) 至署。徐寿蘅招饮。寄许、汪二信。

廿九日(9月19日) 至兵部。

三十日(9月20日)　至署，会晤英使。莱山招饮，弈。

八　月

朔日(9月21日)　作合肥信，寄。得庆霭堂三信。

初二日(9月22日)　作卫述三信，寄。至署。夕月坛陪祀。

初三日(9月23日)　至署，送华使行。至兵部。

初四日(9月24日)　出城，晤兰荪师、李省吾新。

初五日(9月25日)　至署。

初六日(9月26日)　大雨，竟日未出门。

初七日(9月27日)　至署；至兵部。

初八日(9月28日)　值日，入内。森儿回南，得合肥信。至署。

初九日(9月29日)　因派覆核朝审，是日覆奏，入内，共派八人。

初十日(9月30日)　移尊迟龛宅内。宴樵野。驾航。

十一日(10月1日)

十二日(10月2日)

十三日(10月3日)　堂考。至署，至兵部。

十四日(10月4日)

十五日(10月5日)　邀小云、仲山食汤面饺。

十六日(10月6日)　值日，入内。

十七日(10月7日)

十八日(10月8日)　朝审，至署。作盛杏荪信，寄。

十九日(10月9日)　朝审。拜淞寿泉前辈六十寿。

二十日(10月10日)　带引见，宴林眉仲、王子裳、刘翰分发浙江太守、黄家杰选宁国县、黄家瑜、相桐笙、项赓虞名兆麟、程桂伯名锦粤于家。

廿一日(10月11日)　汪嘉棠来，吴元韬理堂，福建通判吴星梅同年之侄来。至兵部，至署。

廿二日(10月12日) 加班,奏事,至署。

廿三日(10月13日) 至署。

廿四日(10月14日) 值日,召对。至署,至兵部。访凤石,谈。覆聂仲芳信,寄。

廿五日(10月15日) 作禹山信,寄。至朝房掣签,又堂考。答寿伯蕃,谈。

廿六日(10月16日) 兵部武举过堂。午后,巴敦甫至。得替。至署。

廿七日(10月17日) 覆王伯芳信,寄。至署。

廿八日(10月18日) 作家信,寄。验看月官。宴星叔、寿蘅、子密、小云、樵野、仲山于朵园。额相未至。

廿九日(10月19日) 作合肥信,寄。至署。

卅日(10月20日) 出城,拜客。至署,巴公使邀宴。潘咏虞来,晤。

九　月

朔日(10月21日) 作覆吕子幹信,寄。至董韫师宅,议分家事,毕。

初二日(10月22日) 值日,带引见,至署。

初三日(10月23日) 带引见。作陶子方信,封入七月内信,交署急递。樵野设宴莱山宅。得森儿八月廿二日信。

初四日(10月24日) 派较射,昆小峰监射,列字围。未正,赴高庙。

初五日(10月25日) 阅马箭。五百余人,人各驰马两次,凡六箭列围八百数十人。

初六日(10月26日) 阅马箭,阅射球。毕,又阅八旗步射。

初七日(10月27日) 阅步射,作家信。

初八日(10月28日) 寄信,阅步射。

初九日(10 月 29 日) 阅技勇。

初十日(10 月 30 日) 阅技勇;夜,阅册。

十一日(10 月 31 日) 阅技勇。

十二日(11 月 1 日) 技勇毕。挑双单好:直隶六十三人,满蒙十五人,山东二十七人,贵州十五人,安徽三十人。申刻,归宅。

十三日(11 月 2 日) 翁叔平年丈来,知被延茂少廷尉所弹。徐小云来,汪柳门来。

十四日(11 月 3 日) 覆命。小云来。

十五日(11 月 4 日) 拜西城客。

十六日(11 月 5 日) 贺陆蔚庭娶子妇。拜许星翁,晤。吊祁子禾文恪。

十七日(11 月 6 日) 拜文文忠师冥诞。至平介馆,宴张青相、昆小峰、张樵野、刘博泉。

十八日(11 月 7 日) 值日。拜小云,晤。至兵部。

十九日(11 月 8 日) 出城,拜客。

二十日(11 月 9 日) 拜王黻卿,晤。宴庄建伯、陈雪楞、项赓虞于江苏馆甲子局。

廿一日(11 月 10 日) 星叔来。宴朱松云、庄建伯、吴理堂、洪□、潘咏虞、顾小斋于万福居。

廿二日(11 月 11 日) 至署。回入武围时,为延松年茂所弹,交署查明办理,故出围后即回避。不入署,廿一日署覆奏毕,此日乃进署,照常办事。先是七月内余侍御联沅疏论新疆边事,即专劾余未发出,至是延复继之吁,任事真可畏哉。

廿三日(11 月 12 日) 覆卫述三信、汪蘅舫信,即寄。

廿四日(11 月 13 日) 至兵部。

廿五日(11 月 14 日) 奏事,召对,覆黄幼农信,寄。

廿六日(11 月 15 日) 值日,喀使来署。

廿七日(11 月 16 日) 至署,至兵部。

廿八日(11月17日) 至署。日本使大马圭介邀宴,因其主诞辰也。至董翁宅。

廿九日(11月18日) 奏事,入内。至署,至兵部。坠弓。

十 月

朔日(11月19日) 晨,赴太和殿,捧题纸,具朝衣冠。中堂自殿内西旁黄案捧题纸出,兵部堂官跪接。自西阶下,安奉丹陛黄案上。三叩头,返立于旁。候读卷官行礼,武举行礼毕。又捧题纸下丹陛西阶。授兵部司员表。散。

初二日(11月20日) 晨,赴紫光阁演礼,至署。

初三日(11月21日) 紫光阁马步射。辰正后,驾至,站班。每马射一人,兵部堂官跪而报名,凡一百五十七人。与巴敦甫分班,十人一轮,腿为木强。

初四日(11月22日) 御箭,亭阅,技勇。贵州吴兆熊刀犯规,罚科。午正后,毕。旋带引见,冒雨而入。惫甚。状元卞赓,江苏海州人;榜眼张祖同,河南人;探花李连仲,直隶人;传胪仝云龙,山东人。李、仝皆本围。

初五日(11月23日) 卯初,至内,值日奏事。候折匣下,乃易朝服而行。驾已升殿,飞奔而往。幸徐相已至,捧榜至丹陛,俟新进士礼毕,捧榜下。陛礼初不过卯正一刻,昨传卯正二刻,改朝班,咸未齐集。余有捧榜差,幸未改误,幸哉。张樵野招饮。

初六日(11月24日) 辰正,至署,会武宴。午初,毕。贺徐相娶孙妇,兼谢昨劳。至译署;至柳门处谈。

初七日(11月25日) 至署,会晤美使田贝。

初八日(11月26日) 贺敬子斋得朝马,晤。至署。偕小云看史家胡同房屋。作覆恽菘耘信,附郑阳镇、何湘亭信,同寄。

初九日(11月27日) 赴署,会晤赫德、柏百福。巳正后往,申正后乃归。贵州武进士卫守备用。邹永嘉来见。

初十日(11 月 28 日)　皇太后万寿,朝贺。至莱山处、凤石处。

十一日(11 月 29 日)　奏派考试。八旗,翻译、童生。弹压副都统。入内。至署。遣邹升赴津接森儿。发家信,接杨艺芳专马信,唁其奉内讳,即交专马带回。至署。

十二日(11 月 30 日)　作覆程明甫信,附入李子梅信内;又周积甫信,并寄番禺;覆朱调元信,作缉庭信,同寄;又唐薇卿信,亦托缉庭转递。至署,拜钱子密,晤。

十三日(12 月 1 日)　至兵部;至署。湖北通家金盛秋兑卿,江西令来。

十四日(12 月 2 日)　英使欧格讷来署;翁弢夫来,谈;熙溆庄来。

十五日(12 月 3 日)　值日,柏百福来署。莱山招观弈,李山农同局。

十六日(12 月 4 日)　至兵部。吊毕尔修念承妻丧,左侯丰孙丧。访缪小山,谈。作合肥信,寄。

十七日(12 月 5 日)　至署;至柳门处。作杨子通信,寄。

十八日(12 月 6 日)　森儿到京。得王新之信、吴希玉信。

十九日(12 月 7 日)　至兵部。

二十日(12 月 8 日)　至署,莱山招饮。

廿一日(12 月 9 日)　至署,出城拜客。

廿二日(12 月 10 日)　欧格讷来署,得合肥信。

廿三日(12 月 11 日)　值日,召对,带引见,至署。

廿四日(12 月 12 日)　带引见,赴承光殿。

廿五日(12 月 13 日)　英使欧格讷觐见于承光殿。午正,礼成而归,至兵部。作黄幼农覆信,寄。

廿六日(12 月 14 日)　兵部加班,奏事。招联观察星魁、沈大令佺,号期中曹荔庵、吴润卿、殷柯亭、金兑臣饮。

廿七日(12 月 15 日)　至署,赴杨蓉浦、黄霁亭之招于谢公祠。

廿八日(12 月 16 日)　至署。

廿九日(12 月 17 日)　至署;至莱山处,遂手谈,夜饭。子初,归。

三十日(12 月 18 日)　卯正,至西华门外,关防衙门小坐。迎驾还宫。跪道左,咸蟒袍补服。午后,至署。至龙泉寺,潘文勤师二周年。

十一月

朔日(12 月 19 日)　卯初入内,已被召,亟趋入对于乾清宫。归。作合肥信、陈舫仙覆信,均寄。

初二日(12 月 20 日)　天坛站班,至署。

初三日(12 月 21 日)　得合肥信。

初四日(12 月 22 日)　李山农招宴于莱山宅。凤石太夫人常诞,往贺。

初五日(12 月 23 日)　作盛杏荪信。至署。

初六日(12 月 24 日)　作覆庆霭堂信,寄其宅。作坎巨提疏稿。

初七日(12 月 25 日)　立豫甫招观剧。凤石太夫人常诞,往贺。

初八日(12 月 26 日)　署宴欧使。

初九日(12 月 27 日)　值日,召对,带引见。至署。得霭堂三信。

初十日(12 月 28 日)　带引见,拣选答官。陪堂,派八人。福箴庭相国为首。申正后。毕。

十一日(12 月 29 日)　钱子密招宴,陪李高阳。

十二日(12 月 30 日)　至署;至兵部。出城,拜客。

十三日(12 月 31 日)　设宴于莱山宅,招山农、樵野。

十四日(1893 年 1 月 1 日)　至兵部。

十五日(1 月 2 日)　工程奏事。柳门来。午后,至署,会晤巴使。

十六日(1 月 3 日)　总署奏事。宴翁六年丈、徐颂阁、廖仲山、汪柳门、陆伯葵、陆凤石于家。

十七日(1 月 4 日)　值日,召对。至署。

十八日(1月5日) 各使馆拜年。比、和、义三馆辞。吊延庶常燮妻丧。

十九日(1月6日) 小云、仲山招陪徐荫轩协揆、李兰荪师。

二十日(1月7日) 带引见，至署。莱山题《天女散花图》。

廿一日(1月8日) 至兵部。吊周生霖丧。

廿二日(1月9日) 至署。题图竟。“万花非幻亦非真，丈室维摩证净因。观色宜超无眼界，生天原属有情人。风前檐蔔惟闻馥，镜里华鬘不染尘。自在游行何足碍，半禅杖履又回春。”

廿三日(1月10日)

廿四日(1月11日) 至兵部。覆竹筼信，寄。

廿五日(1月12日) 值日，欧使来署。

廿六日(1月13日) 巴使邀宴。莱山消寒会于家。

廿七日(1月14日)

廿八日(1月15日) 至署。

廿九日(1月16日) 拜俄馆年。答周观察莲，晤。

三十日(1月17日) 至署；至兵部。

十二月

初一日(1月18日) 作合肥信，寄。得薛叔耘信。

初二日(1月19日) 至署。往晤英使欧格讷。

初三日(1月20日) 值日，召对，带引见。至署；至兵部。覆叔耘信。十月内先作一函，未寄及，是并寄，交由钱子密寄。

初四日(1月21日) 至署；至莱山处，手谈。

初五日(1月22日) 奉派承修天坛、地坛、先农坛工程，与昆小峰同事。至署。

初六日(1月23日) 带引见。消寒会于莱山处。

初七日(1月24日) 东长安门外堂考。至署。

初八日(1月25日) 雪，以诞日，未出门，得钱念劬信。

初九日(1月26日)　招秦鸿轩、周伯晋、易兰舫、陈介臣、左笏卿、范饮。

初十日(1月27日)　至署。拜崇受之、昆小峰、敬子斋,均晤。

十一日(1月28日)　值日,带引见。饭后谢客,答杨军门岐珍、潘总镇万才。

十二日(1月29日)　至署;至兵部。得黄幼农信。

十三日(1月30日)　赴翁叔平年丈招饮。观《修内史帖》。

十四日(1月31日)　得顾皞民信。至署。夜,杨子通来,谈。

十五日(2月1日)　至署;至兵部。得合肥信。

十六日(2月2日)　寄钱君研信、吴福茨信。加班,奏事,至署。

十七日(2月3日)　剃发,赴柳门之招。

十八日(2月4日)　至署,赴俄馆。

十九日(2月5日)　值日,召对。至兵部封印,至署。赴顺天府拜寿、观剧。

二十日(2月6日)　作合肥信。至江苏馆,许鹤巢、王黼卿之招。吊徐铸庵。

廿一日(2月7日)　至署。

廿二日(2月8日)　作粤帅信。消寒会于莱山处,晚归,遂不寝。

廿三日(2月9日)　兵部奏事,召对,至署。

廿四日(2月10日)　至兵部,贺衡瑞辑五续娶。拜客,出城,子通来。

廿五日(2月11日)　加班,奏事。至柳门处;至署。覆江苏候补府刘达泉信名式通。

廿六日(2月12日)　同乡京官谢恩。至署。拜孙驾航,晤。张筱传同年信、姚馨圃同年信,均寄。

廿七日(2月13日)　拜徐季和,谈帕米尔事。

廿八日(2月14日)　卯正,至地坛,开工。袁硖碶来。至莱山处。晤李仲宣。

廿九日(2月15日) 至枢府诸公处辞岁。晤许星翁。

三十日(2月16日) 作致季和函。至莱山处。

上年至本年蒙派差使汇集于此：

管理马馆事务

承修醇贤亲王园寝工程大臣

辛卯科各省乡试补覆试阅卷大臣

庚寅科庶吉士散馆阅卷大臣

磨勘各省试卷大臣

壬辰科会试覆试阅卷大臣

覆核朝审大臣

壬辰科武会试较射大臣

承修三坛工程大臣

光绪十九年癸巳(1893)

正　月

元旦(2 月 17 日)　卯初,起,迎喜神后。卯正三刻,至内。辰初,在长信门外,恭贺皇太后,遂至太和殿。辰正后,朝贺。乃归。午后,拜年。

初二日(2 月 18 日)　拜年。至总署。复拜年。许星翁来,晤。

初三日(2 月 19 日)　忌辰。拜年,自西南至西北。

初四日(2 月 20 日)　到兵部、到总署,出城拜年。

初五日(2 月 21 日)　出城拜年,至吴慎生处,赴席,菜不佳。

初六日(2 月 22 日)　天坛站班,至署,发善星垣观察信。

初七日(2 月 23 日)　覆沈仲复、崧振卿信,寄。至莱山处。杨子通来,谈。

初八日(2 月 24 日)　兵部加班,奏事入内。拜年。左笏卿来。作总署覆陈帕米尔地形折,由准庶子良一疏也。

初九日(2 月 25 日)　至署,偕徐、廖至英馆久谈。

初十日(2 月 26 日)　喀使来署,会晤。

十一日(2 月 27 日)　作夹片二,竟其一。夜宴杨子通、袁磢秋、柳门。

十二日(2 月 28 日)　各使来贺年,至署。

十三日(3 月 1 日)　作片竟。

十四日(3 月 2 日)　加班奏事。归,小睡。至关帝庙吊青相弟丧。

十五日(3月3日) 得张香涛信、吴谊卿信。

十六日(3月4日) 作覆福少农信,寄。宴张在初、塔木庵、恩仲华、阎润亭、徐良臣、黄致尧。至署;至兵部。

十七日(3月5日) 作顾皞民信、胡云楣信,皆交本宅。又作江蓉舫信,寄。

十八日(3月6日) 至署。

十九日(3月7日) 早,赴西华门外送驾。内阁知会,寅刻而巳正,驾始出宫,即赴兵部开印。归,午饭,拜昆小峰母常诞。

二十日(3月8日) 贺祥仁趾续弦。至署,法使李梅、税司赫德来,晤。

廿一日(3月9日) 署奏事入内,归,小睡。至署;至兵部。作彭伯衡信。

廿二日(3月10日) 作周子瑜交袁碛秋信,并彭信交彭子嘉,交寄。吊衡辑五母寿。访冯仲梓,谈半晌。至湖南馆,赴杨蓉浦、黄霁亭之招。

廿三日(3月11日) 值日,入内,召对。归,小睡。至署。作方右民信,交胡海帆寄。刘仲良、龚仰蘧信,并附欧阳冰臣信,交孙燮臣寄。

廿四日(3月12日) 至兵部。

廿五日(3月13日) 东安门月选掣签。待御史一时许,始至。至署。

廿六日(3月14日) 九卿团拜于皖馆,附宴李仲宣、新吾、檀斗生、赵伯元、王廉生、冯孟华、陆蔚亭、费屺怀、高仲瑊,未至者方芰塘、文芸阁。丑正,始入城。

廿七日(3月15日) 作李子木信、刘景韩信。至署。

廿八日(3月16日) 加班,入内。午刻,验看月官。作聂仲芳信,为西教育婴事,凡十余纸,寄。

廿九日(3月17日) 作合肥信,寄。宴梁芗南、恩星垣、高梦臣、徐东甫、张少原、李蕴斋、洪右臣,未至者丁桐生、郑芝岩。作许竹筼覆信。

二 月

朔日(3 月 18 日) 作竹筼信竟,寄。至署;至兵部。秦霖雨苍来。

初二日(3 月 19 日) 值日归,睡。至署。散。己酉正,至莱山处手谈,并饭。

初三日(3 月 20 日) 至署,会晤欧使。申刻,赴小云之招。

初四日(3 月 21 日) 雨,作吴培卿信、王新之信、崔惠人信,交森儿带苏沪。又黄花农、柯受丹、曾经郛、汪耕娱、李晋溪,皆年例信。

初五日(3 月 22 日) 作恽菘耘信,寄。至署。同乡公宴李玉丹、戴艺郛、沈乐庭、陆桂圃、吴蔚若,皆四旬、五旬、六旬寿。拜客,晤徐季和,谈。

初六日(3 月 23 日) 莱山来,朱楚白来。皖馆团拜。又檀斗生招,并赴。

初七日(3 月 24 日) 至署,会晤喀使。柳门招陪汪子常太守。

初八日(3 月 25 日) 至署,会晤巴使。

初九日(3 月 26 日) 偕孙燮臣、陈桂生、钱子密、李苾园、徐颂阁,在皖馆公宴各部堂官及都察院堂官。

初十日(3 月 27 日) 值日,召对。张筱传来,王鹤田来。王季樵得福建学差,未久谈。至兵部、至史家胡同,与隆宅立屋契,凡七千金,先付五千。翁叔平丈招饮。

十一日(3 月 28 日) 总署奏事,入内,奉派东陵另案工程。偕裕寿田。

十二日(3 月 29 日) 至署。

十三日(3 月 30 日) 贺徐东甫少司空喜。至省馆,偕柳门、凤石公宴同乡。

十四日(3月31日) 至署,送巴使行。至俄馆,议帕界。作合肥信,寄。

十五日(4月1日) 巴使觐见于承光,辰初,往。至署;至兵部。作盛杏荪信,寄。

十六日(4月2日) 总署奏事,入内。归,睡。裕厚,小鹏、陈鸿绶,少秋、汪鸿基笙叔来,皆派工程差。冒雨贺李新吾嫁妹。作瞿赓甫覆信,附宣城令黄佑麟兰生信。覆黄幼农信,附王可庄信、瞿信,寄局。黄信交协城永。覆邓小赤信,交钱子密。

十七日(4月3日) 陈恩梓伯材来,文芸阁太史来。至署。作程明甫信,又作合肥信,寄。

十八日(4月4日) 值日。作明甫信竟,附陈西岑;又覆周积甫信,廖竺生信,均附入交源丰润寄。至署,作崧振卿信,与刘景韩信,交其本宅。

十九日(4月5日) 带引见,召对。作奎业峰信,寄。覆胡蕲生信,由提塘寄。译署团拜。答缪小山谈。

二十日(4月6日) 带引见。袁磢秋来。至署。作清卿信,附陈宇初信,托柳门交折差;作家信、作汪芝房信,寄。

廿一日(4月7日) 入内,请训,召对。归,寄家信。

廿二日(4月8日) 午后,起身,肩舆行四十里,抵通州。拜张筱传同年,留夜饭。遂宿通州客店。

廿三日(4月9日) 四十里,夏店尖,三河县地饭。后二十里枣林、五里三河县、二十里段家桥、二十里邨。均宿。

廿四日(4月10日) 早,行廿五里蓟州,廿五里濠门尖。十五里马伸桥、二十里石门,行至陵。在大红门外谒陵,行装膝地,三跪九叩。十五里马兰峪,峪有城墙,多圮。殆戚继光屯军之地。住户、铺户约千余家,问皆宿真武庙。适值演剧,改宿于药王庙,在市外高岗上。舍宇亦尚幽雅,庭有白皮松一株,数百年物,横干四出。榆树两株,寄生其上,颇奇。马兰镇英廉介臣来投刺,亦往答之。自峪至镇十里。

廿五日(4月11日) 卯正,起,行十二里,至陵。谨案东陵为孝庄文皇后昭西陵,在大红门外。昭陵为太宗文皇帝陵名,在奉天。先是圣祖仁皇帝奉遗命以昭陵奉安,年久未便合葬。建选兆域必近孝陵,陵乃择地建,暂安奉殿。雍正二年,世宗宪皇帝以暂安奉殿,已安奉三十余年,即殿为陵世祖章皇帝孝陵。陵山本名丰台领,赐名凤台山,康熙二年又封为昌瑞山。《遵化州志》云:凤台山峰峦层秀,顶如华盖。《蓟州志》:昌瑞山一峰柱笏,状如华盖,诸胜回环。

孝康章皇后、端敬皇后同安地宫。孝惠章皇后别为孝东陵。圣祖仁皇帝景陵。孝诚仁皇后、孝昭仁皇后、孝懿仁皇后、孝恭仁皇后同安地宫。敬敏皇贵妃附葬。高宗纯皇帝裕陵,在孝陵西。孝贤纯皇后、孝仪纯皇后同安地宫。慧贤皇贵妃、哲悯皇贵妃、淑嘉皇贵妃附葬。文宗显皇帝定陵在裕陵西。穆宗毅皇帝惠陵在诸陵东。此次所修工程,孝陵神厨库、孝东陵隆恩门、景陵皇贵妃园寝西明楼、裕陵陵寝门西门、裕陵纯惠皇贵妃园寝明楼、定陵礼部金银器皿库石门,工部正库皆非陵上正工。又孝陵为主陵,因祗于孝陵神厨库,祭后土,补服拜垫,行三叩首礼,监视开工,仍返。至塔山寺高冈,有塔山,称塔山,故亦名寺。午后,赴汤泉寺。在峪东十余里,寺有温泉,尚无硫黄气,惜寺破败。浴室在大门内,秋瓦石为方池,先令人糊窗、设榻,乃入浴,甚畅。适寺旁有行宫,康熙年间,远今已遗迹荡然。寺内石幢,明戚继光撰文勒石,凡六面,两面画也。[1]

廿六日(4月12日) 辰初,行至濠门尖,邨均宿。随员裕厚、小

---

① 附记:《奉派东陵,另案工程只谒孝陵,顺道瞻谒惠陵》:"凤台山接太行遥,对案望星一柱标。华盖云烟双水护,幽宫风雨百灵朝。皇舆今世同中外,古戍当年重蓟辽。为此钟祥形胜地,尧陵佳气郁层霄。泪洒轩尊痛未忘,桥陵又阅几星霜。尽歼群孽由天授,已致中兴返帝乡。少海尚虚储贰位,大宗曾降老臣章。蓟门入夜鹃啼血,犹有孤魂叫九閽。"

鹏、陈鸿绶少秋、裕寿田派来者曰艾庆澜观亭、荣安仲文先一日归。

廿七日(4月13日) 尖夏店,宿通州栅栏店。

廿八日(4月14日) 巳正,入城,至家。得森儿信、禹山信、春藻信、湖北通家李弼清廉臣信,时补湖南芷江,署零陵王伯芳信、刘岘庄信。

廿九日(4月15日) 入内,徐寿蘅亦自西陵回,问召对。归,卧。至署。拜庆邸寿,与诸邸拇战,颇醉。

三 月

朔日(4月16日) 答张丹叔,未值。许星叔招饮,陪丹叔也。得硕卿信。

初二日(4月17日) 至署;至兵部。访缪小山、戴艺郛、王黼卿,均晤。

初三日(4月18日) 余思诒来;华少兰来,晤。至署。访杨子通,久谈。

初四日(4月19日) 庆邸第中演剧。总署移席至彼宴礼邸、克邸、那邸、漪贝勒、额,张二相,杨子通、袁磢秋亥初先归。

初五日(4月20日) 值日,召对。归,卧。赴署,英使来,晤。

初六日(4月21日) 宴王季樵、柏云卿、李葆宾王鹤田、陈冠生、王觉僧、叶少兰于家。

初七日(4月22日) 至署。

初八日(4月23日) 覆刘岘庄信,托磢秋带。王伯芳信,交协诚永黄子奇信,寄局。枢府四人请皖馆。

初九日(4月24日) 朱楚白来。至署;至兵部。作覆禹山信。

初十日(4月25日) 作家信,托徐良臣带沪。寄禹山信。出城,吊秦佩芳妻丧。送袁磢秋行。

十一日(4月26日) 作朱修庭信,附昨日家信。至署。

十二日(4月27日) 作合肥信,寄。至署。得盛杏荪信。翁六丈招饮。

十三日(4月28日) 值日,带引见,召对。作李弼清廉臣信,交湖南委员刘君;作朱少桐信,交其家;作蔡燕生信。拜张丹叔,晤。

十四日(4月29日) 至署。交燕生信及地图,由提塘交折差。至兵部。

十五日(4月30日) 至内阁会议。屈原从祀文庙,余搢珊侍御所请也,部覆主驳,画稿毕,出城。江苏团拜于湖南馆,请张丹叔中丞、周子邃观察,戊辰、戊午附焉,丹叔兄戊午科,故亦到。夜,作周子瑜信,为王钰如同年嘘拂。时钰如奔丧回蜀。

十六日(5月1日) 巳刻,至柳门处,偕仲山三人公宴丹叔、小云、殷秋樵、郑芝岩。未刻,至署。送子瑜信,交钰如。

十七日(5月2日) 作杏荪信,交源丰。润熙、溆庄、怀少轩、志馨山、寿伯蕃皖馆彩觞招饮,得陈宇初信。

十八日(5月3日) 赴署,麟芝莽协揆招饮。

十九日(5月4日) 孙驾航京兆招饮。

二十日(5月5日) 至署;至兵部。龙芝生、杨蓉浦招湖南馆。得杨艺芳信,森儿信。

廿一日(5月6日) 值日,召对。归,作屏联。剃发。

廿二日(5月7日) 访翁韬甫,晤。至署。出城拜客。夜,覆明甫信,交新泰厚。

廿三日(5月8日) 阴雨,作覆香涛信,托王廉生寄;得合肥信。

廿四日(5月9日) 至署;至江苏馆,同乡七人公请;至龙泉寺,吊吴子修弟丧;至柳门处。吴广盦来京,谈至子初。

廿五日(5月10日) 谭和伯来,谭念荪同年之子,分发广东知县。至署;至兵部。杨艺芳来;吴广盦来。得庆霭堂信。

廿六日(5月11日) 兵部加班,奏事。至署。拜吴广盦、孙莱山,均晤。

廿七日(5月12日) 邹嘉年鹤俦隽之子,改捐江西令、曹荔庵来。

张一琴来。至署、晤英署使。得朱修庭信;得霭堂信。

廿八日(5 月 13 日)　验看月官。至署、晤法使李梅、税司赫德。

廿九日(5 月 14 日)　值日,召对。廖仲山招饮。覆硕卿信,托蔚若寄。

三十日(5 月 15 日)　拜杨艺芳,晤。至署,薄暮始归。

四　月

朔日(5 月 16 日)　覆霭堂信,未毕。至兵部;至署。

初二日(5 月 17 日)　天坛站班,巳初往,午正前散。作霭堂信毕,交其家。

初三日(5 月 18 日)　宴广盦、艺芳、子密、小云、柳门。

初四日(5 月 19 日)　兵部加班,奏事。作覆禹山信,以待折差来寄。至署;至兵部。赴柳门招。夜,雷雨。

初五日(5 月 20 日)　剃发。至署。得程明甫信,寄。木器已到通州。

初六日(5 月 21 日)　至署。

初七日(5 月 22 日)　值日,入内。出城,拜杨艺芳、冯孟华,晤。至皖馆,赴长石农、徐东甫、克秀峰之招。

初八日(5 月 23 日)　东长安门堂考。至署。得森儿信,盛杏荪信,聂仲芳信。

初九日(5 月 24 日)　翁六丈招饮。陆存斋来晤。

初十日(5 月 25 日)　作家信,寄;前寄禹山信,亦寄。漪贝勒招音尊,又赴志馨山家贺嫁妹。至署。

十一日(5 月 26 日)　至兵部;至署;至莱山处。

十二日(5 月 27 日)　至柳门处,晤广盦。至署。许星叔招饮。送杨艺芳行,未晤;拜张野秋,晤。

十三日(5 月 28 日)　莱山招音尊,颇醉。归已丑刻。

十四日(5 月 29 日)　仍赴莱山之招,亥初先归。

十五日(5月30日) 值日,带引见,召对。拜陆存斋,晤。拜怀绍先六旬寿。归,小睡。钱子密招饮。

十六日(5月31日) 派阅试差卷。福箴庭、昆筱峰、孙莱山、陈桂生,暨余、阿云亭、李苾园、汪柳门、志伯愚、王云舫。寅正,得信。卯初,入内。考者三百三十八人,余分三十四卷。巳正后毕,啖饭乃归。倦甚,小睡。王新之自上海来,晤。

十七日(6月1日) 宴黄植庭给谏、程水部志和、赵芝珊太史、谭和伯、董翥轩、俞佑卿、潜梦熊诸大令文芸阁。王黼卿来。得黄花农信,即覆。

十八日(6月2日) 李木斋、华少兰来。至署。得家信。作覆葛振卿信,寄。

十九日(6月3日) 至署。

二十日(6月4日) 雨,未出门,覆任逢辛信,托凤石;覆彦墀信,寄。

廿一日(6月5日) 至兵部;至署。

廿二日(6月6日) 至江苏馆,赴冯孟华招;李玉舟招。至皖馆,赴陆凤石、陆伯葵、张野秋招;入城,赴缪筱珊、费屺怀招;又赴莱山处夜饮,子初后归。得许竹筼信。

廿三日(6月7日) 值日,入内。归,睡。午后,至柳门处。至署。赴松吟涛招音尊。

廿四日(6月8日) 至署。

廿五日(6月9日) 天安门外掣签。至兵部。夕邀王新之小酌。

廿六日(6月10日) 答德晓峰、赵梓芳。吊良梦臣妻丧。

廿七日(6月11日) 得庆霭堂信。竟日未出门。

廿八日(6月12日) 大考差,寅正,至上书房。题为“敬以直内义以方外”论沙留鸟篆斜得留字。申正,归。天燥墨胶,书字艰涩,甚不惬意。实到二十人。

廿九日(6月13日) 赴署。

五 月

朔日(6月14日) 至兵部;至署。张樵野招饮。作合肥信,寄。

初二日(6月15日) 值日,入内。至署。陆蔚庭、陆伯葵招江苏馆;徐季和招于家,均赴。访许鹤巢,天骤暑。

初三日(6月16日) 招陆存斋、吴广盦、柳门、缪小山、费屺怀、江建标饮,翁弢甫、王黼卿未至。得家信、王念劬信。

初四日(6月17日) 至署,英使来。

初五日(6月18日) 送陆存斋行,晤。

初六日(6月19日) 至署,偕小云赴英馆。作覆盛杏荪信,得北洋信。

初七日(6月20日) 作覆北洋信;作二号家信。夕至广盦处谈。

初八日(6月21日) 北洋信交来弁,并杏荪信。托广盦带二号信。至兵部;至署。崇受之招音尊。

初九日(6月22日) 总署奏事,召对。至史家胡同新屋开工。至署。崇受之、昆小峰、张樵野招于受之宅,仍音尊。

初十日(6月23日) 值日,入内。柳门招午饭。至署。立豫甫招饮于家,大雨,既而晴,子正后始归。

十一日(6月24日) 腹泻,湿滞,服药,偃息竟日。

十二日(6月25日) 至兵部;至署。

十三日(6月26日) 大雨倾盆,作许竹篔信、庆霭堂信。

十四日(6月27日) 寄霭堂信,交其家。至署。作覆汪芝房信。

十五日(6月28日) 芝房信交其家寄。

十六日(6月29日) 至兵部;至署。

十七日(6月30日) 裕朗西来,谈。至署,答客。

十八日(7月1日) 值日,带引见,召对。得竹筼信、家信。续覆竹筼信。

十九日(7月2日) 偕芝岩、东甫、韵斋公宴赵梓芳同年于松筠庵。甚暑。

二十日(7月3日) 至署,寄竹筼信。

廿一日(7月4日) 兵部考送军机,凡八人:曹允源、胡远灿、梁旭培、高树、刘毂孙、杨芾、萧和锡、张嘉猷;备二人:华文铨、徐贞。午刻毕。至署。出城,拜吴子修继母寿。暑甚。

廿二日(7月5日) 书杨艺芳太夫人挽联。

廿三日(7月6日) 患湿,腹泻。

廿四日(7月7日) 仍养病。

廿五日(7月8日) 至署。得恽菘耘信。

廿六日(7月9日) 值日,入内。送赵梓芳行,未值。

廿七日(7月10日) 至署。江右兴国县入泮通家李文涛松琴来。李寿庭军门之子分发江苏同知。

廿八日(7月11日) 得庆霭堂信;覆聂仲芳信,托赵梓芳带沪。

廿九日(7月12日) 至署。出城,拜客。吊张筱传同年弟丧。

六 月

朔日(7月13日) 德国新使绅柯至署。是日,又大雨。

初二日(7月14日) 得合肥信、恽菘耘信。韩荩之总镇来,晤。

初三日(7月15日) 至兵部;至署。得周积甫信。

初四日(7月16日) 总署奏事,入内。气壅于背,归亟服药。作合肥信,寄。

初五日(7月17日) 扶病入值,召对。先服去湿利气药,病未甚除,加枳实以荡涤肠胃。此病自前年起,先由湿积痰滞,继而食滞,肝气不能鬯达,遂壅于背,故治法以消食,积去痰湿为先。作三号家信,寄。

初六日(7月18日) 早起,气觉舒,赴署,答拜德使绅柯。出城,补祝徐寿蘅昨日七旬寿。得清卿信。

初七日(7月19日) 姜总兵桂题翰卿来。邀裕朗西、韩荩之、周揆午、徐仲虎、徐乃秋、李仲宣、李松琴午酌。万声甫来。得黄幼农信。

初八日(7月20日) 雨,至署。覆清卿信。

初九日(7月21日) 覆恽菘耘信,均交湖南折弁;得七号家信。雨甚。

初十日(7月22日) 德使绅柯觐于承光殿。辰初往,巳初归。至柳门处谈。是日,晴,夕又雨。移床。

十一日(7月23日) 苦雨。作篷,作寿莱山尚书联、受之侍郎联。得竹篔信、霭堂信。

十二日(7月24日) 至署,归而大雨,坐处皆漏。

十三日(7月25日) 入值,雨止。夕又雨,幸亦不久。周伯晋典试浙江来,谈。

十四日(7月26日) 晴。不敢出门,惟译述元史事。得王新之信。

十五日(7月27日) 至署。归,书联幅七八件。邹咏春典试江右来。

十六日(7月28日) 带引见。书孙尚书、崇侍郎寿联。

十七日(7月29日) 至署。

十八日(7月30日) 带引见。至署。作王新之信,寄。得顾皞民信。

十九日(7月31日) 甚暑。莱山招观剧,戌刻归。

二十日(8月1日) 拜莱山寿,为陪客。暑甚,汗下如雨。申正归,浴凉。雨洒庭为之一舒。得任逢辛信,薛叔耘信。

廿一日(8月2日) 至署,至崇受之处预祝。

廿二日(8月3日) 至署,受之邀往观剧。

廿三日(8月4日) 至署。出城,拜客。

廿四日(8月5日) 自署归,气壅于背,亟服药。

廿五日(8月6日) 至朝房掣签;至兵部。王之藩小初,临江府来,晤。

廿六日(8月7日) 卯刻,入内,贺万寿。辰初,归,仍不能食,不能坐,加重药剂。

廿七日(8月8日) 病未退。

廿八日(8月9日) 病大剧,汗下如雨,上下阻隔,昏沈迷瞀。邀凤石来诊。

廿九日(8月10日) 家人谓有痧,刮背,果然腹以针刺,胸腹始渐舒。然周身肉几落尽,面目转疸黄。

三十日(8月11日) 凤石来诊。

七　月

朔日(8月12日) 服石膏,食西瓜。

初二日(8月13日) 请假半月。

初三日(8月14日) 左笏卿来诊疾,自此与凤石常互诊,自此病渐轻减。

洪钧使欧奏稿

光绪十三年(1887)

奉命谢恩折

（光绪十三年五月初四日）

奏为恭谢天恩仰祈圣鉴事。

本月初三日奉上谕："前内阁学士兼礼部侍郎衔洪钧署充出使俄国、德国、奥国、和国钦差大臣。钦此。"窃臣三吴下士，知识庸愚，忝巍科而叠掌文衡，由翰苑而游跻今职。省亲回籍，释服趋朝，正惭报称之虚，乃荷驰驱之用。自闻天命，无地可容。伏维洋务之兴，殆将终古；皇华之选，以固邦交。德、俄并峙于欧洲，和、奥亦通于上国，必协经权之用，庶增坛坫之光。梼昧如臣，曷足胜任。惟有悉心研究，锐意讲求，仪节罔愆，懔将命于简书之役；刚柔交剂[济]，寓折冲于樽俎之间，勉竭驽庸，冀酬高厚。所有微臣感激下忱，敬谨缮折，叩谢天恩。五月初四日。

奏报开用关防折

（光绪十三年五月廿九日）

奏为恭报微臣开用出使木质关防日期仰祈圣鉴事。

窃臣于光绪十三年五月二十七日，承准总理各国事务衙门将出使行用木质关防一颗颁发前来。臣当即祗领，兹于本月二十八日敬谨开用，理合将开用日期恭折具陈。伏乞皇太后、皇上圣鉴。谨奏。五月廿九日。

附:奏调参赞片

再,出洋使臣向有参赞,设遇使臣因公他往,而所驻之国值有庆会典礼暨交涉事件,即由参赞代行代办。责任綦重,体制亦崇,自非洞悉洋务,才识夙俊之员,未易胜任。兹查有翰林院编修兼同文馆纂修汪凤藻,在同文馆多年,精于算学、洋文,人品沈静端方,介然不苟,使之赞助,可以效能于此日,更堪备用于将来。该编修父母在堂,远涉重洋,或非所乐。然驻扎既有定所,音书可以时通,揆诸圣人游必有方之训,亦属不相背谬。相应请旨饬下该衙门,知照该员随臣前往,以资臂助。该员因公出洋,应并恳天恩饬部免扣资俸,以昭奖励。此外,参、随翻译各员,需才尚众,容后续行奏闻。所有臣请调翰林院人员出洋缘由,谨附片具陈。伏乞圣鉴施行。谨奏。五月二十九日。

奏调随员翻译医官折

(光绪十三年六月十三日)

奏为拟调随带出洋各员敬缮清单恭折仰祈圣鉴事。

窃臣奉命出使俄、德、奥、和四国,责任綦重,报称弥难,夙夜惕厉,罔知所措。伏查奥、和两国,交涉尚简。俄国壤地与我东三省暨新疆南北两路处处毗连,边事繁多,动烦笔舌。德国则来办军械,订延教习,亦攸关军国重计。臣自忖铨才,深惧陨越,惟有遴选才干之员相助为理,集思广益,庶不至贻误要公。谨就所知,酌拟数员,另缮清单,恭呈御览。如蒙俞允,即由臣分别咨明京外各衙门,转饬该员等迅速治装,随同西渡。其前任使臣所带翻译、随员更事既多,必应酌留,以资熟手。查前任使臣许景澄[①]驻法随员皆系续调出洋,扣至本年,未满三载,遽予尽撤,未免向隅。应俟臣路过法都,与前任英、

① 许景澄(1845—1900),字竹筼,浙江嘉兴人,同治进士。1884 年任驻法、德、意、荷、奥公使,次年兼驻比利时。1887 年卸任。

俄,今改英、法之使臣刘瑞芬[①]晤商,酌留更调。惟此项人员久役思归,期满即须遣撤,届时诚恐不敷差遣,拟候明年续行请调两三员前往,以资接替而节经费。臣此次单开员数,是以较少,合并陈明。此外,供事、学生、武弁皆所必需,另由臣咨明总理衙门查照成案办理。所有拣员随带出洋,暨拟留前任译、随各员,俟期满再行续调各缘由,理合缮折具陈。伏乞皇太后、皇上圣鉴训示。谨奏。六月十三日。

奏请赏假便道回籍处置家事折

(光绪十三年七月初三日)

奏为恳恩赏假便道回籍恭折仰祈圣鉴事。

窃臣请训陛辞后,即应前赴上海等候外国公司轮船,乘驶出洋。臣本籍苏州,距上海只二百余里,一两日可达。臣奉使绝域,义应过门不入,国而忘家。惟是一水可通,归途非达,三年乃返,程限臣[尚]宽。且海道必经红海,彼处气候迥殊,虽在隆冬,可衣单袷。秋中过,彼酷热未消,臣及随臣员弁必有触暑致疾者。若候九月放洋,则红海炎歊渐减,可期行旅平安,转于使事不无裨益。故此仰恳天恩赏假一月,俾臣回籍措置家事,一候假满,即行往沪具报出洋日期,不敢多有淹留,致辜简任。所有臣请假便道回籍下忱,谨缮折具陈,伏乞皇太后、皇上圣鉴。七月初三日。

补阁学谢恩折

(光绪十三年九月十二日)

奏为恭谢天恩仰祈圣鉴事。

窃臣于江苏途次恭阅邸钞:八月二十二日奉旨:“洪钧补授内阁

---

① 刘瑞芬(1827—1892),字芝田,安徽贵池人。1885年任驻英、俄公使,1887年改任驻英、法、义、比公使。

学士兼礼部侍郎衔。钦此。”窃臣三吴下士，一介庸儒，上第叨登，崇阶倖列，当释服趋朝之日，正临轩遣使之时。猥以辁材膺兹巨任，兹复仰承温诏，俾予真除，眷顾自天，悚惶无地。伏念内阁有王言之掌；学士兼宗伯之官，喉舌攸司，仔肩非易。如臣梼昧，深惧弗胜。惟有策励驽骀，勉图报称，绥远人于海外，宣播皇仁；懔要职于朝端，对扬宠命。随时随事，实力讲求，冀答高厚鸿慈于万一。所有微臣感激下忱，谨缮折叩谢天恩，伏乞皇太后、皇上圣鉴。谨奏。十三年九月十二日在沪天后宫行辕拜发。

附:奏报出洋日期片

再，臣于七月中旬出京，道出天津，会晤李鸿章，询访一切交涉事宜，随即乘轮南下，于八月初五日回至江苏原籍。一月假满，仍来上海。该处为各国领事会萃之区，晋接周旋，稍有耽搁。现在德国公司船准于九月十四日放洋，臣即乘之西渡。所有臣销假、出洋日期，谨附片具陈，伏乞圣鉴。谨奏。同上，由沪发。

奏报到德接任折

（光绪十三年十月廿四日）

谨奏为恭报微臣到洋接任日期，叩谢天恩，并陈各情，仰祈圣鉴事。

窃臣九月在上海途次具报起程日期，度蒙圣鉴在案。臣于九月十四日驶舟出洋，仰赖国家威福，行程至速，风浪极平。十月十五日行抵义大利境折努阿海口，改乘火车，十七日午后启行，十九日到德国柏林都城。前任使臣许景澄现丁母忧，亟欲交卸，随于二十一日委员将关防、文卷赍送前来，臣当即望阙叩头，祗领任事。伏惟使臣之责首在邦交。德国陆军之雄，推为欧洲巨擘，兵船火炮尤为中国利器所资，今秋订延武弁为天津武备学堂教习，经德君简择，毕相戒饬而后行，慎重之心昭然可睹。盖彼与我素无嫌隙，深愿交欢。又德、俄并峙两雄,积不相能,各不相下,干戈玉帛,事变何常,中国兵气一扬,足以为俄树敌。战国时远交近攻之策,固彼所深体者也。臣于二十一、二两日叠晤外部大臣,皆言巴使[①]信来,述及醇亲王抱恙,君后深以为念。臣已电达总署,询问曾否就痊,以备呈递国书时,德君问及,即便致谢。此德与中国现在加意修好之情形也。臣才识短浅,初涉洋务,深惧陨越为国家羞。惟有遇事小心,不敢稍涉疏忽,以期仰答高厚鸿慈于万一。前任使臣许景澄交卸后,即赴法都等候交替。臣俟刘瑞芬接任法事,再与订期偕赴俄都,合并陈明。所有臣感激下忱暨到后情形,谨缮折具陈,伏乞皇太后、皇上圣鉴。谨奏。十三年十月廿四日自德拜发。

附:咨调按经徐毓麟奏明免其扣选片

再,臣在京时,咨调候选按察司经历徐毓麟充当文案供事。部例:候选人员因公出京,例得奏明,免其扣选。兹该员远涉重洋,尤非寻常因公出京可比,相应仰恳天恩饬部照章铨选,以示体恤,合再具陈,伏乞圣鉴。谨奏。同日发。

奏报呈递国书并密陈各情折

(光绪十三年十一月初八日)

谨奏为恭报呈递国书,并遵旨致询太子喉证[症],恭折密陈各情仰祈圣鉴事。

窃臣十月行抵柏林接任使事,当即拜折叩谢天恩,由海道发递在案。外部本定十月杪即可递书,乃以德君耄年,节劳慎疾,展至本月初四日。臣先期接奉总署电传懿旨:饬问德太子喉症愈否。臣谨于是日率同翻译官前赴温宫,照依泰西三鞠躬礼,颂答如仪。酬接情文

① 巴兰德:光绪元年(1875)至光绪十九年(1893)为德国驻华公使。

颇为殷渥，谨将颂词、答语及致问各情另单开录，恭呈御览。伏见德君[1]年已九十一岁，虽神志尚清，而精力实形衰迈。言则勉能达意，首则已渐下垂。闻其衣内紧束，揞柱腰肢，始能站立一两刻之久。翻译官庆常上年曾与宫中宴会，据云，此次相见，大不如前。良由春秋过高，冢嗣久病，忧心焦思之所致也。德太子喉生外症，口不能言，西人施治，每恃奏刀，一割再割，元气必将大耗。其病情底细异常秘密，然博访众论，皆谓难痊。太子治军有年，人心归向，若有事故，国本为之动摇。比闻各国皆致书德使馆问疾，德廷谕驻各国使臣代为致谢。今中国已有懿旨就询，更昭郑重，自可无庸再由总署具书，至德之皇孙年近三十，性好武事。觇国是者谓：如皇孙嗣位，欧洲必启兵端。盖少年血气用事，与老成持重迥不相侔。又众望未孚，将谋建立武功，以奠人心而维国势。此虽揣测之语，诚未可谓无见也。窃合中西大势言之，欧洲多事，则中国稍安。现考各国情状，美则常为局外之观，英则颇有持盈之戒，惟俄则并吞为志，法则复仇为心，德则惟日孜孜以秣马厉兵为事。俄、奥二国现在甚有违言调兵增戍，识者多谓欧洲战事不出十年。中国及此闲暇之时，修明政事，讲求戎备，诚不得谓非厚幸。时不可失，此尤臣所内顾而憬然者也。所有呈递国书，遵旨致问暨见闻所及各情形，谨缮折密陈，伏乞皇太后、皇上圣鉴训示。谨奏。十一月初八日午刻自德拜发。

附：通答词语夹片

颂　词

使臣奉大清国大皇帝简命，派充驻扎贵国钦差大臣，恭赍国书呈递大君主，以为真心和好之据。两国素无嫌隙，交情本厚。使臣膺此重任，尤必尽心竭力，益固两国之交。望大君主推诚相待，以敦睦谊，并祝大君主、后福寿无疆，国民富庶，使两国和好日坚，同享升平，使

[1] 德君：即德意志帝国皇帝威廉一世（1797—1888）。

臣实所切望。

德君答词

朕奉大清国大皇帝国书，敬悉贵使臣恭膺简命，派充驻扎本国钦差大臣，接阅之下，不胜欣悦。又承吉语祝颂，尤为感谢。两国交情本极亲厚，得贵使臣维持其间，定能益固邦交，永享升平。嗣后，贵使臣遇有应办事件，我国家深愿和衷共济，使两国互有裨益，有厚望焉。

德君问答语

德君云："前闻醇亲王抱恙，甚为怀念。爰命外部大臣询问贵使。外部所言皆我之语。"答以："前闻大君主垂询，即电报本国。嗣接复电，知醇亲王病已渐愈，深谢大君主关念。皇太后有懿旨前来，问贵国太子喉患已未痊愈?"德君云："吾子久病，近稍轻减，尚须割治，方可望痊。承中国皇太后系念，感激殊深，请为奏明，代达谢忱。又前承大皇帝赐于珍物，尤为感篆，并请代达。"答以："均当奏明。"德君又言："许大臣因丁母忧，急速回华，未得晤面，殊为歉怅。"答以："丁忧人员例应回籍守制，是以未能谒见。"又问："中国最重科第，我西国亦重此。闻贵使为中国贵人，深为慕赏，又得常驻本国，尤为欣悦。"答以："中国国家特简使臣前来贵国，正欲借此表明慎重邦交之意。"又问："从前到过外洋否?"答以："初次。"又问："到我国住得惯否?"答以："柏林与中国北京气候相似，极为安适。"同日发，附折夹单。

奏奖随员姚文栋、岳廷彬二员一折

谨奏为出洋期满人员分别照章请奖，恭折具陈，仰祈圣鉴事。

窃臣本年七月奏调日本随员、直隶候补同知姚文栋随赴俄、德等国当差，仰蒙允准在案。该员奉文后，旋即束装内渡，驶赴西洋，赍有出使日本大臣徐承祖咨文，内称该员在日馆当差未届三载，应俟到洋后接算至期满之日，由臣按照定章请奖等因。查该员在光绪十年十二月二十六日在日本使馆当差日起，截至本年十二月二十五日止，三载期满。该员历办考求地理，应接文士，采访佚书，提调东文学堂各要差，均经使日大臣咨报总理衙门有案。臣复加考核，实属异常出力。该员本系知府衔，直隶前先补用同知。此次期满给奖，可否仰乞恩施，准予该员免补同知，以知府仍留直隶，归候补班前先补用。并赏加盐运使衔，以资鼓励。

再，臣接管卷内准前任使德大臣许景澄文开：驻德随员五品衔候选州同岳廷彬，于十二年十一月初九日到洋当差。连闰计算，扣至本年十月二十日，已满一年。该员现在随同内渡，而核其前劳，未便泯没，请由臣附奏给奖等因。查总理衙门章程：凡有出使人员事故离任者，除在差未及一年，毋庸置议外，其在差已满一年者，拟请交部议叙。今前任随员五品衔候选州同岳廷彬在差已满一年，核与请奖成案相符，应一并恳恩交部议叙，以录微劳。所有出洋期满人员分别请奖缘由，谨缮折具陈，伏乞皇太后、皇上圣鉴。谨奏。

附：陈德后关念黄河决口事片

再，臣于本月十六日，自俄起程，十八日回抵柏林，即准外部参赞大臣芬贝希函称：奉德后宣召入宫，告以闻中国黄河决口，伤人无数，甚为关念，属转问中国公使等情。臣当即往晤芬贝希，告以黄河决口，天降之灾，西报谣传伤人七百万之多，断无其事。惟灾区太广，灾民甚众，业由中国皇太后颁发内帑，妥筹赈抚，并有各省官绅多方集款，设法拯救。承蒙德后关念，深为感谢。当以德后之意奏闻国家，请先转奏。

至其太子喉症，时重时轻，实情虽秘而不宣，病势恐仍无起色。臣前月十六日入谒德后，亦谨述懿旨致问，德后甚深感激。合并陈明，谨附片具奏，伏乞圣鉴。谨奏。光绪十三年十二月廿八日自德馆拜发。

奏为抵俄接任呈递国书折[1]

（光绪十三年十一月初九日）

奏为恭报微臣抵俄接任，呈递国书，恭折叩谢天恩，仰祈圣鉴事。

窃臣行抵德都接受使任，历经奏报在案。本月十六日，出使英、俄大臣刘瑞芬自法赴俄，路经柏林，与臣晤商一切。臣即于十九日自柏林起程，二十一日抵俄国森比德堡[2]都城，即准刘瑞芬委员将关防文卷赍送前来，臣当谨望阙叩头，祗领任事。旋准外部、礼部各大臣来函，订于二十六日递书谒见。臣谨于是日驰赴俄都城外五十余里嘎池纳行宫，入谒俄君、俄后，赍呈国书，并致颂词。问答既毕，随于偏殿备膳，礼官陪食，成礼而返。谨将颂词暨问答各语抄录，恭呈御览。据他国公使云，自来使臣到国呈递国书，无有如是之迅速者。足见俄国接待中国之优，此皆仰赖国家威惠，俾臣从事坛坫不启慢于西人。臣此后益须常川往来，尽礼酬接，庶于朝廷柔远睦邻之意不致相违。

再，查德国元旦系本月十八日，仅投刺致贺而已。元旦后二十六日则朝会各国公使、本国大臣，系属德邦巨典。俄之元旦则系十二月初一日，朝会礼仪重于他国。臣拟俟十二月初旬俄都朝会事毕，驰回柏林，两国周旋庶不致顾此失彼。所有微臣抵俄接任暨呈递国书事竣各缘由，谨缮折并陈，叩谢天恩，伏乞皇太后、皇上圣鉴。谨奏。

附　片

再，驻法三等参赞官庆常，法文精熟，兼通英、德语言，在洋多年，疆记多闻，俄事尤为谙悉。经臣调取派为驻俄二等参赞官。其向驻俄馆之三等翻译官塔克什纳，俄文娴练，资格已深，改为二等翻译官。

---

① 此标题为整理者所加。

② 即圣彼得堡。

洋员夏千曾充同文馆教习，调赴使馆当差已历八年，勤慎无过，亦应留用，以资熟手办公。法文三等翻译官联兴，久役思归，情词恳切。臣以德馆缺少法文，暂留该员在洋，俟接替有人，再行饬令回华。至前任使德许大臣移交法馆未满年限二员，经臣分调德、俄两馆当差。其余各员所有差使，容臣将奉使大端办理就绪，再行分别咨报总理衙门查核。谨附片具陈，伏乞圣鉴。谨奏。十三年十一月廿九日拜发。

光绪十四年(1888)

奏赴奥呈递国书遵旨致唁德君折[①]

（光绪十四年二月初三日）

谨奏为恭报赴奥呈递国书事竣，并遵旨致唁德君，恭折并陈，仰祈圣鉴事。

窃臣于上年冬杪自俄返德，即将应办公牍及各省采办军火尾余之案赶紧清厘。本年正月十七日自德起程，前赴奥都。适奥主尚驻马加，相距五百余里。臣未敢久羁，商诸外部，于二十二日驰抵马加。二十三日谒奥主于行宫，面陈颂词。奥主接受国书，以礼酬答。即夕在宫设宴，奥主亲临。所有颂答各词另录恭呈御览。二十四日仍回奥都，遍拜各部大臣、各国公使。往来未毕，复接德君薨逝电音。即夕登车，于二十八日驰回柏林。三十日，承准总署传电："奉旨：洪勘电已悉。即著传旨吊唁。国书续寄。钦此。"臣比即恭译谕旨，行文外部，请其奏闻西国丧礼、成殓、发引，不逾旬日，臣奉使是邦，谊应恭往执绋。此间事毕，即应前赴和兰。惟高丽使人西来，踪迹至今未得端倪。西报有谓其径赴俄国者。高人蓄谋甚狡，斯举自在意中，然未得确音，亦难遽定。臣已密加探访，以期赶在彼前，未审时机能否凑手，故此后赴和、赴俄不能预定，并以陈明。所有奥国呈递国书事竣，暨遵旨致唁德君各缘由，谨缮折并陈，伏乞皇太后、皇上圣鉴。谨奏。

---

① 该折与附片一并于光绪十四年二月初三日自柏林发，标题为整理者拟。

颂 词

使臣奉大清国大皇帝简命，派充出使贵国钦差大臣，恭赍国书呈递大君主，以为真心和好之据。两国立约通使以来，素无嫌隙，交谊甚敦。今使臣奉命前来，深为荣幸。惟愿大君主推诚相待，以固邦交。并祝大君主、后福寿无疆，民安国富，使两国和好日深，同享升平，使臣实所切望。

奥皇答词

中国大皇帝特简贵大臣前来通问，深为感谢。本国与贵国素敦和好，切愿自此交谊益固。凡与贵大臣办理两国交涉事件，我必推诚相与。并祈贵大臣代问中国大皇帝好。本国屡有文武官员前往贵国，蒙中国国家优礼相待，且有本国官员曾经游历中国数处海口，亦蒙中国相待其优，实深感谢。

附 片

再，德国新君久患喉症，本年正月初旬全行腐肿，呼吸不通，危在旦夕。西医于其喉下凿孔插银管其中，以通呼吸，庶能苟延。现在口不能言，以笔代舌。情形如是，奚望永年。俄人以布嘎里立王一事，三十万之兵陈于境上，云将与奥寻仇。缘布嘎里本土耳其属地，土政素虐，俄人煽惑其民，借口于伐暴除残，用兵于土。俄既得志，而迫于各国公议，不能据有布嘎里之地，爰举俄之王族立为诸侯，更遣大员理其国政，以期逐渐收回。乃前布王颇得民心，欲谋自主，与俄官不合，遣立使归。俄人怒其不附己也，贿其左右武弁，乘昏夜时执而逐之出境。布民不服，共议迎回。前王已有戒心，坚辞不就。扰攘数月，拥立今王。今王乃德意志列邦王族，而为奥之武弁者也。非俄所欲，目沮其谋。复借口于此次新王非由各国公议，违背约章，必应废黜，既胁奥国，复责上邦。议论纷纭，迄今未决。奥之力不足以拒俄，而德、奥联盟誓相援救。辅车唇齿，俄不敢遽逞其强。今者德主云殂,嗣君笃疾,根本之地亦可寒心,所倚赖老德相毕士马[1]耳,而年已七旬,又常患夜不能寐。去冬与臣相晤,自言精力颇逊于前。强敌在前,戎机显伏,窃恐欧洲兵祸不越数年。采访情形,使臣之职。谨附片具陈,伏乞圣鉴。谨奏。十四年二月初三日在柏林拜发。

奏报交递和国国书事竣折

(光绪十四年二月廿四日)

奏为恭报前赴和兰循案交递国书,恭折具陈,仰祈圣鉴事。

窃臣正月在奥呈递国书,并回德都传旨吊唁,业于二月初三日奏报各情,度蒙圣鉴在案。臣拜折后,俟德都执绋事毕,即赴和兰,大雪塞途,两日始达。和主年衰病久,行立皆难,俟至多日,仍无订见之期。臣知和国名为君主,而权归议院,与民主无殊,未便久羁,致妨他事。爰查照前任大臣许景澄旧案,商诸外部,由其转呈。旋于二月十三日恭赍国书,交由外部转递,臣亦即日驰回柏林。稍事部署,当即赴俄。所有和都循案交递国书事竣,谨缮折具陈,伏乞皇太后、皇上圣鉴。谨奏。十四年二月二十四日拜发。

奏为致唁德廷并陈时务折

(光绪十四年五月十二日)

奏为遵旨致唁德廷并缕陈各情,恭折仰祈圣鉴事。

窃臣于二月自和兰回至柏林,小住浃旬,即赴俄都驻扎。入夏以后,闻德君[2]病势屡濒于危,俄国现在无甚要公,高丽使臣亦尚未有西来消息,爰于四月望后,仍来德都。本月初六日得悉德廷凶耗,当即电闻,初九日承准总理衙门传电:初八日奉旨:“洪电已悉。即著传

---

① 毕士马:即德意志帝国第一任首相俾斯麦(1815—1898)。

② 德君:德意志帝国皇帝威廉一世之子,即弗里德里希三世。

旨吊唁，国书续寄。钦此。”臣即日恭译纶音，以德君素著贤声，德国迭遭大丧，深为悼惜关垂之意，译就洋文，交由外部转达。兹接复书，云已上闻，甚感朝廷关爱之心，益征中德交情之厚，请代奏明，并一面电饬驻华公使巴兰德致谢。臣伏查德君享寿已五十七年，而嗣位只九十九日，宽仁爱下，众口同声，遗命丧葬仪文务从俭约。初六日德宫大事，初九日即奉安窀穸。臣前往听经临吊，知其丧礼悉遵遗命而行。以德君论之，亦泰西之令主也。嗣君[①]更事无多，未孚众望，幸惟毕相之言是听，老成柄国，当可蒙业而安。臣闻人述毕相今春之言曰：目下欧洲未必骤生变故，三四年后岌岌可危，届时我国新枪告成，利器在手，可以无畏强邻。臣尝究其所谓新枪，一改口径，二改枪子，三改火药。数年来新式之枪，后膛连珠，巧捷极矣。枪之口径有十一密理迈当，以中国营造尺量之，约得一寸中之三分六厘。然枪子不能径行直达，譬如以枪击七百步远之人，而人在三百步内外，枪子即从头冒过，中国名之曰抛物线。现闻改小口径，大约不及一寸中之三分，枪子细长，可取直线，伤敌益多。从前铅制枪子，力不能透远处之坚物。现以一种似铜非铜之物，德语曰捏克，而坚过于铅，裹于子上，则无坚不破。德国马队向被铁甲，现闻将尽废弃。由于铁甲虽坚，不能抵新枪新弹也。又枪身枪弹改轻，则军士可以多带枪子在身，不虞缺乏，尤利行师。至于火药，则务取烟少力多，合于新枪之用。其中底细秘密异常，式样已未定准，演试是否合宜，无从探访。而舍旧谋新之故，可识端倪。计其需费金钱奚止千万，整军经武锐意求精，盖非如是，则无以保邦而威敌。每岁度支所入耗于兵者三分之二，更新之款尚不在内。彼岂不知惜财哉？诚有所不得已也。俄人于布嘎里国立王之事，为各国所牵制，虚声恫喝，伎俩已穷，只能蓄力待时，观衅而动。目下欧洲全局系于毕士马一人，视其存亡以为动静。猛虎在山，则藜藿不采，得人之效，非偶然也。采访所及，并以奏闻，伏乞

① 嗣君：即威廉二世(1859—1941)。

皇太后、皇上圣鉴。谨奏。

附:调随员翻译片

再,臣于上年奏调随员折内,声明前任使臣有随员未满三年者,酌量留用,俟届期满再行续调,以资更换等因,仰蒙圣鉴在案。臣到德后,随前任使臣许景澄将后调出洋未满年限之谢祖沅、何寿康二员移交前来,臣即饬在德、俄两馆当差。该两员瞬将期满,久役思归,自应预调两员以备接替。兹查有神机营文案委员、候选同知延年,才具开展;优贡考取教职杨楫,究心时务,均堪调取出洋,俾资历练而备指臂。再,使事首赖舌人,泰西尤尝法语。现在德、俄两馆能法文者寥寥无几。将谋备用,先贵储才。查有同文馆教习、候选笔帖式阎海明,法文功候颇深,易于造就,相应一并仰恳天恩饬下总理各国事务衙门,查明各该员旗分、省分,饬令早日束装西渡,实于使事禅益良多。所有调员接替,暨添调法文翻译各缘由,谨附片具陈,伏乞圣鉴施行。谨奏。十四年五月十二日拜发。

奏拟为洋务人才培植之方兼筹变通之利折[①]

(光绪十四年九月初七日)

奏为洋务日亟,人才宜储,谨拟培植之方兼筹变通之利,恭折具陈,仰祈圣鉴事。

窃维洋务之兴已五十载,至于今日,而属国之藩篱尽撤,彼族之侵逼愈深,迭起环乘,靡所底止,蹈暇伺隙,可为殷忧。谋自强者,师其练兵,师其制造是已,然不过能循其貌,未得其深。即语言文字一门,京师外省,学馆宏开,造就之途,不遗余力,而循名似易,责实甚难。即或洋语稍优,而考其华文则鲜通,咨以世务则多暗。办理交涉

---

① 此标题为整理者加。

欲求臂助，将慨才难。上年因廷臣之请，考取部员游历，所以采风觇国，殚见洽闻，意至善也。臣之愚见则谓游历一说，为中国开风气则有余，为洋务得人才则不足。西人学业，各有专家，大而内治外交，小而矿师匠首，皆专精致虑，积岁累月以底于成。华人游历来西，言语不通，文字不同，大略游观岂能得其要领？自同治年间遣使以来，调员出洋先后已近百人。三年阅练亦与游历无殊，而屈指人才能有几辈？此何故哉？毋亦培植之方有宜熟筹而改计者欤？伏维取士以科第为重，科第以翰苑为先。臣去秋陛辞时，伏承皇太后面谕：翰林院中有可调者，多调数员前往。仰见隆重清班之至意，钦佩莫名。臣近十年来，外任学差，家居奉讳，词林后进，多不相知。又以戒行有期，恐仓卒求才，采访失实，无以仰副懿旨，惶恐万分。而编修汪凤藻，固臣所调带出洋者，赞助得力，果逾侪辈，充其所造，足胜使才。臣所以感念时艰，敬怀训谕，而窃仰皇太后之圣明，深有得于用人之准者也。窃谓每科馆选庶吉士不下七八十人，待至下科始行散馆。此三年中肄习诗赋楷书，未足以备国家之亟，徒耗心力，虚掷光阴。若令掌院学士就新科馆选中择派出洋，由使臣畀以三等参赞，或升二等，惟才是视。三年期满，有能娴习交涉事体，考究富强功效及明于制器、开矿、算学、化学诸务者，由使臣保奏授职编检，破格之鼓励自可得有用之英才。其择派之法必须器识敏达、品诣端方，而年岁尤以二十内外为宜，盖办事在乎老成，而致功在乎少壮。研究诸务，三载尚形不足，宽其期限，乃可责其精纯；习其文辞，乃可明其底蕴，必循序而渐进，非一蹴所能几①，是惟少年聪颖之士能优为之耳。夫一物不知，儒者耻之。值此时会所迫，而无法以应宵旰之求，有志为国者当不出此。拟请饬下总理衙门，详议章程，奏明办理。若夫六部等衙门人员与其二年游历，不如三载参随；与其保送而考，何如就已经考取总理章京正途出身人员择宜遣派。总署为洋务总汇之区，办事司员似不当入

① 整理者按：原文为“幾”，即“几”，通假为“及”。

而后学。先期阅历,裨益良多。西国之领事、参随即为外部之总办、司员,而他日使才亦由兹而选。事归一气,用不两途。臣所谓培植之方有宜变通尽利者,此也。自遣使驻扎以来,已岁糜巨款。若如臣议,需费益多,拟更请饬下总理衙门斟酌繁简,明定限制。此后,使臣自举所知奏明,调带除翻译而外不得过若干员数,留此余位供置翰林院部属两项人员,更以游历经费并入度支,不必另行派员,而已足资游历。三年期满,准由使臣酌留,以期深造。至欲讲求经史,则使馆例准储书,既无应酬世故之烦,转有闭户自精之益,在华在洋非异致也。如此一转移间,费不多增,功归实际,拔十得五之效,庶可期诸将来读书致用之儒,俾得及时自效。臣为洋务日亟,人才宜储起见,谨缮折具陈,是否有当,伏乞皇太后、皇上圣鉴,饬议施行。谨奏。十四年九月初七日拜发。

光绪十五年(1889)

奏为使馆人员三年期满汇案请奖折[①]

光绪十五年三月十五日)

奏为使馆人员三年期满,汇案请奖,恭折具陈仰祈圣鉴事。

窃查外洋使馆翻译等员均以三载为期,核予奖励。其有前任使臣调用而后任续留者,仍统算年限,按期给奖,历经遵办在案。臣兼辖俄、德两馆,查有驻德二等翻译、二品顶戴、总领事衔、三等第一宝星洋员金楷理[②],于光绪十二年二月十二日起,扣至本年正月十一日期满。驻俄随员何寿康于十二年二月初八日到洋,驻俄学生李家鏊于十二年三月廿五日到洋,各扣至本年二月、三月,亦均期满。该员等勤奋当差,毫无贻误,既符年限,当录微劳,应请天恩,赏给洋员金楷理二等第三宝星、议叙监大使;何寿康免选本班,以知县,不论双单月,遇缺即选,并赏加同知衔、监大使;李家鏊以监大使,不论双单月,尽先前选用,并赏加六品衔,以资鼓励。内中何寿康一员并无经手未完公事,已于期满后饬令销差回华外,其洋员金楷理久在使馆,素称得力;学生李家鏊肄习俄文,深堪造就,均仍留馆当差。所有汇案请奖缘由,谨缮折具陈,伏乞皇上圣鉴。谨奏。十五年三月廿五日拜发。

---

① 此标题为整理者所加。

② 金楷理:克雷耶尔·卡尔·特,美国人,1866年来华,1870年在上海江南制造局任翻译。后随驻俄公使许景澄赴俄,任中国驻俄使馆参赞。

奏为密保词臣堪胜使才折[1]

奏为密保词臣堪胜使才,恭折具陈仰祈圣鉴事。

窃准中西通使以来,慎选行人以谛邦交,以觇国是,表中华之人物,泯异类之猜嫌。樽俎折冲,职任綦重。历来持节诸臣皆由中外大员各举所知,奏蒙存记,简用在案。臣欧洲奉使,瞬届两年,自愧非才,末由称职。不通其语言文字,动须传译,隔阂时形,将学步而已庭,惟求奥以自辅。伏见驻德二等参赞、五品衔、翰林院编修汪凤藻,自幼即在上海广方言馆肄习英文,复入京师同文馆充当教习,先后在馆十有余年,改官词林,兹业始辍。前岁经臣奏调来洋,大而交涉机宜,小而军火制造,时与讨论,胥克明通。后以西国官场惟法语为通行,兼肄法文,亦窥堂奥。臣查该编修,才长心细,智圆行方,熟悉外洋交际情形,以论使才,实堪胜任,而兼通英、法两国语言文字,尤为廷臣中不可多得之才。衔令张旃,期称妙选。臣躬膺使事,未敢壅于上闻,相应据实密陈,以备圣明驱策。所有词臣堪胜使才缘由,谨缮折具奏,伏乞皇上圣鉴。谨奏。

---

① 此标题为整理者所加,时间不详。